ダンジョンに出会いを求めるのは間違っているだろうか 英雄譚
アストレア・レコード
邪悪胎動
Author by Fujino Omori Illustration Kakage
Character draft Suzuhito Yasuda
1

アストレア
ゴジョウノ・輝夜
リュー・リオン

イスカ・ブラ
ネーゼ・ランケット
セルティ・スロア
アリーゼ・ローヴェル
ライラ

Contents

ASTREA RECOR

evil fetal movement

Is It Wrong to Try to Pick Up Girls in a Dungeon heroic tale

ダンジョンに出会いを求めるのは間違っているだろうか 英雄譚 アストレア・レコード

邪悪胎動

Author by Fujino Omori Illustration Kakage
Character draft Suzuhito Yasuda

1

大森藤ノ
[イラスト]かかげ
[キャラクター原案]ヤスダスズヒト

リュー・リオン

【アストレア・ファミリア】所属のエルフ。Lv.3。
二つ名は【疾風】。

アリーゼ・ローヴェル

【アストレア・ファミリア】団長。
リューをファミリアに誘う。
Lv.3。
二つ名は【紅の正花《スカーレット・ハーネル》】。

ゴジョウノ・輝夜

極東出身の【アストレア・ファミリア】副団長。Lv.3。
二つ名は【大和竜胆《やまとりんどう》】。

ライラ

【アストレア・ファミリア】所属の小人族《パルゥム》。Lv.2。
二つ名は【狡鼠《スライル》】。

アストレア

ファミリアの主神で正義を司る。
心優しく慈悲深い女神。

アーディ・ヴァルマ

【ガネーシャ・ファミリア】所属。
Lv.3。
二つ名は【象神の詩《ヴィヤーサ》】。

Characters

ネーゼ・ランケット

【アストレア・ファミリア】所属。
狼人《ウェアウルフ》。

イスカ・ブラ

【アストレア・ファミリア】所属。
アマゾネス。

セルティ・スロア

【アストレア・ファミリア】所属。
エルフ。

アスタ・ノックス

【アストレア・ファミリア】所属。
ドワーフ。

ノイン・ユニック

【アストレア・ファミリア】所属。
ヒューマン。

マリュー・レアージュ

【アストレア・ファミリア】所属。
ヒューマン。

リャーナ・リーツ

【アストレア・ファミリア】所属。
ヒューマン。

フィン・ディムナ

【ロキ・ファミリア】団長。
小人族《パルゥム》。

リヴェリア・リヨス・アールヴ

【ロキ・ファミリア】副団長。
ハイエルフ。

ガレス・ランドロック

【ロキ・ファミリア】幹部。
ドワーフ。

ロキ

【ロキ・ファミリア】の主神。

ラウル

【ロキ・ファミリア】所属の冒険者。ヒューマン。

オッタル

【フレイヤ・ファミリア】団長。
猪人《ボアズ》。

アレン・フローメル

【フレイヤ・ファミリア】副団長。
猫人《キャットピープル》。

フレイヤ

【フレイヤ・ファミリア】の主神。

ヘディン・セルランド

【フレイヤ・ファミリア】幹部。
エルフ。

ヘグニ・ラグナール

【フレイヤ・ファミリア】幹部。
ダークエルフ。

ガリバー四兄弟

【フレイヤ・ファミリア】幹部。
小人族《パルゥム》の四つ子。

ガネーシャ

【ガネーシャ・ファミリア】の主神。

シャクティ・ヴァルマ

【ガネーシャ・ファミリア】団長。
ヒューマン。

ヘルメス

【ヘルメス・ファミリア】の主神。

アスフィ・アル・アンドロメダ

【ヘルメス・ファミリア】副団長。
ヒューマン。

ヴァレッタ・グレーデ

闇派閥《イヴィルス》の幹部。ヒューマン。
二つ名は【殺帝《アラクニア》】。

オリヴァス・アクト

闇派閥《イヴィルス》の幹部。ヒューマン。
二つ名は【白髪鬼《ヴェンデッタ》】。

ヴィトー

闇派閥《イヴィルス》の幹部。ヒューマン。
『顔無し』と呼ばれている破綻者。

エレン

リューたちがオラリオで出会った優男の神。
正義について問い続ける。

カバー・口絵・本文イラスト
かかげ

プロローグ
今も忘れぬ正義の調べ

ASTREA RECORDS
evil fetal movement
Author by Fujino Omori Illustration Kakage
Character draft Suzuhito Yasuda

悩みなさい。
今はそれでいい。
後悔も悲しみも、全《すべ》てを手放さず、旅を続けなさい。
そしていつか、貴方の答えを聞かせてほしい。
天上で輝く、あの星屑のような――正義の輝きを。

「ありがとな、ベル。荷物を積むの、手伝ってもらって」

「いえ、困ってる時はお互い様ですし」

礼を言う行商のヒューマンに、積荷の手伝いをしていたベルは笑みを返した。

空がよく晴れた、西のメインストリート。

オラリオは相変わらず広く、抜けるような蒼穹《そうきゅう》はただただ美しかった。

今なら夜を待たず星の輝きを見つけられるのではないか、そう思えるほどに青く澄んでいる。

そして、どこまでも静かだ。

見上げていた空から視線を戻したベルは、顔馴染《かおなじ》みの男性の作業を手伝った。彼とは冒険者の駆け出しの頃に——今も月日で言えば十分駆け出しだが——知り合い、極貧時代にはヘスティアとともにジャガ丸くんを恵んでもらったこともある。無償の助っ人に理由なんて要らなかった。

「……？」

「ん？　どうした、ベル？」

「あ、いえ、大したことじゃないんですけど……」

積荷を運んでいたベルは、あることに気が付き、周囲を見回した。

「何だか、都市の様子がいつもと違うような……」

景色自体に変化があるわけではない。

人通りこそ普段と比べ少ないが、馬は嘶《いなな》き、馬車は走っている。軒《のき》を連ねる商店の他にも出店が開かれ、青果店では瑞々《みずみず》しい果物が並べられている。暇そうな神がぶらつき、冷やかしているのもいつもの光景だ。

ただ、常に賑《にぎ》わいに満ちている迷宮都市の喧騒《けんそう》が、どこか遠い。

いや、頭上に広がる青空と同じく、酷《ひど》く静かだ。

「……ああ、ベルはオラリオに来たばかりだったな」

「はい、そうですけど……。何か知ってるんですか、ボウガンさん？」

「前から住んでる連中の中で、今日が何なのか知らねえヤツの方が珍しいさ。……それくらい、色々あったんだ」

男性の横顔に、どこか哀愁が漂う。

ベルが問いを重ねようとすると、ぼうっと空を見上げていた男は、振り返った。

「悪いな、ベル。俺《おれ》もう、行かなくちゃならねえ。……手伝ってくれて、本当にありがとうな」

「あ、はい……さようなら」

笑みを浮かべて男は去っていった。

一人取り残されるベルは、あらためて辺りを見回す。

何かあったわけではないのだろう。無論、事件が起きたわけでもない筈《はず》だ。

宴も、戦いも、事故も、犠牲も、葬斂《そうれん》もなく、ただただ祈りを捧げる厳粛《げんしゅく》な教会のように、人々の声が姿を消している。

「……なんなんだろう？　物静かっていうか、やっぱり普段のオラリオと雰囲気が違うような……」

今、ベルは一人。

ダンジョン攻略の休息日で、リリ達はいない。ベルの疑問に答えてくれる者はいない。

代わりに、沈痛な表情を浮かべる人々がいた。

黙って『バベル』や、中央広場《セントラルパーク》を見つめる熟練《ベテラン》の冒険者達も多かった。

そこでようやく、ベルは言語化しかねていた感覚を口にすることができた。

「まるで、都市全体が、人々を誰《だれ》か悼《いた》んでいるみたいな――」

肌で感じる空気を何とか言葉にしようとした、その時。

大通りの横道から、一柱の神がひょっこりと現れる。

「おや、ベル君？　奇遇だね、こんなところで」

「ヘルメス様……？　って、わっ、その花束《はなたば》、どうしたんですか？　すごく沢山持ってますけど……」

すっかり顔馴染みとなった優男の神に、挨拶《あいさつ》も忘れ、視線がある場所に釘付けとなる。

ヘルメスの腕の中には、美しい白百合の花束がいくつも抱えられていた。

「ああ、今日はね、回らないといけないところが沢山あるんだ。『今』を遺してくれた者達に、感謝と誠意を捧げるためにね」

「『今』を遺してくれた……？」

聞き慣れない言葉に思わず首を傾げると、ヘルメスは一度、口を閉ざす。

「……そうか。君はまだ、七年前のことは何も知らないか」

七年前？

ベルがそう尋ね返すより先に。

ヘルメスは遠い日の出来事に思いを馳せるように、瞳《ひとみ》を細めた。

「オラリオ史上、かつてない混沌《こんとん》が渦巻《うずま》いた最悪の時代──『暗黒期』を」

男神の声が風に乗る。

寂寥《せきりょう》と、そして儚《はかな》さが孕《はら》んだ言葉が空を舞い、都市を渡っていく。


「多くの者が犠牲になった──」

それはとある館の中庭。

道化の女神。

小人族《パルゥム》の勇者。

ハイエルフの魔導士。

ドワーフの大戦士。

四人が卓の上にいくつもの杯《グラス》を用意して、酒をそそいでいる。

「多くの者が戦った――」

それはとある戦いの原野。

猪人《ボアズ》の武人。

猫人《キャットピープル》の戦士。

構えた武器を霞《かす》ませ、かつての誓いに背《そむ》かぬように、無言で矛《ほこ》を交えている。

彼等だけでなく、小人の四兄弟も、白と黒の妖精《ようせい》達も。

そんな眷族を、本拠《ホーム》の最上階から見守るのは、銀髪の美神。

「多くの者が哭《な》いた――」

そして、それはとある墓前。

象の仮面を被った男神。

その眷族の麗人。

無数に存在する墓碑の中で、一振りの剣《つるぎ》が突き立つ墓の前に、麗人は枯れた涙の代わりに黙禱《もくとう》を捧げる。

「――そんな『暗黒期』の最盛期、『大抗争』が七年前の今日、あったってわけさ」

今も都市に広がる光景を想《おも》い、空を見上げていたヘルメスは、視線を少年に戻した。

ベルはその深紅《ルベライト》の瞳を見開き、息を呑《の》む。

「『暗黒期』……エイナさんやリリに少しだけ聞いたことがありましたけど……確か闇派閥《イヴィルス》っていう組織があったんですよね？」

迷宮都市の秩序が失われていた最悪の時代、それが『暗黒期』。

その時代をもたらした原因こそが、闇の勢力の台頭。

僅かな知識ながら聞き及んでいるベルに、ヘルメスは頷《うなず》きを返す。

「ああ。様々な『悪』を内包した無数の勢力の集合体、と言えばいいかな。とにかく酷かった。そして、悪辣だった」

いつにないほど重々しい神の声音に、思わずベルが息を呑んでいると。

ヘルメスはそこで一転して、笑みを纏《まと》った。

「けれど、そんな巨悪に対し、誇りと高潔をもって戦った『正義』の使徒もいたんだ。今はもう、彼女達はいないけどね」

「えっ……もういない？　昔、戦っていたのは【ロキ・ファミリア】や【フレイヤ・ファミリア】なんじゃあ……」

ベルは素直に疑問を覚えた。

十五年前からこの迷宮都市を牽引《けんいん》しているのは、ロキ派とフレイヤ派の二大派閥。

他ならないヘルメスからベルはそう聞いた。

『暗黒期』終息にはロキとフレイヤの二大派閥が多分に関《かか》わっているのでは——そう思っていると、ヘルメスは生徒にヒントを出すように微笑んだ。

「ベル君、オレはさっきリューちゃんと会った。彼女はそれから、ダンジョンへ向かった。何をしに行ったと思う？」

「ダンジョン？　あ——それって、もしかして」

ベルははっとした。

思い出したのだ。

とある迷宮の楽園で、一人のエルフが語ってくれた『正義』の名を冠する派閥を。

「ああ、彼女が向かったのは仲間のもとだろう。——そして彼女達こそが、高潔な『正義』の使徒だ」


深い地下の中にあって、光が生じている。

それは数えきれないほどのクリスタルによるものだ。

白と蒼の水晶が菊《マム》の花のごとく天井《てんじょう》に生え渡り、美しい『空』を作り出す。

通称『迷宮の楽園《アンダーリゾート》』。

森や湖、大樹など大自然に満ちた地下世界、ダンジョン18階層に彼女はいた。

「……前回から時間があいて申し訳ありません、みんな」

白い花束を持ちながら、リューは呟く。

彼女の謝罪が向かう先は、一つの墓だった。

突き立つのは剣や杖《つえ》を始めとした様々な武器。大半の得物が劣化し、錆付《さびつ》き、美しい森の中でありながら『冒険者の墓標』と言うに相応《ふさわ》しい光景を広げている。

その墓の下に、あるべき亡骸《なきがら》は存在しない。

それを承知の上でリューは、遺された『彼女達』の武器に語りかける。

「この時期は、いつも足が遠のいてしまう。『正義』を背負う資格がなくなった私が、この場に訪れていいのか……貴方達に会いに来ていいのか……常にそう考えてしまう」

18階層東部に広がる大森林、その片隅で、誰《だれ》にも聞かれることのない独白を紡《つむ》ぐ。

目を伏せるリューのそれは正《ただ》しく懺悔《ざんげ》だった。

何よりも厳しく、どんなものより辛く、そして輝かしい『過去』。

それに背を向け、迷い続けている現在《いま》。

五年前に染められた薄緑色の髪は、かつては金の色に輝いていた。

そのかつての色を取り戻せないことこそ、今の自分の全《すべ》てのような気がした。

『正義』を捨てて復讐に走ったリューのもとに残っているのは焼け落ちた翼──『正義の灰』に他ならない。

「私は未《いま》だに答えを見つけられない。未だに彷徨《さまよ》っている。七年前のあの日から、ずっと……。アストレア様にも、会いにいくことができない……」

伏せられていた空色の瞳が正面を向く。

かつての戦友達に、静かな、それでいて儚い笑みを向ける。

「今の私を見て……貴方達は怒りますか？　嘆きますか？　それとも……笑ってくれますか？」

返ってくる答えはない。

当然だ。

だからリューは、決して忘れることのない彼女達の名を呼んだ。

「輝夜《カグヤ》、ライラ……」

ひねくれ者の好敵手、皮肉屋の小人族《パルゥム》。

「ノイン、ネーゼ、アスタ……」

いつも楽観的なヒューマン、姉御肌の獣人、可愛《かわい》らしいドワーフの少女。

「リャーナ、セルティ、イスカ、マリュー……」

先輩後輩の魔導士、お洒落好きのアマゾネス、みんなの姉代わりだった年長者。

「……そして、アリーゼ」

最後に、誰よりも憧《あこが》れ、尊敬していた『知己』の名。

記憶が巡る。

想いが巡る。

今も胸の奥で疼《うず》く『正義』が、蘇る。

リューの意識は『七年前』――決して忘れることのできない『正邪の戦い』のもとへ、旅立っていた。

レコード

胎動

アストレア・

邪　悪

闇が燃えている。

いや、星々を隠す暗雲の下、激しく立ち昇る煙とともに街が焼かれている。

轟々《ごうごう》と燃え上がる緋色《ひいろ》の輝きはまさに地獄の業火を彷彿《ほうふつ》させた。悲鳴を上げ、逃げ惑う民衆の視線の先で、巨大な工場が絶叫とともに炎上している。

それは混沌の嗤《わら》い声だ。

安寧の滅亡を望む『悪』の哄笑《こうしょう》だ。

全てを灰に還さんと荒ぶる炎獄《えんごく》の中で――しかし響き渡る、もう一つの音色《ねいろ》があった。

それは剣戟《けんげき》の音だ。

それは秩序の雄叫《おたけ》びだ。

決して屈することのない、『正義の調べ』だ。

「ぐあああっ⁉」

一本の飛去来刃《ブーメラン》が閃《ひらめ》く。

いくつもの刃が取り付けられた凶悪な投具が、『悪』に与《くみ》する眷族の体を深く切り裂いた。

鮮血を散らしながら男が倒れる中、手もとに戻る飛去来刃《ブーメラン》を危うげなく摑《つか》み取る小人族《パルゥム》の少女は、叫んだ。

「アリーゼ！　三番倉庫、押さえた！」

「そのまま四番まで制圧！　イスカとマリューに指示！　ライラは先の区画、押さえて‼」

返ってくるのは令《れい》する声。

引火を繰り返す工場内、凶悪な煙と火の粉が盛んに溢《あふ》れ出てなお、激しく、素早く、そして何より勇壮な足音が幾つも反響する。

「ほいほいほいほいっと！　注文《オーダー》は！」

「敵ごと火の手を氷漬け！　火災も襲撃も止める！　進軍進撃進攻《ゴー・ゴー・ゴー》‼」

正靴《せいか》の音は止まらない。

闇の者共《ものども》を切り払う剣閃、熱波さえ凍てつかせる吹雪《ふぶき》。

銀と蒼の輝きをまき散らしながら、工場の奥へ奥へと突き進んでいく。

小人族《パルゥム》の少女に叫び返した赤髪の少女は、顔を上げ、笑みとともにその指示を投じる。

「輝夜《カグヤ》、リオン！　敵の本命、任せた！」

ざっ、と床を鳴らすのは二つ分の靴音。

一人は大陸では珍しい島国の衣装、濃赤の着物を纏《まと》う黒髪のヒューマン。

その隣に並ぶのは、外套と覆面を身に着ける、金髪のエルフ。

「ほんとうに、人使いの荒い団長さん……乗り遅れないようにしてくださいませ、エルフ様」

「抜かすな、輝夜《カグヤ》。――行きます」

風が疾《はし》る。

その細脚に似つかわしくない加速力をもって、転瞬《てんしゅん》、二人の少女は瞠目《どうもく》する男達へと斬り込んだ。

斬撃が乱舞する。

鞘から解き放たれた刀と『魔力』を秘める木刀の軌跡はもはや芸術の域だった。画一的な白濁色のローブで身を隠す男達が凌《しの》ごうとするも、抵抗すら許されない。剣と槍の間を縫う。振り抜かれようとした斧を置き去りにする。構えられた盾さえ断ち切る。男達の四肢を刀が斬り裂いては、木刀が殴打する。

数をもってしても無駄だった。

少女達はまさに旋風のごとく、瞬きの間に男達を屠《ほふ》っていく。

今も燃え盛る炎が、複雑に絡《から》み合《あ》う闘舞の影絵を映し出す。

「ぎゃあああ⁉」

一閃された木刀が最後の一人を薙ぎ倒した。

得物を振り鳴らすエルフの側で、着物の少女は右手に刀を提《さ》げたまま、憂鬱《ゆううつ》げに左手を頰《ほお》に添えた。

「まぁまぁ、なんて張り合いのない。どうしてそんな無様な徒党《ケダモノども》が人の涙と苦しみを呼び込むのか……全くもって理解できません」

薄く開かれる瞼《まぶた》の奥に見えるのは、憤怒を宿す眼《まなこ》だ。

彼女の寒々とした怒気に呼応するように炎が揺らめいていると——物陰に身をひそめていた

男が、勢いよく躍り出た。

「お、おのれぇぇぇぇぇぇぇぇぇぇぇぇぇぇぇ‼」

その手に持つのは紅蓮の長剣。

まさにこの工場に火を放った『魔剣』を振り抜いて、最後の悪あがきのごとく特大の火花を咲かせる。

「爆撃⁉　伏兵か！」

「今の方角は……やべぇ！　アリーゼ！」

味方の隊列中央に容赦なく炸裂した炎砲に、エルフと小人族《パルゥム》の少女が顔色を変える。

不意打ちを成功させた隊長格の男は肩で息をしながら、一矢報いたと嗤い声を上げようとして——時を止めた。

荒ぶる炎の海を割って、悠然と、人影が歩み出てくる。

「む……無傷？　ばかな……⁉」

戦慄《せんりつ》に震える男の視線の先で、少女は勢いよく結わえている赤髪をかき上げた。

「【紅の正花《スカーレット・ハーネル》】の二つ名を持つ私に爆撃なんて、笑止ね！　清く美しい私には、悪者の炎なんて効かないんだから！　フフーン！」

「アリーゼ、お前服《ふく》燃えてんぞ‼　笑止じゃなくて焼死すんぞ⁉」

ドヤ顔の中のドヤ顔で胸を張る少女に、すかさずブチ込まれる小人族《パルゥム》のツッコミ。

背中が炎上《ファイヤー》している赤髪の少女はぎょっとして本気の反復疾走《ダッシュ》を開始した。

火がかき消えるほどの勢いでもって目まぐるしく、走る走る走る。

「…………ふぅ。まぁ、こういう時もあるわよね！　失敗はいつだって明日の糧！　これで私はまた理想に近付いたわ!!」

「すっげえ力技で誤魔化《ごまか》そうとしてんぞ、アタシ等の団長……」

「前向きで都合の悪いことは全てもみ消す立ち振舞い、わたくし達も見習わないといけませんねえ」

「輝夜《カグヤ》、アリーゼを侮辱するな！　アリーゼはただ、その……少しアレなだけです！」

「庇《かば》ってやれよ、そこは」

工場内に変な空気が流れる中、何事もなかったように少女の自信たっぷりな声が復活、ついでに容赦のない指摘《コメント》が投じられる。エルフの少女が抗議するも擁護しているようで擁護していない文句に、小人族《パルゥム》の少女が呆《あき》れた目を向けた。

「お、お前達、まさかっ……」

束の間の漫才劇を見せつけられ、立ちつくしていた男が、震える指を向ける。

そんな男に、赤髪の少女は一片の曇りもない笑みを浮かべた。

「あら、自己紹介が必要？　それなら正々堂々たっぷりしてあげるわ！」

ここぞとばかりに声を上げ、言葉に違わず名乗りあげる。

恐れず、怯《ひる》まず、『悪』に立ち向かう強き意志を乗せて。

「弱きを助け、強きを挫く！　たまにどっちもこらしめる！　差別も区別もしない自由平等、全ては正《せい》なる天秤が示すまま！」

彼女の背後に控えるのは総勢十名の団員達。

エルフが、ヒューマンが、小人族《パルゥム》が、年若い少女達が、その団長の口上に——アリーゼ・ローヴェルの言葉に、それぞれの正しきの灯火を心に宿す。

「願うは秩序、想うは笑顔！　その背に宿すは正義の剣《つるぎ》と正義の翼《つばさ》！」

彼女達が身に着ける『誇り』が輝く。

翼、そして天秤を模した剣《つるぎ》のエンブレムが。

女神の名を示す『正義』の象徴が。

「私達が【アストレア・ファミリア】よ‼」


男神《ゼウス》と女神《ヘラ》の『黒竜』討伐の失敗。

それは全ての引鉄《ひきがね》となり、迷宮都市《オラリオ》に『暗黒期』をもたらした。

悪の台頭を許し、秩序は混沌に塗り替えられ、血が血で洗われる。

多くの子が泣き、多くの者が傷付き、多くの悪が嗤った最悪の時世。
これは、そんな暗黒の時代を駆け抜けた、とある眷族の軌跡――。

一章

アストレア・ファミリア

ASTREA RECORDS
evil fetal movement
Author by Fujino Omori Illustration Kakage
Character draft Suzuhito Yasuda

煌々《こうこう》と燃え上がっていた炎は、ようやく姿を消した。

全焼とまではいかなかったものの、原型をとどめていない工場は黒焦《こ》げた内部を剝《む》き出しにし、無残な姿を晒《さら》している。

だが、近隣に一切《いっさい》の被害を出していないのもまた、事実だった。

街の住民が喜びの声を上げ、騒動を鎮圧してのけた冒険者に感謝を捧げる中──当の少女達は後処理のため、まだ工場内に残っていた。

「闇派閥《イヴィルス》も捕まえたし、火災も食い止めた！　これで一件落着ね！　フフン、さっすが私！」

大いにその薄い胸を張るのは、きらめく赤の長髪を持つヒューマンの少女。

名はアリーゼ・ローヴェル。

オラリオの中でも『正義』の団旗《エンブレム》を掲げる、【アストレア・ファミリア】の団長である。

「清く美しい者はボンボン爆発《ばくはつ》する工場も、すぐに鎮圧できてしまうの！」

「意味がわかんねーよ。しっかしまぁ、よくも毎度毎度そうやって勝ち誇れるもんだな」

可憐な仕草──だと彼女本人は思っている振る舞い──で髪を払うアリーゼに、小言を放るのは小人族《パルゥム》の少女、ライラだ。

その小人族《パルゥム》らしい幼い顔立ちに似つかわしくないほど、達観した雰囲気を纏《まと》う彼女は、嫌味ったらしく肩を竦めてみせた。

「アタシはこのキリがねえ戦いに、ほとほとうんざりしてるぜ」

その言葉に。

あれほど自信に満ちていたアリーゼも神妙な、それでいて悲しげな表情を浮かべる。

「……ええ。また闇派閥《イヴィルス》の蛮行を許してしまった。せめてもう少し早く動ければ、被害も食い止められたのに」

太陽のごとき明るさが鳴りをひそめた声に、ライラは口を噤んだ。

訪れた静寂は、けれど一瞬だった。

どこか間延びした声が、二人の沈黙を破ったのだ。

「団長様のせいではございません。それもこれも、どこかのエルフ様が足を引っ張ったせいでございましょう」

アリーゼ達のもとに現れたのはヒューマンの団員、ゴジョウノ・輝夜《カグヤ》。

絹のように滑らかな長い黒髪に、島国衣装の着物。

ニコニコとした笑みを絶やさず、その声音も琵琶《びわ》を持つ法師のように軽《かろ》やかで、流麗だ。

所作一つとっても気品があり、極東で言う『大和撫子』を体現したかのような少女だった。

「……輝夜《カグヤ》、私に落ち度があったとでも？」

そんな輝夜《カグヤ》の言葉にピクリと片眉《まゆ》を上げるのは、彼女とともにやって来たリューだった。

覆面をしても隠せない金の地毛は美しく、腰にも届いている。

種族は違えど二人並べば、その後ろ姿から姉妹にも見えなくもない彼女達は――しかし険悪そのものだった。

正確には、リューが一方的に苛立ちをあらわにしていた。

「あら、気付いていらっしゃらないので？」

「敵陣に切り込んだのは私だ！　倉庫もいち早く押さえた！　一体どこに不手際があった！」

輝夜《カグヤ》の言外の嫌味に反発するリューは、そこで本当の苛立ちの『原因』について言及する。

「何より、猫被りはやめなさい！　貴方のそんな口調、聞いているだけでも腹立たしい！」

「まぁまぁ、威勢のいい。では、遠慮なく言わせてもらいますが――」

リューの激しい文句も何のその。

依然ニコニコとした笑みを途切れさせない輝夜《カグヤ》は、頬《ほお》に当てていた右手を下ろした。

そして。


「ぶわあああああああああああああぁぁぁぁぁぁぁかめ!!」


豹変《ひょうへん》した。

リューが一瞬怯《ひる》むほどに、不敵な笑みを纏う。

「どこに不手際があった？　落ち度だらけだろうが、たわけ！」

「なっ……!?」

「義憤に駆られ独断専行したお前の尻拭《しりぬぐ》いをさせられたのは誰《だれ》だ！　この私だ！　図に乗るな愚か者！　いや糞雑魚妖精《クソザコようせい》め‼」

「く、くそざこ⁉」

くわっと見開かれた双眼、あられもない罵詈雑言《ばりぞうごん》。

リューの言う猫被りをやめた輝夜《カグヤ》は『本性』を剥き出しにした。

『大和撫子』などという幻想を木っ端微塵に粉砕し、『極めて口の悪い剣客』のごとく、唾を飛ばす勢いで真正面のエルフに食ってかかる。

「視野が狭い！　判断が甘い！　状況把握はもっと温《ぬる》い！　仕事をこなしたなどと未熟者が抜かすなよ、片腹痛いぞ青二才！」

「そ、そちらこそ暴《あば》れるあまり被害を増やしていた！　本末転倒の貴方に、そのように言われる筋合いはない！」

「言うではないかぁ、糞雑魚妖精ぇ～～～～～～～‼」

「くそざこと呼ぶなぁぁぁぁぁ‼」

たちまち勃発《ぼっぱつ》するのは拳《こぶし》と蹴《け》りを用いた衝突である。

激昂したエルフと嘲笑を浮かべるヒューマン、Ｌｖ．３の第二級冒険者同士が凄《すさ》まじい攻撃の応酬を繰り広げる。

「まーた始まったぜ、頭が固えエルフと極東姫様《きょくとうひめさま》の罵《ののし》り合い。せめて減点合戦じゃなくて加点式で話し合えよ、てめえ等。不毛だ、不毛」

「リオンと輝夜《カグヤ》だからしょうがないわね！　これぞ好敵手という感じがして、私は好きだわ！」

「お前は喜ぶ前に止めろよ、あほ団長」

激しい取っ組み合いに、ライラが溜息《ためいき》をつく。

そして腰に両手を添え、何故《なぜ》か自慢げにのたまうアリーゼに、更に嘆息が重なるのだった。

「すまない。遅れた、アリーゼ」

「あ、シャクティ！　来てくれたのね！」

第三者の声が響いたのは、そんな折である。

工場内に姿を現したのは、幾人もの上級冒険者を率いる一人の麗人だった。

うなじの位置でばっさりと切った藍《あい》色の髪に、深いスリットが入った同色の戦闘衣《バトル・クロス》。

身長はリュー達よりも高く、整った怜悧《れいり》な顔立ちは、組織の上に立つ者のそれだ。

【ガネーシャ・ファミリア】団長、シャクティ・ヴァルマ。

盟友と言っても差し支えない冒険者の登場に、アリーゼは笑みを浮かべた。

「本当に都合のいい時に来たなぁ。アタシ達に面倒を押し付けて重役出勤なんて、『都市の憲兵』の名が泣くぜ？」

ライラが発した『憲兵』の名の通り、【ガネーシャ・ファミリア】はリュー達【アストレア・ファミリア】と同じく、都市安寧に尽力する秩序側の派閥だ。

『群衆の主《あるじ》』を標榜する主神ガネーシャの神意に従い、シャクティ達《たち》眷族は都市の検問や法の取り締まりなど、率先して治安維持に貢献している。『暗黒期』と呼ばれるこの時代、彼等がいなければオラリオは暴力と無秩序が支配する無法都市に成り下がっていただろう。

「ダメよライラ、そんなこと言っちゃあ！　都市中に目を光らせてる【ガネーシャ・ファミリア】はいつも大忙しなんだから！」

「お前等がみんないい子ちゃんだから、アタシが悪者になってやってんだよ。言うことは言わないと、不健全だぜ？」

シャクティ達の役割がどれほど重要なのか理解しているアリーゼが窘《たしな》めても、ライラは皮肉然《ぜん》とした笑みを浮かべたままだったが──当の本人であるシャクティは頭《かぶり》を横に振り、小人族《パルゥム》の少女の言い分を肯定した。

「アリーゼ、いい。ライラの言う通りだ。代わりと言っては何だが、ここからは我々が受け持つ。──昏倒している闇派閥《イヴィルス》構成員の捕縛、急げ！　付近の調査、及び警戒を怠るな！」

「「「了解！」」」

シャクティの号令に、【ガネーシャ・ファミリア】の団員達が一糸乱れず応じる。

数はおろか作業の手際も劣る【アストレア・ファミリア】は異議を唱えず、素直に甘えることにするのだった。

「無差別の魔石製品工場襲撃……これで四度目ですか」

「襲撃が四度の時点で無差別などありえません。確実に『企図』が存在します。潰《つぶ》しても潰しても湧《わ》いて出る、あの闇派閥《ウジムシども》には」

調査と警戒を行う【ガネーシャ・ファミリア】を横目に、半刻ほど。

工場の隅で休憩を取るアリーゼ達の中で、リューがぽつりと呟くと、輝夜《カグヤ》がまさに反吐《へど》のごとく吐き捨てた。

「捕えた末端の雑魚は何も知らされてねえ徹底ぶり。今まで手がかりはなんも見つからなかったが……今度はどうなっかな」

頭の後ろで手を組むライラが呟いてから、間もなく。

団員から報告を受けたシャクティが、アリーゼ達のもとへ、つま先を向けた。

「シャクティ、どうだった？」

「これまでの襲撃と同じだ。迷宮都市《オラリオ》の主要産業、魔石製品貿易に打撃を与えるために襲撃した――と見せかけている」

アリーゼの確認に、シャクティは鋭い眼差《まなざ》しで答える。

「お前達【アストレア・ファミリア】の迎撃が迅速だったため、工場内は全焼せずに済んだ。それでようやく、『あるもの』がなくなっていることがわかった」

「それは？」

「魔石製品の『撃鉄装置』だ」

「撃鉄……？」

リューが尋ね、アリーゼは小首を傾げる。

シャクティは言葉を選びながら説明した。

「装置を作動させる『スイッチ』とでも言えばいいか。とにかく、魔石灯を始めとしたほとんどの製品の心臓部だ」

彼女の話を聞いて、リューもあれかと思い立つ。

確かに『魔石灯』などには誰にでも扱えるよう取り付けられた簡易機構がある。突起や把手《レバー》など種類は様々だが、内部で火打ち石のごとく『魔石』を起動させる機能を有しているらしい。

らしい、というのはリューも専門の人間ではないので、話に聞いた以上のことは知らないためだ。

重要なのは、その魔石製品共通の『撃鉄装置』が全《すべ》て持ち去られている、ということだ。

「そんなものを奪った敵の狙《ねら》いは？」

「わからん」

「連中は何かを作ろうとしてる？」

「それも、わからん」

輝夜《カグヤ》とライラの問いに、シャクティは目を瞑り、理解の外であることを告げる。

「使《つっか》えねえなぁ、都市の憲兵様も、アタシ等も。……後手に回るのは嫌だぜ、アタシは」

蔑むように告げられるライラの感想は、『警告』であり『注意喚起』だった。

話を聞くリューや、他の団員の顔も自ずと引き締まる。

「……ギルドには主要施設の警備を強化するよう、報告しておく。フィン達とも情報を共有しておこう」

「市中の巡回も増やした方がいいわね。敵の狙いが暴けないなら、せめて防がないと」

シャクティは重々しく頷《うなず》き、アリーゼもまた代案を口にする。

今後の方針と姿勢《スタンス》の確認作業が行われていると——そこで、一つの声が投じられた。

「お姉ちゃん、闇派閥《イヴィルス》の捕縛は終わったよ」

美しい、より、可憐、という言葉が先に来る少女だった。

短くまとめられた薄蒼色の髪もあって中性的《ボーイッシュ》な印象を感じさせるが、リューやアリーゼより膨らんだ胸や、くびれた腰が服の上からでもはっきりとわかる。青を基調にした戦闘衣《バトル・クロス》はシャクティのそれとも似ていた。

そんな彼女にまさに『姉』と呼ばれたシャクティは、咎めるように眉をひそめる。

「アーディ、他の者がいる場でその呼び方はやめろといつも言っているだろう」

「あ、ごめーん、お姉ちゃん」

ヒューマンの少女は反省した素振りを見せつつ、舌を出す。

その年の離れた『妹』の態度に、シャクティはもう何も言わず、溜息だけにとどめた。

「……アリーゼ、後の処理は引き受ける。ギルドへの報告もやっておこう。お前達は本拠《ホーム》に戻って、ゆっくり休んでくれ」

「そう？　じゃあ、お言葉に甘えようかしら。――ネーゼ！　リャーナ達に引き上げるって伝えて！」

「はいよ、了解」

シャクティの厚意を素直に受け取り、アリーゼが撤収の旨を告げる。

獣人の少女ネーゼがてきぱきと他の団員をまとめるのを脇《わき》に、リュー達も場を離れようとすると、先程の少女が声をかけてくる。

「リオン。またね」

「ええ、アーディ。また」

手を振ってくる彼女に、リューは友に向ける笑みを浮かべた。

別れの言葉もほどほどに、その場に背を向ける。

間もなく揃《そろ》った団員達を確認し、アリーゼが告げた。

「さぁ、正義の凱旋《がいせん》よ！　アストレア様のもとへ帰りましょう！」

半焼した工場を出れば、空はすっかり暗闇《くらやみ》に包まれていた。

闇夜《やみよ》という言葉が相応《ふさわ》しいほど暗く、頭上を厚い雲が覆《おお》っている中、雲間から覗《のぞ》く星がうっすらと輝いている。リュー達は星明りに照らされながら帰路を進んだ。

通りを行く都合十一人、火災を食い止めた正義の派閥に、民衆が声を上げては称《たた》え、感謝の言葉を送る。不器用かつ愛想が決して良くないエルフのリューはこういう時、いつもどうしたらいいかわからず仲間の陰に隠れてしまうのだが、そんな彼女の代わりにネーゼ達が手を振り返していた。

大通りを抜け、街路をいくつか折れ曲がり、閑静な住宅街へ。

辿《たど》り着くのはオラリオ北の区画、その片隅。

リュー達の本拠《ホーム》『星屑《ほしくず》の庭』である。

「おかえりなさい、みんな」

決して大きくない、けれど瀟洒《しょうしゃ》な白い館の玄関を開けると、リュー達を出迎えたのは美しい一柱の女神だった。

誰であっても、一目見ればわかる。

彼女が善神にして、慈悲、あるいは慈愛に満ちた神物《じんぶつ》であることを。

それほどまでに彼女の纏う空気は優しく、正しく、清らかだった。

胡桃色《くるみ》の長髪は背に流れ、双眸《そうぼう》は星海のごとき深い藍色を帯びている。

リューの空色の瞳《ひとみ》より澄んでおり、まさに星空のように見る者を惹《ひ》きつける。

女性らしい、なだからな線を描きながら、けれどしなやかな肢体を包んでいるのは、穢《けが》れを知らない純白の衣。その物腰を含めて貞淑な貴女を彷彿させるが、深い谷間を作る双丘だけは悩ましいと言ってよかった。

『女神』という言葉は彼女のためにある。

そう宣言してもいいほど、彼女は清廉で、潔白で、美しかった。

女神アストレア。

リュー達の主神であり、『正義』を司る超越存在《デウスデア》である。

「アストレア様！」

出迎えるアストレアの姿を認めるなり、アリーゼは開口一番、喜びの感情を隠さなかった。

その姿はまさしく母親を慕う子供のそれで、忠誠や尊敬とも異なった『信愛』が込められている。

「ただいま帰りました、アストレア様」

「子供みてえにズラズラ並んで、帰還しましたよ、っと」

「主神様自らお出迎えさせるなんて、わたくし達も随分偉くなりましたねぇ」

アリーゼの後にリューやライラ、輝夜《カグヤ》、それに他の団員達の声が続く。

言葉の違いはあれ、彼女達が主神に見せるのは、やはり喜びや嬉しさの類だ。

「そんなことないわ、輝夜《カグヤ》。帰ってきてくれた者の無事を喜ぶ、それに神も子も関係ない」

アストレアはやはり柔和な微笑みを崩さない。

神時代《しんじだい》を迎える以前、誰もが思い描いていた『女神像』に、誰よりもそぐう存在。

リューは心の中でそう思っている。

「ましてやこんな時代。眷族達《あなた》が誰一人欠けず戻ったなら、私だって新妻みたいなことをしてしまうわ」

「に、新妻……！　アストレア様が……!?　やっべ、そこはかとない背徳感が……！」

「なぜ貴方は興奮しているのですか、ネーゼ」

整った顔《かんばせ》がほんの少々の茶目っ気を覗かせると、獣人の少女が過度に反応する。リューは生真面目《きまじめ》なエルフらしく呆《あき》れた。

それを微笑ましそうに眺めながら、アストレアは眷族の顔を見回す。

「疲れたでしょう？　お風呂《ふろ》にする？　それとも食事かしら？」

「あるいは……新妻様《アストレア》でございますかぁ？」

「なっ!?　かっ、輝夜《カグヤ》っ！　貴方は——ッ!!」

ニヤニヤと笑《え》むのは、包容力を兼ね備えた女神の胸部——治療師《ヒーラー》のマリュー以外、リュー達《たち》眷族が敵《かな》わない胸囲——を一瞥《いちべつ》する輝夜《カグヤ》だ。

そしてリューは、やっぱりエルフらしく過剰に反応した。

下賤なっ、と激昂を隠さず詰め寄ろうとするが、

「あらあら〜？　今、何のご想像を？　潔癖で高潔で下ネタなど無縁だと澄まし顔をしているエルフ様とあろう者がぁ？」

「き、貴様ぁ……！」

輝夜《カグヤ》は水を得た魚のように、更にゲスい笑みを浮かべた。

『オラ何の妄想をしたのか聞かせてみろクソ雑魚ムッツリ妖精が』と告げてくる眼差しに、リューはグギギと歯を食い縛った。若干涙目にもなりそうだった。

「じゃあ、私はまずはお風呂を頂こうかしら！」

「そして空気を読まねえ我等が団長すげぇ〜」

そのすぐ真横でアリーゼが高らかに宣言し、ライラがもう疲れたとばかりに館へ上がろうとする。全く変わりないほど【アストレア・ファミリア】の日常の光景だった。

「そうだ、アストレア様も一緒に入りましょう！　お風呂もアストレア様も私が堪能するわ！」

「「「!?」」」

「あらあら……やっぱり誰もアリーゼには敵わないわね」

リュー、輝夜《カグヤ》、ライラ、その他全員の団員がぎょっと振り返る中、アストレアはクスクスと笑みを漏《も》らす。

そんな主神に、アリーゼは活き活きとした笑みでにじり寄った。

「さぁ、アストレア様！　私と一緒に――」

「「や、やめろぉ！　不敬な‼」」

怒号が轟き渡り、一悶着が起きるのもまた、彼女達の日常である。


「さぁ、お風呂もご飯も済ませたし、今日の反省会よ！　情報の整理もしときましょう！」

すっかり夜も更けた時間帯。

本拠《ホーム》の中でも広い、幾つもの長椅子《ソファー》が揃えられた団欒室に主神と眷族が揃っていた。

ばっちり身を清めたアリーゼがツヤツヤの肌で、かつドヤ顔で音頭を取るその姿に、最後の最後までばっちり疲れた団員達から恨みがましい視線が集中する。

「何事もなかったように進行しやがって……」

「殴りとうございますねぇ、あの笑顔」

ライラが肘掛けにもたれながら愚痴を吐き、輝夜《カグヤ》がニコニコと文句を告げると、

「私が外も内も完璧《かんぺき》美少女だからといって嫉妬《しっと》はダメよ、輝夜《カグヤ》！　大丈夫、貴方も十分綺麗《きれい》だから！　バチコーン☆」

「イラッ☆」

「笑顔のまま額に青筋を立てないでください、輝夜《カグヤ》……」

可愛《かわい》さよりウザさが極まる片目配せ《ウィンク》をかまされ、極東少女の殺意が高まった。リューの沈痛の声も届いていない。

「ふふっ、貴方達の愉快なやり取り、見ていて飽きないけれど……始めましょうか。今回はどうだったの、アリーゼ？」

「はいっ、アストレア様！　今回の襲撃に関しては、工場は燃えてしまいましたけど、一般人の被害はゼロ！　勿論、私達冒険者も！」

リュー達が用意した神座に腰掛けるアストレアに促され、話し合いが始まった。

みなの前に立つアリーゼが会議の進行役を務めながら、団員達が各々報告や、意見を口にしていく。

「相変わらず敵は有象無象ばかり。けれど、決して烏合の衆でもございません」

「ああ、統制されてやがる。この神時代《しんじだい》に『質より量』を持ち出してくんのは時代錯誤もいいとこだけどな」

「……散発的な襲撃はいつまで経《た》っても途切れない。根絶やしにすることもできず、『悪』は未《いま》だに嗤い続けている」

猫を被りながら、しかし険しい表情を隠さず輝夜《カグヤ》が告げ、ライラが彼女の言葉を受ける形で補足する。口惜しそうに正義感を発露するのはリューだ。

「貴方が言いたいことはわかるわ。でも逸《はや》っては駄目よ、リュー。闇派閥《イヴィルス》は、かつての『二大勢力』がいた頃より都市に潜伏していたのだから」

「【ゼウス・ファミリア】と【ヘラ・ファミリア】……」

アストレアの『二大派閥』が指す【ファミリア】の名を、リューは切り離すことのできない畏怖とともに呼んだ。

「『神時代《しんじだい》の象徴』、そして『神の眷族の到達点』……二大派閥《ゼウスとヘラ》は千年もの間オラリオに君臨し、安全神話を崩さなかった」

「闇派閥《イヴィルス》の連中がビビって活動自粛してたって……どんだけ強かったんだよ、連中」

アリーゼも真剣な顔付きで言及し、行儀悪く長椅子《ソファー》に座るライラもまた、呆れるしかないと言わんばかりの表情を浮かべた。

「『古代』から続く人類史の中でも最強、といっても過言ではない。それほどゼウスとヘラは圧倒的だった」

主神の断言に、【ファミリア】の中で最も若いエルフの団員《セルティ》が息を呑《の》むのも束の間、リューは強張った声で言う。

「しかし、そのゼウスとヘラも、『黒竜』に敗れた……」

――『三大冒険者依頼《クエスト》』。

古《いにしえ》の三体のモンスターを討伐目標に据えた、迷宮都市の使命であり、世界がオラリオに求める『悲願』である。

ゼウスとヘラの二大派閥はその内の二体、『陸の王者《ベヒーモス》』と『海の覇王《リヴァイアサン》』を打ち倒し——そして『生ける終末』とも呼ばれる最後の竜に、敗北した。

眷族の間から数瞬、音が途絶える。

『神の眷族の到達点』とも呼ばれる最強の二大派閥を、全滅に追い込んだ恐ろしき悪夢。

ややあって、彼女達の胸の内を代弁したのは、獣人のネーゼである。

「どれだけヤバかったんだよ、『竜の王』は……誰が倒すんだよ、ソイツ……」

今度こそ、部屋に完璧な沈黙が訪れた。

その悲観めいた心情は【アストレア・ファミリア】だけでなく迷宮都市《オラリオ》、いや下界中が抱いている共通の思いである。

それほどまでに『黒竜』は絶望の象徴に違いない。

大陸の遥か北、世界の最果てで眠っている終焉《しゅうえん》の存在に、リュー達は度《ど》し難《がた》い『未知』への恐怖と不安を覚えずにはいられなかった。

「……話、逸れちゃったわね。議題を戻しましょう。私達の正義の魂を燃やすの！　バーニング！　バーニング!!」

そんな少女達の重苦しい沈黙を破ったのは、やはりアリーゼだった。

「今日も死傷者は出なかった！　闇派閥《イヴィルス》の戦力も削ってる！　敵は決して無限じゃない。私達はちょっとずつでも前進してるわ！」

明るく溌剌とした声音は、ついうつむきそうになっていた団員達の顔を強引《ごういん》に上げさせた。

赤髪の少女は弾《はじ》けるような笑顔で続ける。

「そして私達が正義の翼を広げた分だけ、二大派閥《ゼウスとヘラ》がいた頃のオラリオに戻っていく！」

「アリーゼ……」

「信じなきゃダメ！　地道が一番の近道だって！　私達の不屈は必ず闇派閥《イヴィルス》を打ち倒す礎《いしずえ》になる！」

目を見張るリューの視線の先で、アリーゼは胸に右手を当てて、告げた。

「その後、ついでに『黒竜』も倒しちゃいましょう！　うんうん、いけるいける！」

荒唐無稽かつ、一気に飛躍したその発言に、団員達がぽかんとする。

アストレアもつい、瞬きを繰り返す。

先程とはまた違った意味で部屋が静寂に包まれる中、ライラが口を開いた。

「……ついでに『黒竜』を倒しちまうなよ、ったく。楽観的過ぎて何も言えね～」

彼女は呆れながらも、その口もとには笑みが浮かんでいた。

次に言葉を継いだのは、輝夜《カグヤ》。

「……団長、私は貴方のその甘言を受け入れがたい。未来を想《おも》うことはいい。だが、『現実』

は直視するべきだ」

ライラと対照的に、彼女は厳しい態度を崩さない。

その声音は硬く、猫かぶりを止めた眼差しは鋭い。リューをからかう時とは異なる真剣な顔付きで、楽観を許さない現実主義者《リアリスト》のごとく噛《か》み付《つ》いた。

「あら、何を言っているの、輝夜《カグヤ》？　私はちゃんと目の前のことだって見ているわ」

一方でアリーゼは、きょとん、と。

極東の少女と視線を絡《から》めながら、不思議そうに言った。

「だって、やるしかないもの。じゃあ、やりましょう」

そして、笑った。

一点の曇りなく、当たり前のことを言うように、破顔して。

固まるのは輝夜《カグヤ》だ。

愕然《がくぜん》とした表情をあらわにし、しばらく身動きすることを忘れる。

やがて、降参を認めるように、彼女もまた笑った。

「……本当に、私と貴方は相性が悪い。私はきっと、貴方にだけは敵わないだろう」

嗚呼《ああ》、まったく。

本当に仕方がないな、この人は。

騙《だま》されてやるか。

横顔から輝夜《カグヤ》がそんな風に思っていることを、人の機微に疎いリューでも悟ることができた。

「ま、アリーゼの『なんとかなる』は今に始まったことじゃないし」

「そうねぇ。そんなアリーゼちゃんに、私達は付いてきたんだものね」

「よし、『黒竜』も倒すぞー！　いつになるかわかんないけどー！」

たちまち起こるのは笑い声だ。

ヒューマンのノインとマリューが目を細め、アマゾネスのイスカが天井《てんじょう》に向かって拳を突き上げる。他の団員達も釣られるように笑みを湛《たた》えた。

先程までの未来への憂慮など忘れて。

「…………」

その光景に、リューは静かに微笑を浮かべる。

──アリーゼはすごい。

皮肉屋のライラも、ひねくれ者の輝夜《カグヤ》も。

アリーゼにだけは白旗を上げ、その真《ま》っ直《す》ぐな瞳を認める。

ノインも、ネーゼも、アスタも。

リャーナも、セルティも、イスカも、マリューも。

そして私《リュー》もまた、彼女を信じている。

アストレアとアリーゼがいる限り、きっと私達《リュー》は『正義』を見失わない。

（私が憧《あこが》れている人。私の手を握ってくれた、尊敬しているヒューマン――）

少女と出会った日のことを想起しながら、リューは自分のことでもないのに、とても誇らしい思いを抱いた。

「今日もみんな、私の正しさにひれ伏したわね！　フフンっ、さっすが私!!」

が、そんなリューの思いも知ったこっちゃないとばかりに、アリーゼはその薄い胸を張って今日一番のドヤ顔を披露した。

「「「「「「「イラッ☆」」」」」」」

リューとアストレアを除いた全ての者が絶妙な苛立ちに襲われ、額に青筋を走らせる。

（余計なことを言ってしまうのが、唯一の欠点ですが……）

あまりにもあんまりな落差に、リューが思わず片手で顔を覆ってしまうのも仕方がない。仕方のないことなのである。然もありなん。

「とにかく！　私達が取るべき行動は一つ！　悲しみの涙を拭い、みんなの笑顔を守る！　そのために戦い続けましょう！」

アリーゼがそう言うと、見守っていたアストレアも微笑とともに頷いた。

「そうね……星の数ほどあれ、『正義』の一つはここにある。それは決して間違いではない」

「アストレア様のお墨付きももらったし、問題なしね！　さあ、恒例のヤツをやって、明日も頑張るわよ、みんな！」

そこで俄然《がぜん》、アリーゼの笑みが輝き出す。

全ての訴えを退けるだろう彼女の気炎《バーニング》に、一部の者がげんなりとした表情を浮かべた。

「いつもやんなきゃダメなのかよ、コレ……アタシ、小っ恥ずかしくて苦手なんだけど……」

「安心しろ。私もだ」

「ライラ、輝夜《カグヤ》、真剣にやってください！　……わ、私は、恥ずかしくなどないっ」

口では言うがしっかり頬を赤らめてしまうリューを他所に、アリーゼは全ての団員に起立を促す。

十一人の少女が輪になると、きらめく赤い髪を揺らし、アリーゼは手を伸ばした。

「使命を果たせ！　天秤《てんびん》を正せ！　いつか星となるその日まで！」

歌われるのは正義の詩。

彼女達がアストレアの眷族であることの宣言と証明。

「天空を駆けるがごとく、この大地に星の足跡《あしあと》を綴る！」

それは少女達が自分の心に刻み込む、『誓いの言葉』だった。

「正義の剣と翼に誓って！」

『正義の剣と翼に誓って!!』

アリーゼの声の後に、リュー達の唱和が重なる。

目を細めるアストレアの視線の先で、少女達は今日も正義の誓いを新たにするのだった。

『大抗争』まで、あと十日——。

二章
EREN

ASTREA RECORDS
evil fetal movement
Author by Fujino Omori Illustration Kakage
Character draft Suzuhito Yasuda

青空が姿を消している。

時間帯は朝。オラリオの頭上は今日も灰色の雲に覆《おお》われていた。

連日の曇り模様に通りを行く人々の顔も晴れず、暗鬱《あんうつ》とした空気が漂っている。

「さぁ、有言実行よ！　巡回《パトロール》だわ！　悪さをする人間を取り締まるんだから！」

しかしそんなものは知ったこっちゃないわ！　と言わんばかりに、アリーゼはその日もうるさかった。もとい生命力に溢《あふ》れていた。

彼女の隣には、覆面で顔を隠したリューがいる。

「昨日の今日だ、同じ場所を襲撃などないと思いますが……私達は工業区から順に回っていきましょう」

「ええ！」と笑うアリーゼとともに、警邏《けいら》を始める。

都市の見回りは【アストレア・ファミリア】が率先して行っている事柄の一つだ。治安の悪さが際立《きわだ》つこの『暗黒期』という時代、直接的な被害を出す闇派閥《イヴィルス》はもとより、悪行に手を出す一般人もつきることはない。条理を保つには力ある者、特に冒険者の巡回が欠かせなかった。

監視や見回りは『都市の憲兵』で知られる【ガネーシャ・ファミリア】の役目だが、リュー達も積極的に参加していた。『正義』の名を掲げる彼女達が求めるものは、やはり『混沌』ではなく『秩序』に違いないからだ。

「闇派閥《イヴィルス》の襲撃に規則性を見出だせないとはいえ、第一区画、第二区画の被害は大きいわね」

「この一帯……魔石製品を生産する工業区はオラリオの心臓部だ。まだ致命的な被害には至っていないと聞きますが、これ以上は都市の機能に支障をきたすかもしれない」

リューとアリーゼの担当は都市北東部。

先日の工場襲撃事件もあり、襲撃自体を予防せんと、彼女達以外にも輝夜《カグヤ》やライラ達が都市の各方面に散らばっている。

リュー達は住民への聞き込みも行いながら、警邏に努めた。

意思疎通《コミュニケーション》お化けのアリーゼが関係ありそうな話も無駄な話も交わしながら、些細《ささい》な情報を集めていく。人付き合いが得意な方ではないリューは不審物、あるいは人物がいないか絶えず目を光らせた。

いくつも区画を跨《また》いで巡回を続けていくうちに時は流れ、厚い雲は薄れていき——オラリオに夕暮れが訪れる。

「……街に活気がない。ここが『世界の中心』と謳われるオラリオだと、いったい誰《だれ》が信じるだろうか」

都市の中でありふれた街路の一つを歩いていた時だった。

巡回を続けていたリューは、朝からずっと感じていたことを口にした。

「道行く人はみんな暗い顔、開いてるお店も万引き防止用の柵……治安の悪さが人々の心を荒らして、生活にも影響を与えてる」

アリーゼの言う通り、通りを往来する者達の顔は暗い。

視線は足もとに落とすか、あるいはふと辺りを見回して神経質な振る舞いを見せている。

人々に向かって店の呼び込みをする者など皆無だ。

「ええ。闇派閥《イヴィルス》が何かしでかさないかと、誰もが常に怯《おび》えている。身を粉にしても、人々の笑顔が守れていないことが歯がゆい……」

「これでも随分とマシになった方っていうのが、またね。それこそ、リオンと最初に出会った頃の方が酷かったわ」

オラリオの現実を前に、リューの表情は悲しげに歪《ゆが》み、その声音は悔しさを帯びる。

やりきれない彼女の隣で、アリーゼも眉《まゆ》に憂いを交ぜる。

（あれももう、三年前になるか……。私はあの時アリーゼに助けられ、アストレア様の眷族になった……）

それはリューが、オラリオに足を踏み入れたばかりの頃の話。

右も左もわからないエルフにとってオラリオという大都市は広過ぎたが、それに似つかわしくないほど静かで、どこか暗澹《あんたん》としていた。当時から闇派閥《イヴィルス》が暴《あば》れ、治安が乱れていたためだ。

事実、まだ『神の恩恵《ファルナ》』を授《さず》かっていなかったリューも危うく人攫《ひとさら》いの暴漢達に囲まれたことがあった。その毒牙にかかっていれば人身売買の憂き目に遭い、見目麗しいエルフとして歓楽街にでも売り払われていただろう。

　そして、そんなリューの窮地を颯爽《さっそう》と救ったのがアリーゼだった。

「リオンはリオンで、すごい偏屈だったしね！　仲間外れにされた野良猫みたいな目をしてて、本当に面倒だったわ！」

「ア、アリーゼ！　あの時の私は里を出たばかりで、情緒不安定になっていて……へ、偏屈だったというわけでは！」

　追憶に浸るリューを知ってか知らずか、アリーゼは打って変わって、明るい声で当時の出来事を笑い飛ばす。

　リューは必死に言い訳めいたことを並べるが、

「私、あの時のことは今でも覚えてるわ！　リオンったら人攫《ジュラ》いから助けてあげた私に、『自己満足のために私を助けたのなら、見返りなど要らない筈《はず》だ。キリッ』とか言うんだもの！」

「アリーゼぇぇぇ……！」

　ちっとも似ていないモノマネを披露され、非常に情けない声を出すしかなかった。

　己《おのれ》の黒歴史を持ち出され、覆面の上からでもわかるほど赤くなる。

　細長いエルフの耳まで羞恥の色に染めて、穴があったら入りたい衝動に駆られた。

「フフーン！　私はリオンの弱味をいっぱい握っているんだから！　……でもね、リオン。あんたは少しだけ勘違いしてるわ」

「えっ？」

胸を張っていたアリーゼは、ふと声音を変えた。

悶えていたリューが顔を上げると、ちょうど同じ時機《タイミング》で、すれ違おうとしていた一人の少女が声を上げる。

「あ！【アストレア・ファミリア】だぁ！」

「そうよ、正義の味方【アストレア・ファミリア】よ！　そういう貴方はこの前の事件で逃げ遅れた女の子、リアちゃんね！」

「うん！　おねえちゃんが助けてくれた、リアだよ！」

こちらに笑顔を向ける少女に、アリーゼは素早く身を翻《ひるがえ》してカッコイイ姿勢《ポーズ》を取る。

両腕で熊の縫包み《テディベア》を抱きしめる少女はきゃっきゃっと喜んだ。

リューにも記憶がある。

闇派閥《イヴィルス》の襲撃で大通りが混乱に陥《おちい》る中、逃げ惑う人々に蹴《け》られ、あわや踏み潰《つぶ》されようとしていた彼女――リアをアリーゼが救ったのだ。

「嗚呼、冒険者様っ、あの時は本当にありがとうございました……！　何とお礼を言ったらいいか……！」

「私達は『正義』に従っているだけよ。だから気にしないで！　いつだって、私達はみんなを助けるから！」

頭を下げるのはリアの母親。

感謝を告げる彼女に、アリーゼはありのままの想《おも》いを伝えた。

「うん！　いつも助けてくれて、ありがとう！　またね、おねえちゃんたち！」

熊の縫包み《テディベア》と一緒に手を振り、少女が母親とともに去っていく。

その一連の光景を、リューは驚きの表情で眺めていた。

「……今のは」

「リオン。守れている笑顔はあるわ。たとえ全体から見れば僅《わず》かだったとしても、確かにそこにある」

リューの隣で、立ち去っていく親子の後ろ姿を見つめながら、アリーゼは目を細める。

「みんなが笑顔になってないからって、私達が守った人を忘れちゃうのはダメ。自分を卑下するのは、ダメよ」

「……」

「『正義』の成果は存在する。あとはこれから増やしていくだけ。そうでしょう？」

「……はい、アリーゼ。貴方の言う通りだ。歯がゆく思う暇なんてなかった」

笑みを浮かべ、優しく諭すように語りかける知己の姿に、リューの顔にも自然と笑みが浮かんでいた。

先程まで胸にわだかまっていた悲嘆を忘れて、顔を上げる。

「オラリオに平和をもたらすために、今は少しでも――」

「あ～～～～～～～れ～～～～～～～～～っ!!」

その時だった。

驚愕《きょうがく》するリュー達の視界の奥から、情けない男の声が聞こえてきたのは。

「ははっ！　いただきだぁ！」

「俺《おれ》の全財産４４４ヴァリスがぁぁぁぁぁ！　だれか取り返してぇぇぇぇぇぇぇぇんっ!!」

荒々しい胴間声は、財布を奪った暴漢のもの。

そして今も連なる情けない悲鳴は、財布を奪われた『神』のものだ。

「あれって男神様？　神からサイフをブンどるなんて世も末ね！　というか所持金が微妙にショボいわ！　神なのに!!」

「そんなこと言っている場合ではない！　行きます、アリーゼ！」

後半から素直な感想をぶっちゃけるアリーゼにツッコミつつ、リューはその身を風に変えた。

活気はなくとも人々の往来はある通り。慣れた調子で雑踏を躱し、暴漢の男は姿をくらまそうとするが――リュー達の方が速い。人の波を淀みなく、かつ素早く、時には壁を蹴って宙を踊っては駆け抜けていく。

最初に存在していた距離など問答無用に縮め、ぐんぐんと男の背に迫った。

「逃げられないわよ！　観念してお縄につきなさい！」

「あの赤い髪は……【紅の正花《スカーレット・ハーネル》】!? ち、ちくしょう！　よりにもよって【アストレア・ファミリア】なんて……！　くそぉ！」

堪《たま》らないのは男の方だ。

隙だらけの神《カモ》から財布を奪ったと思えば雀《すずめ》の涙ほどの小金だった挙句、追ってくるのは正義の派閥として有名な少女達。上級冒険者との身体能力を見せつけられる暴漢は、何とか振り切ろうと通りの横道へと飛び込もうとした。

「――ぐえっ!?」

だが。

進路上に突如現れた人影に、見事に足をかけられて、転倒した。

「ダメだよ、悪いことしちゃ。お金は働いて、自分の手でもらわないと」

やはり、その少女は『可憐』だった。

アリーゼが溌剌とした太陽のような明るさを持つなら、彼女が纏《まと》うのは春風のような穏やかさだ。その鈴のような声音一つとっても、生来の心優しさが滲《にじ》み出ている。

「アーディ！」

昨夜襲撃された工場内で会った知己の一人に、リューは目を見張っていた。

「そうだよ！　品行方正で人懐こくてシャクティお姉ちゃんの妹でリオン達と同じLv.3の

アーディ・ヴァルマだよ！　じゃじゃーん！」

「いったい誰に説明しているのですか、貴方は……」

両腕を広げて満面の笑みを浮かべる少女、アーディに、リューは呆《あき》れた眼差《まなざ》しを送る。

【ガネーシャ・ファミリア】の一団員である彼女は、都市の憲兵とは思えない朗らかな態度でリューに近付いた。

「や、リオン。今日も綺麗《きれい》で可愛《かわい》いね。相変わらずいい匂《にお》いもするし……抱き着いてもいーい？」

「話を聞いてください」

「フフーン！　私は昨日しっかりリオンを抱き枕《まくら》にして寝たわ！　リオンったら照れちゃって可愛かったんだから！」

「私の周りには人の話を聞かない者が多すぎる!!」

極東で言う『招き猫』のように片手を揺らすアーディを威嚇するものの、そこにアリーゼも加わったなら、もはや手が付けられない。背後で腰に両手を当てて勝ち誇る赤い少女と、結局正面から抱き着かれた青い少女に挟まれる。

昨夜の羞恥の記憶も手伝って、リューは思わず目を瞑って叫んでしまった。

盗人を追跡する過程で追いついてしまったのか、「おねえちゃんたち、仲がいいんだねぇ！」という少女《リアちゃん》の歓声が地味にきつかった。

「あはは。冗談は置いといて……さ、おじさん。盗んだものは返してね」

「ぐううぅ……」

リューとの合体を解除したアーディは、後ろを振り返る。

派手に転倒した暴漢は呻《うめ》き声を漏《も》らしながら、ちょうど上体を起こすところだった。

「……あー、くそっ！　もう詰んだ、詰んだ俺の人生！　さっさと牢屋にぶち込みやがれ、ちくしょう！」

「すごい！　清々しいくらいに開き直ったわ！」

地べたに足と手を投げ出した体勢で喚き出す男に、アリーゼがすかさず驚嘆する。「ややこしくなるから貴方《アリーゼ》は黙っていてください」とリューが頭を痛めながら抑止している間、暴漢は声を荒げ続けた。

「おめぇ等みてえな強い連中にはわかんねーだろうな！　こんな惨めな真似をして、食い扶持稼ぐ浮浪者《おれたち》のことなんかよぉ！　仕事場も奪われれば店も開けねえ！　いつもいつも事件事件で、どこもかしこも余裕がねえ‼」

その言葉の通り、男はくたびれた服を着ていた。

冒険者でもないのに肩や腹に鎧《よろい》を纏っているが、それこそこんな時代を生き抜くための知恵なのだろうか。無精髭《ぶしょうひげ》を生やした中年のヒューマンは、自分の主張をまくし立てる。

「職に溢《あぶ》れたヤツなんて、ごまんといるんだ！　それもこれも、お前ら冒険者がさっさと悪党どもを追い出さねぇからだ！」

彼の話に耳を貸すリューは、ほんの少しだけ、目を伏せた。

（この男の文句は言いがかりだが……これも今のオラリオの現実。治安の悪化が、白かった者さえ黒に染めてしまう）

否定も肯定もできない、真実の側面。

返す言葉がないのではなく、ただ無力感を嚙《か》み締《し》めていると、男は手をついてふらふらと立ち上がった。

「そうさ！　俺みたいなヤツがいるのは、全部お前等のせいだ！　俺は、被害者だ‼」

その男の結論に。

リューの隣で黙って聞いていた少女は、一歩、前に出た。

「それが貴方の言い分？」

「えっ……」

「でも、悪いことは悪いことだよね？　貴方が奪われた分だけ何かを奪えば、誰かが貴方と同じ思いをしちゃうよ？」

そのアーディの声は、咎めてはいなかった。

責めてもいなかった。

ただただ普通に、尋ね返していた。

「今の貴方が、貴方みたいな人を作り出しちゃうかもしれない。私達が力をつくす前に」

「そ、それは……」

詰め寄られているわけではないにもかかわらず、暴漢の男が言葉に詰まる。

そこで、アーディはにっこりと笑った。

「だからさ、誓って？」

「は？」

「もう二度と、悪事に手を染めないって。約束してくれたら、今回は見逃してあげる」

呆けた表情を浮かべる男と同様、リューは驚愕を顔に貼《は》り付ける。

「なっ……！　アーディ、それは駄目だ！」

「どうして？」

「然《しか》るべき報いを受けさせなければ、周囲に示しがつかない！　その時々の状況で裁き方を変えては秩序が乱れます！」

「うーん、私は情状酌量《じょうじょうしゃくりょう》の余地があると思ったけど。嘘《うそ》はついてないみたいだし。勿論、ひったくりは悪いことだけど……」

身を乗り出して訴えるリューを前にしても、アーディはちっとも調子を変えない。

どころか、けろっと微笑んでみせる。

「ほら、私達が取り押さえたから、被害は出てない。おじさん以外は誰も不幸にはなってないよ」

「それでも、罪を犯したことに変わりありません！　アーディ、貴方は都市の憲兵《ガネーシャ・ファミリア》ではないのですか！」

悲鳴にも近いリューの叫び声が打ち上がる。

その問いかけに、アーディは笑みを消した。

そして、一度目を瞑った。

「確か……『飴と鞭』、だっけ？　そんな言葉、あったよね？」

「……？　それがどうしたのですか？」

「他の憲兵《おねえちゃんたち》が『鞭』なら、私くらいは『飴』になってあげたいな。……鞭ばっかりじゃ、みんな疲れちゃうよ」

「！」

瞼が開き、髪の色と同じ瞳《ひとみ》が、リューの空色の瞳を見つめる。

その言い分は、思いもよらぬ方向から、リューをしたたかに打った。

「そ、それは……」

一度だって考えてこなかったと言ってもいい。

リューは秩序からはみ出した者達を取り締まるばかりで、取り締まられる側のことを深く考えたことなどなかった。

この『暗黒期』という時代がそんな余裕を奪っていたと言うのは簡単だ。

だが、たとえそうだったとしても『一方的な正義』という誹《そし》りを免れることは、できないだろう。

リューは動揺し、言葉に窮《きゅう》してしまった。

「……うん、決めた。私もアーディの言うことに賛成するわ！」

「アリーゼ⁉　貴方まで！」

それまで成り行きを見守っていたアリーゼも、アーディの弁を肯定する。

リューが反射的に声を上げてしまうのを他所に、暴漢の男へ歩み寄り、人差し指を立てる。

「ただし、二度目はないわよ？　それだけは肝《きも》に銘じておいてね」

「い、いいのかよ……？」

「うん、私が後でいっぱい怒られるからいいよ。……あとおじさん、これ」

うろたえる男に、アーディがずっと片手に持っていたものを差し出す。

それは簡素な包装に包まれた、揚げたての芋だった。

「お金は渡せないけど、私のジャガ丸くん、あげる。あ、まだ一口も食べてないから安心してね？」

添えるのは、何も変わらない、澄んだ笑み。

「あったかくて、ホクホクだよ？」

男は呆然《ぼうぜん》と立ちつくした。

立ちつくして、ぎりっと歯を鳴らした。

「……慈善家気取りかよ……」

そして勢いよく、アーディの手の中からそれを奪う。

「ふざけんな、バーカ！」

背を向けて、駆け出していく。

一秒だってこんな場所にはいたくないと言うように。

あるいは惨めな自分を恥じるように。

葛藤の思いを背中から滲ませながら、アーディ達の前から去っていった。

「意訳すると『感謝なんてしないんだから！　勘違いしないでよね！』──と言いつつ、しっかりジャガ丸くんを持っていたわね！　これであの人は五臓六腑に塩と油がしみ込んで、改心するに違いないわ！」

「その理屈は謎《なぞ》すぎる……あとそんな気持ち悪い言葉遣いをあの男はしていない。……しかし、やはり、これでは秩序が……」

フフンと鼻を鳴らすアリーゼの翻訳機能に、律義にツッコミを入れつつ、リューはどうしても納得のいかない顔を浮かべてしまう。

その形のいい眉を歪めていると、アーディが靴音を鳴らし、体をこちらに向けた。

「……リオン。私はさ、君が言っていることは『強い人』だから言えることだと思う」

「えっ？」

「おじさんがさっき言ってたことも間違いじゃない。私達が『正論』を言えるのは、私達が力を持ってるから」

「――!!」

リューの顔に、衝撃が走り抜ける。

「だからじゃないけど……リオン、赦《ゆる》すことは『正義』にならないかな？」

夕暮れを背にし、アーディは眉を曲げて笑った。

その言葉は周囲で眺めていた人々の瞠目《どうもく》を集め、騒動に怯えるばかりの娘《リア》の母親の驚きをも生んだ。ただ一人、いたいけな娘《リア》だけは小首を傾げていた。

「……わ、わたしは……」

リューは、アーディに応《こた》えるだけの返答を持ち合わせていなかった。

動揺は声にならず、開いては閉じかける唇だけを持てあましていると――。

「いやぁ～、お見事お見事！」

乾いた拍手の音が鳴り響く。

「貴方は……」

「さっきの神様……？」

リューとアリーゼが振り向いた先。

そこには財布を奪われ、情けない声で泣き叫んでいた、一柱《ひとり》の男神《おとこ》が立っていた。

「すごいねぇ、正義の冒険者は」


「いやぁ、急に後ろからタックルされてさぁ～。びっくりしちゃったよ」

夕日の光を浴び、影が石畳の上に伸びている。

言ってはなんだが、軟弱そうな神だ。

目は細く、口に浮かんでいるのは気弱そうな笑み。男にしては量が多い黒髪はまったくまとまりがなく、あちこちに飛び跳ねている。

そして前髪の一部が脱色したかのように、灰の色を帯びていた。

見るからに、覇気のない男神《おとこ》だった。

「大丈夫ですか、神様？　お怪我《けが》は？」

「掠り傷一つないよ、可愛い女の子。サイフを取り戻してくれて、ありがとね」

アーディから財布――正確には金貨が詰まった小袋を受け取って、その神物《じんぶつ》は名乗った。

「俺の名前はエレン。君達は？　そっちの子は、さっき【ガネーシャ・ファミリア】って聞こえたけど……」

「私はアリーゼ・ローヴェル！　【アストレア・ファミリア】の団長よ！」

「……リオンと名乗らせてもらっています。アリーゼと同じく、【アストレア・ファミリア】です」

エレン、と自らを呼ぶ神に、アーディの隣に並ぶアリーゼとリューは名乗り返す。

外を出歩く際、覆面を欠かさずしていることからわかる通り、リューは自分の素性を隠している。理由は多々あるのだが、一言で表すなら『エルフの慣習』だ。自分自身忌避している種族の習わしでリューは友や仲間など、認めた者にしか真名等《とう》を明かしていない。

無論、冒険者登録を済ませた『ギルド本部』にはリュー・リオンの名で人物情報《プロフィール》は控えられているが、この『暗黒期』の情勢下、ギルドは情報漏洩《ろうえい》には——それこそ名前一つの流出にも——神経質過ぎるほどに注意している。何が混沌側の勢力にとって有利に働くかわからない昨今、冒険者の安全を確保するのは管理機関《ギルド》にとって当然の仕事だった。

閑話休題。

とにかくリューは初対面の相手に自己紹介する際、一族の名のリオンと名乗るようにしている。アリーゼ達も気紛れからリオン呼びが定着しており、リューの真名を知る者はほとんどいないと言っていい。

「【アストレア・ファミリア】……正義の女神の眷族……」

アリーゼとリューの紹介を聞き、エレンは動きを止めた。

何かを考えるように二人の顔を見つめていたかと思うと、ゆっくりと唇の端を上げた。

「……なるほど、な～るほど。まさに『正義の使者』だったわけだ。いいね、実にいい。俺達のこの出会いは」

「……？　何を言っているのですか？」

深々と感じ入るように呟かれる言葉に、リューが眉を怪訝の形にすると、エレンはおどけるように両手を上げた。

「なに、君達に助けてもらって良かったたっていう話さ。繰り返すけど、ああ、見事だ。本当にお見事」

なんてことなさそうに、神の語りは続く。

「何がお見事って、みんなが『正義』を探してるってこと。単なる勧善懲悪じゃない落としどころ、感動しちゃったよ。……特にエルフの君、面白《おもしろ》いなぁ」

「私が……？」

「ああ。潔癖で高潔。しかし未《いま》だ確たる答えはなく。まるで雛鳥《ひなどり》だ。正しく在りたいと願う心は誰よりも純粋なのに」

神なのにどこか神らしくないという矛盾を抱えるエレンの声音は、しかし下界の住人の耳を引き寄せた。

茜色に染まる通りに、滔々《とうとう》と語られる言葉が響く。

「こんな時代だからこそ、君がどう考え、どう染まるのか。そしてどんな『答え』を出すのか……ああ、興味がありまくりだよ」

そしてリューは、こちらをじっと見据える神の眼《まなこ》に、『反発』を抱いてしまった。

（……悪意はない。敵意もない。見下してすらいない。だが、どうしてか癇に障る。この神は、一体――）

自分でも言葉にできない思いを胸中に抱えていると――アリーゼがばっと、素早く身を翻した。

「なんだかその言い方、いやらしいわ！　リオン、離れて！　きっとこの神様も『フヒヒ』とか笑い出す変態よ！」

「あ、やめて、本気で傷付くからやめて！　俺そーいうモブ神とは違うからぁん！」

「神様はみんなそう言いますよね！」

「ぐふぅ！　イイ笑顔で腹を抉るコークスクリュー・ブロー!!　ボーイッシュ元気っ子だと思ってたけど、さては天然だな！」

両腕を広げるアリーゼがリューを庇い、満面の笑みを浮かべるアーディが揺るがない客観的事実を述べる。美少女達の容赦ない指摘《コメント》にエレンは衝撃に打ちのめされた挙げ句、体をくの字に折って深手を負った。

先程までの雰囲気を霧散させ、情けない声を轟かせる姿は、リューも肩透かしを食らうほどだった。

「……と、もうこんな時間か。もっと君達と騒ぎたかったけど、そろそろ行かせてもらうよ。用事もあるしね」

「……お一人で大丈夫ですか？　お付きの眷族もいらっしゃらないようですし、せめて送迎を……」

リューの申し出に、「そこまでしてもらったら悪いよ」と笑みが返ってくる。

「じゃあ──またね」

軽く片手を上げ、エレンはリュー達の前から去っていった。

石畳に伸びる影が、夕暮れの街から姿を消す。

「神々は一柱《ひとり》で行動するな、ってギルドが言っているのに。ま、自由神《じゆうじん》ばっかりだから、他の神様もほっつき歩いてるけど」

「神々など、えてしてそのような存在だとはわかっていますが……捉《とら》えどころのない神だった」

アリーゼが呆れる横で、リューは素直な感想を口にする。

薄蒼色の髪を揺らし、アーディも頷《うなず》いた。

「そうだねぇ、何だかヘルメス様に似てたかも。……あ、そうだ、リオン」

そこで思い出したように、少女はこちらに振り返る。

「君の里の『大聖樹の枝』、やっぱりオラリオに出回ってるみたい。品は押収できなかったけど、逮捕した商人達が吐いた」

「……!!　本当ですか……?」

「うん。君の里に限らずだけど、闇派閥《イヴィルス》が都市の外から仕入れて捌いてるみたいなんだ。……エルフの里を荒らして」

それは以前より、オラリオで確認されている情報だった。

エルフの里にそれぞれ存在する『大聖樹』、その枝は貴重な品だ。

多くが魔導士用の杖《つえ》や武器の素材に使用されるが、それを持つ者はエルフ――旅立ちの餞別《せんべつ》として里の枝を与えられた妖精《ようせい》――がほとんどである。間違っても大量に流出するものではない。大聖樹を崇めるエルフ達がそんなこと、許しはしない。

「闇市《ブラック・マーケット》ならぬ『悪人共の違法市《ダーク・マーケット》』……オラリオに非合法の品を集めて取引するなんて」

「オラリオは『世界の中心』……だからこそ物流も回る、ってことなんだろうね。曰《いわ》く付きの品も集めやすいって。多くの商人が噛んじゃってるせいで、市《マーケット》そのものを完全に撲滅するのが難しくなっちゃってる。取引する品を一時的に保管する『倉庫』が、絶対にある筈なんだけど……」

アリーゼが憤慨とも嘆息とも取れない口調で言い、アーディがまさに憲兵の顔付きとなって頷いた。

これも闇派閥《イヴィルス》の仕業で、『暗黒期』の弊害。『大聖樹の枝』以外にも多くの怪しい品が出回っており、迷宮都市は今や不法の温床と化している。

「ごめんね、リオン。君の里の枝を取り戻せなくて」

「……いえ、私はもう故郷の森とは縁を切った。同胞や里がどうなろうと、何も思うところはありません……」

「そんな顔でよく言うわ。しっかり感傷的になってるじゃない」

アーディが謝ると、リューは努めて平坦な声で無関心を装った。

しかしアリーゼの言葉通り、覆面でも隠しきれない複雑な感情が滲み出ている。

そんなリューの横顔をじっと凝視していたアーディは……よしっ、と。

胸の位置で、両の拳《こぶし》を握った。

「待ってて、リオン！　闇派閥《イヴィルス》を押さえて、扱われている品も取り返してみせるから！」

驚くリューに、アーディは明るい笑顔を浮かべる。

「知らない人を助けるのも大切だけど！　やっぱり身近な人に笑顔になってもらいたいもんね！　じゃあね、二人とも！」

「アーディ！　私は本当に気にしてはっ――……行ってしまった」

手を振りながら、アーディは去っていった。

元気良く遠ざかっていく後ろ姿には悲壮の欠片《かけら》もない。

リューが伸ばしかけた手を下ろすと、アリーゼが隣で微笑んだ。

「アーディの厚意、素直に受け取っておきましょう？　誰かを笑顔にさせたいって想いは、何も間違っていないんだから！」

「……はい」

明るく、人懐こくて、そして優しいアーディ・ヴァルマは、人の『善性』の象徴と言ってもいいのかもしれない。

心が軽くなっていることに気付いたリューは自然と笑みを浮かべ、そんなことを思った。

「さ、巡回の続きよ！　アーディ達と一緒に、必ず都市を平和に――」

「アリーゼ」

アリーゼが思いを新たにしていると、小柄な影が頭上から音もなく着地する。

屋根の上を駆けてきた、小人族《パルゥム》のライラだった。

「あら、ライラ？　そっちの巡回はもう終わったの？」

「ああ、終わった。終わって、『別件』だ。『きな臭え動きがあるから網を張れ』だとよ」

その『指令』を伝えるためにこちらを探していたのだと察し、リューの眼差しが鋭くなる。

「指示は誰から？」

「決まってんだろ」

意識を切り替えるリュー達を前に、ライラは唇をつり上げた。

「アタシの愛しの『勇者』からだ」

◆

「団長、【ガネーシャ・ファミリア】との定期連絡、行ってきました！　詳細、この羊皮紙にまとめてあります！」

若い少年の声が部屋に響く。

オラリオ真北に位置する【ロキ・ファミリア】本拠《ホーム》、『黄昏《たそがれ》の館』。

その執務室にて、小人族《パルゥム》のフィンは報告書を受け取った。

「あぁ、ご苦労。ありがとう、ラウル」

「いえ！　じゃあ自分はこれから、ノアールさん達と巡回行ってくるっす！」

団長の労いに、団員のラウルは年相応の笑顔を返した。

そのまま執務室を後にしようとするが、

「ラウル。君は今年、いくつになった？」

「……？　十四っすけど……？」

背を呼び止める声に、不思議そうに振り返る。

それを聞いたフィンは、夜の湖面を彷彿とさせる碧眼《へきがん》を僅かに細め、すぐに笑みを作った。

「そうか……いや、何でもない。呼び止めて悪かったね、行ってくれ」

「はぁ……失礼します」

首を傾げながらラウルが今度こそ退室すると、その場にいる長身のエルフが口を開いた。

「フィン、何故《なぜ》ラウルの年齢を？」

「他意はないよ。ただ……少し麻痺《まひ》していると、ふと思ってしまった。自分達の頭が」

美しい翡翠《ひすい》色の長髪を背に流す王族《ハイエルフ》、リヴェリアの問いかけに、フィンは腰かけている椅子《いす》に寄りかかって、ギシリと重い音を鳴らした。

「息をするように人が死に、悲鳴が絶えることのない無法地帯に、成人もしていない子供まで駆り出さなくてはならない、この状況が」

「致し方ない……と済ませていい問題では確かにないだろう。だが、ラウルはアキと同じく裏方だ。戦わせているわけではない」

戦うことに明け暮れた冒険者の顔で、この暗黒期《じだい》を評するフィンの真意を正《ただ》しく理解し、リヴェリアは事実かつ、気休めの言葉を述べた。

その気休めの意趣返しのように、フィンは笑みを投げかける。

「【アストレア・ファミリア】の彼女達もラウル達と同じ年頃の筈だよ、リヴェリア」

「……あの娘《むすめ》達は、特別だ。優れた戦闘経験を持ち、何より信念を持っている。この先も、必ず台頭してくるだろう」

Ｌｖ．５――現オラリオ最強戦力の一角であるリヴェリアをして『特別』と言わしめるのはリュー達だ。先日も『正義』の名のもとに工場襲撃を防いだ【アストレア・ファミリア】の活躍は、民衆の希望として広まりつつある。

頭角を現している今よりも更なる躍進を遂げることを、王族《ハイエルフ》の王女は疑っていなかった。

「そうだな。あの娘《むすめ》っ子どもは希望の一つに違いない。秀でた後進、優れた冒険者を遊ばせておく余裕は、今のオラリオにないからのぅ」

蓄えた髭《ひげ》をしごくのは、この部屋にいる最後の一人、ドワーフのガレスだ。

破格の前衛《ウォール》として知られる第一級冒険者は、年季の入った戦士の笑みを見せる。

「ラウル自身もそんな冒険者になるためにオラリオに来たのだからな。まぁ、当時はえらい時期に来たと青ざめておったが」

「あったね、そんなことも」

思い出し笑いならぬ、思い出し苦笑いを浮かべるフィンに、ガレスは彼の憂いに対して持論をぶつけた。

「それにフィン、お主《ぬし》がロキと【ファミリア】を立ち上げたのも似たような年頃だっただろうに。戦士に年齢は問われん」

「僕の時とは状況が違うよ、ガレス。でも、そうだな……今は戦士の教えに寄りかかって、感傷なんてものは殺しておこう」

苦笑を続けるフィンは、ガレス達の言葉を借りて、悲嘆の苗を断ち切る。

三人顔を見合わせて笑い合い、すぐに戦う者の顔を纏い直した。

「さて、【ガネーシャ・ファミリア】の定期連絡の方だが……」

執務机の上に置いておいた羊皮紙を手に取り、フィンは視線を走らせる。

共通語《コイネー》で綴られた内容を一字一句取りこぼさず追っていく瞳に、ガレスが疑問を投げた。

「ここのところ、やけに密にシャクティ達と情報を交換しとるな。何か気になることでもあるのか？」

「街から悲鳴は確かに消えていない。が、それでも八年前の『暗黒期』初期と比べれば、遥かに持ち直した。混沌《イヴィルス》の勢力を削ぎ続け、ギルド傘下の秩序側《われわれ》が優勢……現状、不安の種はないように思えるが」

リヴェリアもまた所見の一端を語る。

フィンは報告書に目を落としたまま、答えた。

「最近の敵の動きが気になる。今まで通り都市の東西南北、あらゆる区画を無差別に攻撃しているように見えるが……明らかに自分達の『意図』を隠そうとしている。そしてそれに僕達が気付くと踏んだ上で、『思う存分勘繰れ』と嘲笑っている」

「……敵の参謀《ヴァレッタ》のやり口か？」

「十中八九。見破られる筈がないと驕《おご》っているのか、あるいは『見破られても構わない』と思っているか……」

挙がった名前は、闇派閥《イヴィルス》の中でも特に危険視されている幹部のもの。

ギルドの要注意人物一覧《ブラックリスト》に名を連ね、観測可能な範囲で最も冒険者を殺害している、生粋の殺人鬼《シリアルキラー》。

三日月のごとく唇をつり上げる『女』の影を脳裏に思い浮かべながら、フィンはガレスの推察に同意を示す。

「……シャクティ達の連絡によると、襲撃された工場から魔石製品の『撃鉄装置』が奪われていたらしい」

「また訳のわからぬものを……魔道具《マジックアイテム》の材料にもなりえんだろうに」

「悪人共の違法市《ダーク・マーケット》の方は？　エルフとして個人的な感情を抜きにしても、『大聖樹の枝』が取引されていることは気になる」

フィンが報告書を読み終えると、ガレスがしかめっ面を浮かべ、リヴェリアが翡翠の双眸《そうぼう》を細めて問題提起する。

「それと紐《ひも》づいて、ではないけど……都市外にも『きな臭い動き』がある。恐らくは闇派閥《イヴィルス》に協力する組織の仕業だ」

他方、敵側の『もう一つの不穏な行動』をフィンは口にした。

こちらも報告書に書かれている、【ガネーシャ・ファミリア】の団長《シャクティ》による情報だ。

「どうする？　当然だが、全《すべ》てに手を回すことはできない」

「……都市外の調査は【ヘルメス・ファミリア】に任せる。僕達は──」

警戒すべき敵の動向が点在する中、リヴェリアに指示を求められたフィンは、一考を挟んで方針を打ち出そうとした。

「話し合いの中すまんのやけど、ダンジョンでまた『冒険者狩り』が出たらしいでー」

が、そこで、主神のロキが一報とともに執務室にやって来た。

「またか？　地上でも地下《ダンジョン》でもことごとく……全く見境のない連中よ。これも嫌がらせの一環か？」

途切れない闇派閥《イヴィルス》の悪さに、ガレスが顔をしかめる。

リヴェリアは、壁に立てかけてある長杖に手を伸ばした。

「フィン、向かうか？」

「ああ、そっちは必要ない」

しかし、フィンはあっさりそれを止める。

淡々とした口振りから利発さと、そして先見の識を窺《うかが》わせながら、言った。

「もう来る頃だと思っていた。──『彼女達』に任せてある」

鮮やかに、そして激しく、血の飛沫が上がった。

「うあああああああああ⁉」

冒険者の絶叫が轟く。

地下迷宮《ダンジョン》の中でありながら美しい『青空』を広げる楽園に、あまりにも似つかわしくない殺戮の香りが充満していた。

「い……闇派閥《イヴィルス》だぁぁぁぁ！」

「『冒険者狩り』⁉　ちくしょう、おちおち迷宮も探索させてくれねぇのか、あいつ等は！」

「に、逃げろおおおぉっ！」

瞬く間に地面を汚す血だまりに、Ｌｖ．２の上級冒険者達が悲鳴を連ねて逃げ惑う。

場所はダンジョン18階層。

モンスターが産まれない安全階層《セーフティポイント》であり、『迷宮の楽園《アンダーリゾート》』とも呼ばれる大自然と水晶の領域。

そんな中で、その男の頭髪は異彩を放つがごとく、くすんだ血の色をしていた。

「おやおや、逃げるのですか？　亡骸《なかま》を置いて？　本当に？　それでよろしいので？」

左右に闇派閥《イヴィルス》の兵を従え、歌うように、もしくは悲しむように、逃げていく冒険者達へ問いを投げかける。

右手が提《さ》げるのは、あ、あ、あ、あ、あまりにも、い、い、い、人を斬り過ぎて赤く変色したことを除けば、何の変哲もない短剣だった。男は憐れみながら足もとに転がる死体の側を歩み、まだ息のある冒険者の首をしっかり踏み折りながら――口端を裂いて、加虐の笑みを描く。

「そこは戦うべきでしょう！　『英雄』とまでは言わなくとも！　せめて『冒険者』の名に恥じぬように！」

男の正体は『残虐』だった。

あるいは『異端』だった。

そして『強者《きょうしゃ》』にして『狂者《きょうしゃ》』であった。

血の海の中でなお双眼を輝かせ、嘆き悲しむ素振りを見せながら命を踏みにじる、『悪』の象徴の一つだった。

男の名は――ヴィトーと言った。

「それができないと言うのなら……失望する私を、どうか血の宴で楽しませてもらいたい!!」

「う、うわぁあああああああ!?」

歌劇のごとく振る舞い、地を蹴りつける。

血に飢えた悪魔のごとく迫りくる男の影に、冒険者達が絶望を叫んだ瞬間。

「させるか、阿呆」

「！」

鋭い刀の一閃が、血濡《ぬ》れの短剣を弾《はじ》き飛ばす。

「まーた当たったぜ、フィンの読み！　どうなってんだアイツの頭！　マジで結婚してやってもいいぜ、一族の勇者様ぁ！」

「超絶無理に決まっています、ゲスな笑みを浮かべる狡《こす》い小人族《パルゥム》などと。——あとうるさいから黙れ」

男《ヴィトー》が素早く飛び退く中、駆けつけたライラが歓呼し、先行して切り込んだ輝夜《カグヤ》が猫を被ると見せかけて痛烈に吐き捨てる。艶《あで》やかな戦用着物《バトル・クロス》を纏う彼女の眼はライラを見ず、正面の敵を射抜いたままだ。

「ここは私達に任せて、早く逃げて！」

「す、すまねえ！」

急行した最後の一人、アリーゼの声に従い、冒険者達は階層の西方へ向かった。

「はて、貴方がたは……？」

「非道の行いを見過ごすわけがない、正義の味方よ！」

目の前に立ちはだかる三人の少女に、ヴィトーが首を傾げる。

アリーゼが堂々と『正義』の名をかざすと、

「正義……？　あぁ、【アストレア・ファミリア】の」

男は納得した風に頷き、柔和で、それでいて侮蔑を込めた笑みを浮かべた。

「なるほど、なるほど。実に小賢しく、叶《かな》いもしない、ご大層な信条を掲げる愚人の方々でしたか」

「安心しろ。我々が愚物なら、貴様等は屑だ。唾を吐きかけてやった後、この愚かな足で踏み潰してやる」

「ふふっ……！　正義の味方だというのに、随分と口が悪く、容赦がない。聞いていたより面白い方々のようだ」

本性を隠しもしない輝夜《カグヤ》が、まさに男の口もとに唾を吐きかねない勢いで言い返す。

ヴィトーは何がおかしいのか、何度も肩を揺すった。

──特徴のない男だ。捉えどころがない。僅かな隙さえも。

相対する輝夜《カグヤ》は油断なく男を見据え、心中で呟く。

その目は狐《きつね》のように細く、唇には常に上辺だけの笑みが張り付いている。武器は短剣一振りのみ。身に纏う黒の戦闘衣《バトル・クロス》はいっそ神官が着るような祭服に見えなくもない。

そこまで考えて、輝夜《カグヤ》は笑えない冗談だと胸中で吐き捨てた。

教会の奥で目の前の男に懺悔したところで、返ってくるのは罪を愉《たの》しむ嘲笑と、名ばかりの救済を名乗る凶刃だけだろう。

「……どうして『冒険者狩り』なんてするの？　お金や魔石が目的？」

今も地面に横たわる死体に目を伏せながら、アリーゼが問いかける。

それに対し、ヴィトーは心底不思議そうに、問い返していた。

「何故、と問われても……困りますねぇ。貴方たちは美しいモノを観るのに、理由を必要としますか？」

「あぁ？」

訝しむライラを他所に、ヴィトーは大仰な振る舞いで自らの頭上を、そして地面を示す。

「澄みわたる青空を仰《あお》ぎたい。色とりどりに咲く花々を愛でたい。私の欲望は、それと同じ。この不完全な世界で……最も鮮やかな血というものが見たいだけ」

不気味な笑みを浮かべる男に、輝夜《カグヤ》は多大な嫌悪とともに、その言葉を吐いた。

「……破綻者だな」

「『破綻者』……嗚呼、実に歪《いびつ》で、心を打つ響きです。ええ、ええ、きっと永劫《えいごう》私に付《つ》き纏う愛しき称号なのでしょう！」

笑う。笑う。

愉快極まりないと言わんばかりに、道化を彷彿とさせながら、男は嗤う。

弓なりに曲がった右眼をうっすらと開け、狂気に染まる紅の虹彩を爛々と輝かせる。

まるで色のない世界《キャンバス》に、鮮血の色を求めるがごとく。

「――よし。貴方みたいな人は、一生牢獄《ろうごく》の中にいた方がいいわ。うん、決まり。私が決めたわ」

アリーゼは鷹揚に頷いた。

そして、その手に持つ剣《つるぎ》を向けた。

「それはご免です」

「なら……」

男が肉体の一部のように短剣を取り回し、逆手に構える。

アリーゼと、輝夜《カグヤ》とライラの体が沈む。

彼我の空気が弓弦のように限界まで引き絞られた、直後。

「力づくで!!」

三人同時に飛びかかる。

ヴィトーは口端を凶笑に歪めて、迎え撃った。

「ははははははははははははははははははははははははははははははははははっ！」

男の哄笑とともに巻き起こる、凄烈な輪舞《ロンド》。

刃と刃の応酬、火花の量産、夥《おびただ》しい衝突音と銀閃の重複。刀が先陣を切り、剣《つるぎ》が後に続き、飛去来刃《ブーメラン》が宙を走る。そして都合三つの連携を、禍々《まがまが》しい獣の牙《きば》のごとき短剣が弾いては反撃に臨む。少女達の瑞々しい足と男の血塗れの長履《ブーツ》が常人の動体視力では追えないほど、幾度となく場所を入れ替えては入り乱れる。

「ヴィトー様！」と声を上げて参戦するのは闇派閥《イヴィルス》の兵。

間もなく戦場は集団戦の様相を呈することとなった。

「くっっ！」

兵の力を借りているとはいえ、三人がかりでもアリーゼ達が押しきれない。

ヴィトーは輝夜《カグヤ》の殺意を心地良さそうに受け止め、アリーゼとライラの敵意も歓迎しながら苛烈に斬り結んだ。すぐ側で兵達が倒れていくのも委細構わず、剣戟の音を奏で続けた。

『正義』と『悪』の陣営が一進一退の攻防を繰り広げる。

やがて、

「なるほど……お強い。噂《うわさ》に違わぬ腕前です。これが【アストレア・ファミリア】！」

ヴィトーは賞賛した。

これまで戦場で相まみえることのなかった可憐な戦乙女達に、素直な想いを吐露する。

「よく言うぜ。アタシはともかく、アリーゼや輝夜《カグヤ》とやり合ってる時点で、そっちも下っ端なんかじゃねえだろ」

ライラは鼻を鳴らした。

飛去来刃《ブーメラン》や爆薬を投擲《とうてき》しつつ、後衛の位置から冷静に戦場を眺め、一癖《ひとくせ》も二癖《くせ》もある敵の『技と駆け引き』に嫌気を示す。

「もしかして、闇派閥《イヴィルス》の幹部？　でも貴方みたいな人、情報も二つ名も聞いたことがないわ！」

その戦闘能力に、アリーゼは一驚とともに推察した。

敵は雑兵の一言で片付けられる存在ではないと。

「悲しいことに、私は覚えにくい顔をしているようでして。特徴がないのか仲間内でも『顔無し』などと呼ばれている有様です」

ヴィトーは大げさに肩をすくめて、嘆いてみせた。

確かに彼の容姿は血のような濃赤色の髪を除けば、印象に残るものがない。常に細まった瞳と笑みを宿す唇は仮面のようですらある。街中ですれ違う人込みを誰もが記憶に留めないように、明日になってしまえば思い出すのも難しいような、顔の見えない影のような人物。

言い得て妙な『顔無し』という渾名《あだな》を口にする男は、そこでうっすらと片眼を開いた。

「あとは、そう……関《かか》わらせて頂いた方は、ほぼほぼ始末してきましたので」

「「「ッ……！」」」

酷薄な笑みにアリーゼ達が眼差しを鋭くする。

血の香りが強過ぎる目の前の戮殺者《りくさつしゃ》の危険性をあらためて、はね上げると――遠方より声が響いた。

「アリーゼ！　ライラ、輝夜《カグヤ》！」

リューの声だ。

ヴィトーの他にも冒険者を襲う闇派閥《イヴィルス》を無力化した彼女は、獣人のネーゼ達とともに駆け付けようとしていた。

「……お仲間ですか。貴方達に加え、別の上級冒険者も相手取るとなると流石に分が悪い」

視界の奥から風となって馳せ参じようとする援軍の姿に対し、ヴィトーは冷静だった。

アリーゼ達の力も加味した上で、あっさりと戦意を解く。

「ヴィトー様、ここは撤退を。我らの『目的』は……」

「分かっています。――それでは、正義の名に踊らされるお嬢さん方、ごきげんよう」

「待ちなさい！」

兵の一人に耳打ちされ、ヴィトーは背を向けた。

階層東部に広がる大森林、その奥へ姿を消す闇の手勢にアリーゼが声を飛ばすが、

「……待て、団長。誘っている。狡い策を張り巡らしているのだろう。深追いは禁物だ」

輝夜《カグヤ》が憎々しげに告げた。

『追いかければ追いつける』速度で森に逃げ込むヴィトー達の後ろ姿から罠《わな》の香りを感じ取り、追撃を断念する。アリーゼも、ライラも異論を挟まなかった。

『暗黒期』と呼ばれるこの長い戦いの中で、闇派閥《イヴィルス》の悪辣さを嫌というほど知っているからこそ、彼女達は何が最善で、どこが引き際なのかを感じ取れてしまう。

「大丈夫ですか？　三人とも」

間もなく、覆面をしたリューが到着する。

ヴィトーの姿までは目視できなかったのか様子を窺ってくる彼女に、ライラはうんざりしたように首を鳴らした。

「傷一つもらってねえ。が、せっかくの幹部を逃がしちまった。……そっちは？」

「逃げてきた冒険者は、全員無事。今は宿場街《リヴィラ》に避難させてる。……ただ、最初に襲われた冒険者達は……」

ライラの視線に、ネーゼがやりきれないように答える。

彼女が見回す周囲にもまた、こと切れた冒険者達の亡骸が転がっている。

決して乾くことのない血の海に浸りながら。

「く……！　あと少しでも早く、駆け付けていれさえすれば……！」

苦渋と憤激にリューが身を震わせる。

と、

「つけ上がるな、間抜け。英雄でも気取っているのか？　未熟な今の私達が、全てを救えるわけないだろうに」

潔癖なエルフを唾棄するかのように、輝夜《カグヤ》が酷く醒《さ》めた口振りで罵った。

「っ……！　訂正しろ、輝夜《カグヤ》！　たとえ至らない身であっても、最初から救えないと決めつけて実践する正義など、間違っている！」

「おい、リオン、やめとけって」

その言葉はリューにとって看過できない事柄だった。

正義の派閥《アストレア・ファミリア》でありながら最初から見限った言い草をする輝夜《カグヤ》に詰め寄ろうとして、割って入るネーゼに制止される。

「あーあーうるせぇうるせぇ。仲が良いのはわかったから、こんなところで言い合うなよ、お前等。……おい、団長、何とかしろ」

そちらを見向きもせず、白けた表情を浮かべるのはライラだ。

片方の耳に小指を突っ込んで、かったるそうに言う彼女を他所に、アリーゼは冒険者達の亡骸のもとに膝《ひざ》をついていた。

「……まずは遺体を運びましょう。仲間《パーティ》に引き渡して、後は任せる」

開いた瞼を閉じさせ、一度目を瞑り、様々な感情を胸の中に去来させた後、立ち上がる。

「その後は、『寄り道』。……こういう時は、あそこに行くのが一番いいわ！」

森の中を進む。

闇派閥《イヴィルス》はもとより、モンスターの気配にも注意を払いながら、アリーゼ達は後から合流した仲間とともに十一人全員で、18階層東部の大森林を進んでいた。

聞こえてくるのは美しい小川のせせらぎ。

横切るリュー達の顔をうっすらと反射するのは、巨人の短剣と見紛う蒼と白の水晶《クリスタル》。

ちょこちょこと道を間違える団長《アリーゼ》を団員達《ネーゼ》が軌道修正しながら、目当ての場所へと辿《たど》り着く。

「ん～！　ここは変わらずキレイイね！」

そこは大森林の中でも開けた一角だった。

幻想的な水晶と緑に囲まれている一方、頭上を覆う枝葉は消え、太陽代わりに暖かな光を放つ菊型《マム》の水晶群が見える。

（木々の木漏れ日《こもび》が差し込む水晶の森。18階層を探索していた時、アリーゼ達と見つけ、足を運ぶようになった場所……）

記憶の光景と何ら変わっていない辺りを見回し、リューは回想する。

たまたま発見したここは、【アストレア・ファミリア】お気に入りの場所《スポット》だった。

最近は闇派閥《イヴィルス》の対応にかかりっきりで、しばらく足を運んでなかったことも手伝ってか、ネーゼ達は感動もひとしおだと言わんばかりの顔で、嬉《うれ》しそうだ。

「さぁ、リオン、輝夜《カグヤ》！　空気を胸いっぱいに吸って！　そうすれば、少しは気持ちが穏やかになるわ！」

リュー達をこの場に連れてきた張本人《アリーゼ》がそんなことをのたまう。

両腕を広げてスーハースーハーと何故か自信満々に深呼吸を繰り返し、自ら実践してみせる彼女は、不意に目もとを優しく和らげた。

「現実を見つめるのも、志《こころざし》を持つのも、どちらも間違いじゃない。だからもう少しだけ、肩から力を抜きましょう」

「「…………」」

その呼びかけに、リューと輝夜《カグヤ》は互いの顔を見つめ合う。

既に二人の眼差しからは侮蔑も熱も失われていた。冷静になって、それぞれの主張を考え、受け止める。

「……団長とこの景色に免じて、手打ちにしてやる」

「なんですか、その言い草はっ……まったく」

憎まれ口を叩《たた》く輝夜《カグヤ》に、リューは唇を尖《とが》らせるように言い返す。

だが二人はもう言い争う真似はしなかった。尖っていた彼女達の心を丸めた18階層の景色に、ネーゼ達が笑い、ライラもやれやれと目を瞑る。

森は穏やかだった。

ここがダンジョンであることを忘れてしまうほどに。

水晶のきらめきは神秘的で、胸の奥を透明にさせる。地上とはまた異なる木漏れ日が戦い続けて摩耗している体を温《ぬく》もりで満たし、癒《いや》してくれる。

鳥の囀《さえず》りの代わりに聞こえてくるのはモンスターの鳴き声だが、それすらも平和に聞こえた。

「厄介事しかねえダンジョンでも、この18階層だけはいいな。モンスターさえいなけりゃ、家を建てて住んでもいいぜ、アタシは」

「あ、私もそれは賛成！」

頭の後ろに両手を組んで、よじ登った木の枝の上に腰かけるライラの言葉に、ヒューマンのノインが手を上げる。リューより年上の十六歳の少女は濃褐色《ダークブラウン》の短髪《ショートヘアー》を揺らし、朗らかに笑った。

彼女に相槌を打つのは三編みを左右に垂らした、同じヒューマン。

年長組の魔導士、リャーナだ。

「いいわよね、本当に楽園みたいで。……ねぇ、私が死んだら、誰かここに埋めてくれない？」

「なっ……」

悲壮感などなく、何てことのないように告げられたリャーナの軽口――けれど決して冗談でもないその願いに、声を失ったのはリューだ。

動きを止める彼女を他所に、他の団員達は次々に賛同の声を上げた。

「家じゃなくて墓か。そりゃいいな。くたばった後ならモンスターなんか関係ねえ。アタシも乗った」

「私も～」

「お洒落《しゃれ》な墓にしてよね！」

「皆さんとならいいですね」

ライラを皮切りに、おっとりとした年長組のマリューが、アマゾネスのイスカが、エルフのセルティが口々に言う。

リューは慌てて、声を荒げていた。

「ライラ、ノイン、リャーナ！　マリュー達も何を言っているのですか！」

「真に受けるなよ、リオン。冗談だって。……半分はな」

それに答えるのは、ライラ。

枝の上から飛び降り、肩を竦《すく》めてみせる。

「私達、冒険者だしね。いつ命を失うかもわからないし……」

「それは、そうですが……！」

苦笑するリャーナに、リューはなおも食い下がろうとする。

嫌だったのだ。

ライラ達が、仲間が、そんな話をするのは。

「青二才のエルフめ。お前は死ぬ覚悟ができていないのか？」

「そ、そんなことはない！　そんなことは、ないが……そうだとしても……」

「もしものためだよ、リオン。たとえダンジョンや闇派閥《イヴィルス》が関係なくたって、いつかは死ぬんだ」

「そーそー。ならその時は、好きな場所で眠りたいって話。リオンったら真面目《まじめ》過ぎ」

輝夜《カグヤ》が挑発じみた言葉を投げかけてくるが、リューの反論の声は弱い。

それを見かねてかネーゼが口を挟んだ。イスカもそれに続く。

そんな二人を前にしても、リューの心に刺さった棘は抜けてくれなかった。

今が『暗黒期』だからなのか。

『いつか命が潰《つい》えること』を前提にしている仲間が──『平和な未来の先で生き続けること』を考えていない輝夜《カグヤ》達が、どうしても認められなかった。

「……それでも、不謹慎だ……」

だから、そう、嫌だったのだ。

この光景を失いたくない。

それがリューの心からの望みだった。

「私は、そんな日は来てほしくない。いや、そんな日が訪れないように……私はこの時を守り続けたい」

弱々しかった声音は、強い意志に変わっていた。

仲間の視線がリューのもとに集まる中、アリーゼが顔を綻ばせる。

「それが、リオンの願い？」

「ええ。かけがえのない友と、ともに在りたい。……おかしいですか？」

リューがはっきりと言うと、アリーゼは微笑ましそうに見つめてきた。

そして彼女が答える前に、周りがニヤニヤと笑い始める。特にライラ。

「……ライラ、何ですか、その笑みは？」

「べっつにー？　くっせーこと言ってんなぁ、このエルフ、な〜んて思ってないぜ？」

「エルフの中でも、お前のように面倒で意固地な者はいまい。その化石のごとき頭、もはや治らんなぁ。嗚呼、嘆かわしい」

「どういうことだ、輝夜《カグヤ》！　馬鹿《ばか》にしているのか！　馬鹿にしているのですね⁉」

少々イラッとするリューにライラがやはりにやけて、とどめとばかりに輝夜《カグヤ》が大げさに嘆いてみせる。リューはとうとう噴火するが、言葉とは裏腹に輝夜《カグヤ》の声が優しげであることに気が付かない。

その様子に、ネーゼ達も堪らず笑い声を上げた。

「ライラも輝夜《カグヤ》も褒《ほ》めてるのよ！　リオンのそれは、とても素敵な『正義』だって！」

「まったくそんな風には見えませんが……」

満面の笑みを弾けさせるアリーゼに、リューは珍しく不貞腐《ふてくさ》れかける。

その姿にもう一度笑みを落として、アリーゼは星の輝きを眺めるように、目を細めた。

「リオン……あんたは、あんたのままでいなきゃダメよ」

「……？　アリーゼ？」

透明で、優しい少女の声。

普段とは異なって聞こえた言葉にリューが振り向くと、アリーゼは既にいつも通りだった。

太陽のように、あるいは鮮やかな紅の花のように笑顔を咲かせる。

「何でもないわ……さ、気分転換は終わり！　地上に戻りましょう！　少しでもよりよい明日にするために！」

アリーゼの声のもと、【アストレア・ファミリア】はその場を後にした。

少女の中で生き続ける『約束』を残して。

『大抗争』まで、あと八日──。

三章
都市群像

ASTREA RECORDS
evil fetal movement
Author by Fujino Omori Illustration Kakage
Character draft Suzuhito Yasuda

カツン、カツーン、と。

暗闇《くらやみ》の中に靴音が響く。

破損し、意味をなさなくなった魔石灯が連なる廊下を抜け、二人の獣人は足を止めた。

「……全滅か」

ちッ、と舌を弾く小柄な猫人《キャットピープル》の隣で、偉丈夫の猪人《ボアズ》が口を開く。

月夜の下、影を纏《まと》う巨大な工場。

襲撃に晒《さら》され沈黙の海の中に漂う建物内では、上級冒険者達──【フレイヤ・ファミリア】が、その『惨状』を目《ま》の当《あ》たりにしていた。

「他派閥の寄せ集めとはいえ、第二級冒険者の守備隊を瞬殺……俺《おれ》達が駆け付ける前に、全《すべ》て終わらせやがった」

全てが終わった後の工場に、猫人《キャットピープル》のアレンの吐き捨てた声が木霊する。

視界には、大勢の冒険者達が倒れ伏していた。

「今までの闇派閥《イヴィルス》とは勝手が違う。しかもこの同一の切り口……襲撃者は『一人』か？」

得物は恐らく大剣の類の、大型武器。

防御も回避も許されなかったのであろう一撃に、破壊された盾や防具はおろか、斬り飛ばされた四肢が無残にも転がっていた。夥《おびただ》しい血が周囲に飛び散っているが、奇跡的に──いや恐らくは故意的に──守備隊には全員、息がある。

派閥の下位団員が工場内の調査をするのと並行し、治療師《ヒーラー》や薬師《ハーバリスト》の少女達が慌ただしく応急処置を施しては瀕死の冒険者達を運んでいく。その光景を脇目《わきめ》に、辺りへ視線を走らせるオッタルは複数犯の可能性を消した。

今夜、ここで起こったのは、たった一人による圧倒的な『蹂躙』だ。

「……後は、てめぇみてえな『馬鹿力《ばかぢから》』だ」

「なに？」

一人先に進んでいたアレンの背中から投げかけられた単語に、オッタルは怪訝な顔をする。

そして彼のもとへ赴き、その言葉の意味を理解した。

「これは……」

そこには穴があった。

分厚い工場の壁面を破壊し、貫通した、まるで巨大な怪物の顎《あぎと》を彷彿とさせる大穴が。

「この工場の障壁は超硬金属《アダマンタイト》だ。それを、ブチ破りやがった」

「……技術も何もない、力任せの一撃。ただ得物を叩《たた》きつけ、それのみで突破した……」

アレンが忌々しそうに言う隣で、オッタルは破壊痕《はかいこん》からその逸脱振りを見抜く。

侵入するために破ったのか、あるいは抜け出すために打ち壊したのか。

どちらにせよ造作もなく障壁が突破されただろうことは、襲撃犯が一人の時点で想像に難くない。

その人物はまさに面倒を嫌うように、無造作にやってのけたのだ。

「闇派閥《カスども》にてめぇみてえな『規格外』が紛れているなんざ、耳にしたことがねえぞ」

「……あるいは、新たに引き入れたか」

オッタルの重々しい声が、穿《うが》たれた闇の穴に吸い込まれ、残響していった。


千切れた幾つもの雲がさまよっている。

翳《かげ》る月が青白い空をうっすらと照らす中、一つの影が、巨大な市壁の上に凝然《ぎょうぜん》とたたずんでいた。

巨軀を誇る男だった。

身長は二M《メドル》を超える。大きな外套《がいとう》を頭から被って全身を覆《おお》っているが、今にも布の方が悲鳴を上げそうだった。フードを深く被っており、表情を垣間見ることはできない。しかしその巨身と、沈黙を纏ってなお隠せない威圧感によって男の存在を隠し通すことは到底不可能であり、その姿はいっそ不釣り合いにも見える。

だが、周囲に人がいたとして、彼を笑う者は現れなかっただろう。

石畳を砕いて、側に突き立つ大剣が、啜った獲物の血汁《ちしる》を滴らせているからだ。

男は紛れもない『強者』だった。

フードの奥の瞳《ひとみ》は無言で、迷宮都市の街並みに向けられている。

「何をしている？」

そこに声が投じられる。

雲が生み出す影を払って現れるのは、くすんだ白髪の男だった。

嗜虐《しぎゃく》、非道。あるいは『狂信』。

尋ねずともわかってしまう程度には、男は常識や堅気といった類とは無縁である。

今はその顔を不快感に歪《ゆが》め、外套の男へ歩み寄るところだった。

「眺めている。記憶のものと大して変わっていない、この風景を。強いて言うなら……懐郷か」

外套の男は街を眺めたまま、淡々と答えた。

感情は見えない。ただ事実だけを口にしている。

その反応が益々癇《かん》に障ったのか白髪の男が眉間に皺《しわ》を溜《た》めていると、外套の男は、そこで初めて一瞥を向けた。

「お前は、誰《だれ》だったか？」

「……オリヴァスだ。混沌の使徒にして、闇派閥《イヴィルス》の幹部！　そして、今は貴様の同志！」

立ち止まった白髪の男――オリヴァス・アクトは高らかに吠える。

忌々しさをそのままに声を荒らげ、味方である男を睨《にら》みつけた。

「だからこそ問いたい……我が同志よ、なぜ冒険者どもを殺さなかった？」

「……」

「第二級冒険者など、それこそ脅威！　貴様の力をもってすれば鏖殺《おうさつ》など容易い筈！」

今宵、工場を襲撃したのはオリヴァスの視線の先にいる男だった。

彼の力を試す意味合いもかねて行われた強襲の結果は、瞬殺にして全滅。

まさに圧倒的と言えるものだったが、被害はともかく守備隊は全員生存している。

末端の同志からの報告を聞き、オリヴァスは憤慨しているのだ。

「それをあえて見逃すなど、一体どういう――」

殺気すら覗《のぞ》かせ、咎めるように問いただしていると、

「蟻《あり》を喰《く》ったことはあるか？」

そんな脈絡のないことを問い返された。

「は……？」

「蜘蛛《くも》は？　蜂《はち》は？　蠍《さそり》は？」

「な、なにを言って……？」

「モンスターを喰って生き長らえたことは？　化物の灰で喉《のど》を潤したでもいいぞ」

男は視線を眼下の街並みに戻している。

もうこちらを見てすらいない。

にもかかわらず、オリヴァスは動揺していた。

意味のわからぬ質問は戸惑いを生み、静かでありながら有無を言わせない声音は平静を奪う。

つまり、それは、不気味で、異質だった。

糾弾する筈が、気付けばオリヴァスの方が気圧されていた。

「俺は全て試した」

そして、その異質の『正体』を語った瞬間、オリヴァスは戦慄《せんりつ》をあらわにした。

「理由は様々だが、同胞と呼べるもの以外は、およそ全て喰らった」

「っっ……⁉」

「俺は『殺す』ことと『喰う』ことは同じだと思っている。生き延びるために倒す。生き繋《つな》ぐために食《しょく》す。手段は異なっても、差異はあるまい。血を浴びるか、啜るか……それだけの違いだ」

言葉の通り、男は全てを喰らってきた。

蟻も、蜘蛛も、蜂も、蠍も。

モンスターの肉も、灰に還った残滓も。

そしてもう同胞とは呼べなくなった人の死肉でさえ。

男の正体とは、とどのつまり『強食《きょうしょく》』であった。

「な……何が言いたい⁉」

「俺は『悪食《あくじき》』を極めて、ここにいるということだ。そして『悪食』にも喰うものを選ぶ権利はある」

目の前の存在に原始的な恐怖を覚え、オリヴァスが声を裏返らせる。

外套の男は、やはり振り向きもしない。

「見るに、お前は『偏食』だろう。自分より小さい女子供《かじつ》を好み、己《おのれ》よりでかい強者《ケモノ》は嫌う。口にしたものは精々自分と同じ蟲止《ムシ》まり」

「づっ……!?」

「『蛆《ウジ》』の味しか知らないのなら、お前等が『蛆』を喰らえ。俺に喰らわせたいのなら、せめてまとめて、いっぺんにだ」

的確に事実を抉られたオリヴァスは、立ち竦む。

オリヴァスはLv.3に上り詰め、実力を認められた歴とした闇派閥《イヴィルス》の幹部。

そんな自分さえ、視線の先の背中にとっては、一顧だにする価値もない蟲《ムシ》か『蛆《ウジ》』に過ぎないのだと、そう悟ってしまう。

「『蛆《ウジ》』は不味いぞ？　吐き気がし、落胆する。こんなものが自分の血肉になると思うと、いっそ喉を掻《か》き毟《むし》りたくなるほどに」

風が音を立てる。

冷気が市壁の上を駆け、男の外套を揺らす。

頬《ほお》を痙攣《けいれん》させていたオリヴァスは、罅《ひび》割れたように、頬に笑みを刻んだ。

「…………は、ははっ。はははははははははははははははははは⁉」

恐怖が畏怖へと転じる。

額に汗が伝う。牙《きば》を突き立てられたかのように心臓が不規則な律動を刻む。

そんな中、芽生えるのは絶対的な確信だった。

「蛆っ、蛆か！　冒険者がっ、Ｌｖ．３の実力者が貴様にとっては害虫！　畜生ですらなく‼

ふはははははははっ！」

目の前の『傑物』さえいれば冒険者は平らげられる。

強者故の揺るがぬ信頼。

オリヴァスの瞳は、闇派閥《イヴィルス》の栄光を夢見た。

「……いいだろう、害虫の駆除は我々が済ませる。しかし『開戦』の暁《あかつき》には、その力、遺憾《いかん》なく発揮してもらうぞ」

打ち震えながら哄笑していたオリヴァスは、奇妙な高揚感に抱かれながら話を打ち切った。

踵《きびす》を返し、その場から立ち去る。

再び一人となった外套の男は、フードの奥、爪痕《つめあと》のごとき古傷が走る双眼をあらわにしながら、オラリオへと独白した。

「……千の歴史が途切れた大地。俺は『失望』に耐えられるか、否か――」

「超硬金属《アダマンタイト》の壁を破られた？」

夜が明け、今日も曇天が都市を覆う昼下がり。

ヘルメスは、耳にした報告に振り返った。

「はい。発見したのは【フレイヤ・ファミリア】の【猛者《おうじゃ》】達。彼等の見解によれば、確実に『手練れ』が一人、闇派閥《イヴィルス》にいると」

斜め後ろに控えるのは、水色《アクアブルー》の髪を揺らす眷族、アスフィ・アル・アンドロメダ。

少女から女性に成長しつつある容姿はまだうら若く、怜悧な空気を纏う横顔は『秘書の卵』という言葉を連想させる。

年は十五。次の【ランクアップ】も近いＬｖ．２であり、上級冒険者だ。

優秀かつ有能な彼女の報告に、ヘルメスはわざとらしく肩を上げてみせる。

「都市最強が言う『手練れ』か……どれだけ強いのか、あまり想像したくないなぁ」

天候と同じく、オラリオの雰囲気は昨日までと変わらず暗澹の一言だった。

道行く人の顔は暗く、うつむきがちで、女子供は周囲を気にしながら足早に急ぐ。

そんな活気のない街路の一つを、ヘルメス達は歩いていた。

報告を聞くがてら都市の様子を見て回り、情報の種を探す。

ヘルメスがよく行う『やり口』だった。

中立の標榜《ひょうぼう》、伝令使《でんれいし》、調停者、あるいは遍《あまね》しの案内人。多芸神《マルチタレント》である彼は様々な趨勢《すうせい》を見極め、情報を売り買いしては立ち回る。そして今は、書類の上ではなく市井の中に何か『違和感』が転がっていないか探っていた。

ヘルメスもオラリオの秩序側に与《くみ》する派閥、現在は『都市の平和』のために身を粉にしているというわけである。彼を知る神々からすれば噴飯ものだろうが。

眷族《アスフィ》の少女は、その護衛《おもり》だ。

「あとは【アストレア・ファミリア】の方も取り逃がしはしたものの、幹部らしき男と18階層で接触したそうです」

「お、出たな、期待の新星。ロキやフレイヤ様の後に続く勢力筆頭！　あそこの【疾風】と最近仲良くしてるんだろ、アスフィ？」

「仲良くというか……周りが人の話を聞かない者同士、妙な共感を持ってしまっただけです。それ以下でも以上でもありませんよ」

アストレアの名にヘルメスは笑《え》む。

主神が新戦力を歓迎する一方、アスフィは、リューとの奇妙な共通点を挙げて疲れた顔を作った。

本当にリューと知り合ったのは偶々だった。

闇派閥《イヴィルス》の暴走事件《テロ》が起こり、その鎮圧と後始末にアスフィ謹製の魔道具《マジックアイテム》が使用されたのだ。

この時代、既に『稀代の魔道具作製者《アイテムメイカー》』として頭角を現していたアスフィも駆り出され、現場に赴くと、まぁやたらとかまびすしい集団がいた。言わずもがな【アストレア・ファミリア】である。事件が収束した後も赤髪のヒューマンやら極東美人やら小人族《パルゥム》やらにいじられているエルフをじっと見つめていると、『リオン』と呼ばれていた覆面の少女は半分涙目の瞳を吊り上げて、

『なんだ、その目は？　私を侮辱するか！』

と被害妄想の奴隷となり怒鳴ってきたのである。

謂《いわ》れのない罪で罵倒されたアスフィはというと——極東で言うところの『仏の笑み』を浮かべていた。

『貴方も、苦労しているんですね』

『…………まさか、貴方も？』

苦労人ズ同盟爆誕の瞬間であった。

日々神《ヘルメス》やら団長やら神《ヘルメス》やら神《ヘルメス》やらに振り回されっ放しのアスフィは『あぁ苦労してるの私だけじゃないんだなー私もがんばろー』くらいの気持ちで半べそをかくリューの姿に救われていただけなのだが、リューの方もリューの方でまだ十五歳なのに老人のような笑みを浮かべ

るアスフィに同じ匂《にお》いを嗅ぎ取ったのか、謎《なぞ》の連帯感ができてしまったのである。

本来は野良猫のように警戒心が高いリューであるが、自身と同じ生真面目《きまじめ》なアスフィの性格は馴染みやすかったのか、アーディのような派閥外の知己とまではいかなくとも『戦友』として接してくれるようになった。

最近では、リューと情報交換することだってある。

「どっちも真面目《まじめ》そうだからなぁ、お前も、あの覆面のエルフも。どれ、主神として今度挨拶《あいさつ》にでも向かおうかな？」

「ようやく信用と呼べるものを得たのですから、妙なことをして反感を買わないでくださいよ……」

出会いとこれまでの日々を思い出し、つい頬を緩めていたアスフィは、ヘルメスの言葉に素早く釘を刺す。

顔を引き締めつつ、かけている銀の眼鏡《めがね》を指で押し上げた。

「あの美しい『主神』と同じように、彼女は真っ直《ます》ぐで、潔癖なのですから」

「ごめんなさい、遅れてしまって」

とある主従が会話をしていた同時刻。

その美しい女神は、都市第一区画の小洒落《こじゃれ》た喫茶店に訪れていた。

「ホンマ遅刻やで！　うちらを待たすなんて、随分偉くなったなぁ、アストレアぁ？」

「率先して三下に成り下がろうとするの、流行りなの、ロキ？」

オープンテラスの席で彼女を待っていたのは二柱の女神だ。

朱髪の中性的な神がチンピラのごとくふんぞり返り、銀髪の美神が半ばどうでもよさそうに紅茶で唇を濡《ぬ》らす。

朱髪の女神の名はロキ。銀髪の美神はフレイヤ。

当代のオラリオ二代派閥、その主神達である。

「アストレアは、また子供の面倒？」

「ええ。孤児院に少し。あとは商店街の手伝いを。孤児達《こども》の力も借りて、スープを作って回ってきたの」

「かーっ、出たわー。『正義』なんか知らんけど自己満足の偽善～。うちらも大概やけど、少しは女神としての自覚を持てや」

周囲の者達を『魅了』しないよう、全身ローブ姿の美神《フレイヤ》の問いに答えながら席につくと、すかさずロキからいちゃもんをつけられる。

アストレアは苦笑した。

「貴方が大好きなお酒でくだを巻くのと、似たようなものよ。これは私の趣味のようなもの」

そして、星空のような深い藍《あい》色の双眸《そうぼう》を細める。

「それに、眷族達《アリーゼ》が都市のために戦い続けている。それなら主神《わたし》も、何か行動を起こさないと示しがつかないわ」

「……その純粋面《ピュアづら》が気に食わないって言うとるんや。同じ鼻につく神でも、即実力行使の純潔神《アルテミス》の方がまだマシや」

今度はふざけた態度を消し、ロキはしかめっ面を浮かべ、吐き捨てた。

「全知零能《いま》のうちらじゃあ、下界全部に公平に接することなんてできん。エゴとわかった『正義』の実践……うちは自分のこと、好かん」

『正義』の批判に、アストレアは眉を下げて笑うのみだった。

それは誹謗《ひぼう》に慣れている者の顔であり、同時に『正義』の過程と本質を知る者の眼差《まなざ》しだった。

だからアストレアは、そのロキの非難を甘んじた。

「別にいいじゃない。私は好きよ、下界でしかできない無駄なこと。私も今度、アストレアの真似事をしてみようかしら？」

「ったく、どいつもこいつも……。こんな偽善者と色ボケが子供達の間で人気なんやから、下界《よ》も末やな～」

フレイヤの擁護にもなっていない擁護に、ロキはほとほとうんざりした顔を浮かべた。

そんな彼女にアストレアは「貴方の言う通りね」と微笑んでみせる。

「……でも、私がこの『お茶会』にお邪魔して良かったの？　私の【ファミリア】は、貴方達よりずっと勢力が下だけれど」

「ただ駄弁《だべ》って情報を共有するだけや。不真面目な神々より、糞真面目に警邏をしとる自分のとこの方が情報も見解も豊富やろ」

「それに、私は貴方個人のことを気に入っているわ。眷族も粒揃い。アストレアの子じゃなかったら、奪っていたもの」

「やめろや、その悪癖！　ホンマいつかイシュタル辺りと全面戦争しそうやな、このクソ収集家《コレクター》は！」

これがギルドの集会でもなければ派閥の優位合戦《マウント・ゲーム》でもない、ただの『世間話』だということをロキは強調する。

その上で、『正義の派閥』の見解を寄越せと彼女は言っているのだ。

フレイヤもフレイヤでアストレアのことを認めているようだった。

不穏な発言もさらっと口にしてくれたが。

「誉め言葉として受け取っておくわ、フレイヤ。……でも、その理屈だと、ガネーシャは？　子供達が憲兵として活動する彼の意見こそ、必要じゃないかしら？」

笑って受け流すアストレアは、そこでふと、思い立ったように尋ねた。

彼女の素朴な疑問に、ロキとフレイヤの返答は端的だった。

「「うるさいから呼ばなかった」」

「あぁ……」

アストレアは、察した苦笑いを浮かべた。


なぜ吠えるのか。

そう問われたら、その象の仮面はこう答えるだろう。

とどのつまり理由などないのである。

「俺がガネーシャだからぁああああああああああああああ!!」

「俺がガネーシャだぁぁぁぁぁぁ！」

「うわ、うるせえ！　でもなんか元気出た！　ありがとうございます、ガネーシャ様！」

「俺がっ、ガネーシャだああああああああああ！」

「もううるさい!!　でも悩んでるのがバカバカしくなったわ！　感謝します、ガネーシャ様！」

「俺がぁ！　ガネーシャだあああああああああああああ！」

「うるせえええ！　でもおかげで強盗がビビって逃げてった！　サンクス、ガネーシャ様！」

「オレ達がっっ、ガネーシャどぅあぁあああ!!」

「「「マジで本当にうるさい!!　でも力が漲《みなぎ》ってきた!!　いつもありがとうございます、ガネーシャ様!!」」」

象面の神の雄叫《おたけ》びは今日も街中から上がり、歓声を呼んで、途切れない。

しかし本当にうるさかった。

「お姉ちゃーん。私達の神様、止めなくていいのー?」

「私は知らん。もう、何も知らん……」

にっこりとほのぼの笑う妹《アーディ》に、姉《シャクティ》は疲れた言葉を返すのみだった。

「それじゃあ、『お茶会』の方を始めましょうか。ロキ、貴方、ヘルメスのところに依頼を出したのでしょう?」

とある男神の雄叫びが都市の彼方から聞こえてきたような気がしたが、さらっと無視してフレイヤが切り出した。

「ああ。ま、うちやなくてフィン達やけどな。ここに来る前、【万能者《ペルセウス》】が一人、館を訪ねてきたわ」

ロキはそれに頷《うなず》く。

「都市外《としがい》で闇派閥《イヴィルス》の下部組織、その動向を摑《つか》んだそうや。フィンの読み通り、神から『恩恵』を授《さず》かっていない非戦闘員……いわゆる『信者』を大量に使役して、外部活動をさせとるらしい」

その説明に、アストレアは顔を曇らせた。

「それは、つまり……」

「ああ。略奪に脅迫……主に暴力で、勢力を拡大しつつあるってことやな」


「いつの時代も『布教』という名の侵略は恐ろしいものだなぁ。崇められる側の神々《オレたち》から見ても、ぞっとする時がある」

『お茶会』が開かれているテラスとは異なる街路で、ヘルメスがおどけた声を出す。

その口にはどこか軽薄な笑みが浮かんでいた。

「同時に哀れでもある、ですか？」

「言わせるなよ、オレの口から」

こちらを見つめるアスフィの方も見ず、ピンッ、と被っている旅行帽《りょこうぼう》の鍔《つば》を指で弾く。

「ともかく、『世界の中心』たるオラリオの乱れは、こうも下界に波及する。さっさと収束させろとまた世界中から叩かれるな、これは。男神《ゼウス》や女神《ヘラ》がいた頃、無茶をしていたツケでもあるが」

「オラリオ内外から向けられる、あの白い目……はっきり言って堪《こた》えます。先輩方は鼻でもほじってろ、なんて言いますが……私には……」

「繊細だな、アスフィは。でも大丈夫！　あと七年も経《た》てば疲労を溜め込《こ》んだＯＬのごとくスレて全て雑音にしか感じられなくなるさ！」

「嫌な仮定を話さないでください！　しかも何ですか、オーエルって！」

ヘルメスの無責任な発言と具体的な予言に、アスフィは身を震わせた。

「まったく……話は逸れましたが、もう一点ご報告が」

気を取り直して、銀のフレームの眼鏡の奥、真剣な目付きで少女は告げた。

「件《くだん》の信者達の中でも一つ、一際《ひときわ》『きな臭い動き』を見せる組織があります」

「動いている場所は？」

【万能者《ペルセウス》】がもたらしたという情報を語るロキに、フレイヤが鋭い眼差しで尋ねた。

「オラリオの遥か南方……『デダイン』の地域や」

「デダイン……デダイン、ね。嫌な名前。あまり思い出したくないものですらある」

ロキの発した地名を反芻し、フレイヤは目を瞑る。

「ヘルメスんとこが嗅ぎ回った限りでは、これといって騒ぎを起こしとるわけじゃないらしいが……とにかく動き回っとるらしい。まるで何かを集めるように。ひたすらに、な」

『不穏』の一言につきる。

そう言外に告げるロキに、アストレアもまた、怪訝な表情を浮かべた。

「……真意がよく見えない。闇派閥《イヴィルス》は都市外《としがい》の地域まで巻き込んで、いったい何をしようとしているのか……」


「魔石工場の『撃鉄装置』、妖精《ようせい》の森の『大聖樹』、そしてデダインでの『暗躍』……敵は何をするつもりなのでしょうか？」

情報を整理しながら、アスフィが不安そうに尋ねる。

周囲を見るともなく眺めながら路地裏を進むヘルメスは、正直な返答を投げた。

「ん～……どうにも『点』と『点』が繋がらないな。まだ明らかになっていない要素があるのか、神《オレ》の目から見てもまだ判然としない」

帽子の鍔の下で、橙黄色《とうこうしょく》の瞳が細められる。

「もうしばらく嗅ぎ回ってくれ、アスフィ。考える材料が欲しい。頼んだぜ、副団長」

「勝手に押し付けたくせに……！　ファルガーに任命すれば良かったではないですか！　私に副団長なんて……！」

ヘルメスが一転して明るく言うと、アスフィはあっという間に憤慨した。

まだ十五歳の少女はちっとも納得がいっていない形相で詰め寄る。

「お前は本来『団長』向きさ。苦労人という意味でもな。ま、団長達《リディス》と一緒に頑張ってくれ！」

「私、あの団長が苦手なんですよぉ！　女版ヘルメス様みたいで、本当に疲れます！」

【ファミリア】の現団長の名をヘルメスが言うと、少女の情緒不安定振りが加速した。

身振り手振り交えてモノマネを開始する。

「この前なんか『オイオイ、私はリディスだぜ！　——だから全部面倒事は任せたよアスフィ、キャハ☆』とか言って、どっか行っちゃいますし！　やたらと美人なくせに全てにおいて言動が精神年齢低すぎて、もう怖いですあの人!!」

未知の生命体に遭遇したかのような声音で恐怖を語るアスフィは、半泣きだった。

目尻に涙を溜めて理不尽を訴える。

二つ名【万能者《ペルセウス》】の名を授かり、優秀が故に何でもそつなくこなしてしまうアスフィの手腕は良くも悪くも評価され過ぎている。年若い彼女は既にとある妖精《リオン》を上回るほど『苦労人』の相が垣間見えつつあった。

そんな哀れな眷族の少女に、ヘルメスは目を閉じ、やけにイケメンな声で告げた。

「フッ……あれでも寝台《ベッド》の上では可愛《かわい》いんだぜ？」

キザな台詞を言い終えた直後、音速の右フックが神の顔面に直撃する。

「ごあぁぁぁーーーーーーーーーーーー!?」

「クズ！　クズ、クズ、クズぅ!!　眷族《こども》に手を出す神の風上にも置けないクズゥゥゥゥゥ!!」

顔を赤熱させたアスフィが拳《こぶし》を乱打する。

上級冒険者の恐るべき審判の鉄槌《ジャッジメント・パンチ》の速射砲に、神は瞬く間にボロクズと化していく。

ヘルメス！

お前の敗因は！

まだスレても達観してもいない、うら若き乙女の前で、下ネタを吐いたことだ!!

「うそっ、うそですぅ！　僕と彼女はそんな関係じゃありませーんっ！　寝坊してたから起こしにいったらスゴイ寝相してただけですぅ!!」

「それでも無断で女性の部屋に入るなぁぁぁぁぁぁぁぁぁぁぁ!!」

ぐぁあああああああああああああああああ!?　と。

ズタボロになった神の絶叫が、都市の一角から打ち上がった。

――しばらくして。

「ハァ、ハァ……しかし、まだ気にかかっていることがあります……」

殴り疲れ、肩で息をするアスフィがギロリと瀕死の主神を睨みつける。

痛々しい打撃痕を刻み込まれたヘルメスは必死に泣き叫んだ。

「答えるっ、答えますからっ！　だからオレの返り血で染まったその拳を下ろしてくれぇ、アスフィ!!」

情けない男神《おとこ》の懇願に、頭の横に構えられていた拳がゆっくり下げられる。

深く息を吐いて呼吸を落ち着けるアスフィは、何とか怒気を打ち捨てることに成功した。

「……最近の闇派閥《イヴィルス》は妙に活発です。略奪で奪う、あるいは信者に集めさせているにしても、物資の面で限度が……」

その眷族の疑問に。

足もとに落ちた旅行帽を被り直すヘルメスは、あっさりと答えた。

「簡単さ。闇派閥《イヴィルス》に力を貸しているのは、都市を出入りしている『商人』だ」

「なっ……！」

「オラリオを『無法都市』に変えたい連中がおるのは確かや。『ギルドの打倒』を謳《うた》ってな」

グラスにそそがれた酒をあおり、ロキは断言する。

酒のそれとは異なる『苦味』に辟易するように、顔をしかめにしかめる。

「オラリオでは怪物の宝《ドロップアイテム》の商談は認められていても、『魔石』に関《かか》わる商いの一切《いっさい》は許されていない……」

「ああ。迷宮都市でありながら迷宮《ダンジョン》に関わる商売は制限されとる。多くの商会にとって、ギルドは目の上のたんこぶってやつや」

「莫大な魔石製品産業、その利権を独占するギルドが倒れれば、自分達が代わりにそれを牛耳ることができる……そういう腹ね」

アストレアが指摘し、ロキが頷いて、フレイヤが結論する。

女神達の言っていることは何も間違っていなかった。

オラリオが誇る魔石製品産業こそ『世界の中心』と呼ばれる所以であり、その経済効果は計り知れない。ダンジョンから『魔石』を無限に得られるからこそ、オラリオは下界で最も富んだ巨大都市となったのだ。そして、そんな金塊をも上回る宝の商売を、妬ましく思わない商人《モノ》がいるだろうか。

答えは、否《ノー》。

戦争も、人の命にさえも『利益《りえき》』を見出してしまうのが、『商人』という人種である。

「悲しい、としか言えないわ。目の前の利益のためだけに、オラリオの混沌を助長させているなんて……」

「まったくや。溜息《ためいき》も売り切れになる。もうちっと、視野を広げてほしいんやけどなぁ」

嘆くアストレアに同意しながら、ロキはうっすらと片目を開いた。

その朱色の瞳が『世界の実情』を問う。

「ギルドが倒れて誰がダンジョンを管理する？　冒険者が死んで、誰が『終末の厄災』――『黒竜』を討てる？」

それに答えるのは、フレイヤ。

「オラリオの崩壊は下界滅亡と同義《イコール》……少し考えれば幼子でもわかる、この世界の境界線」

銀髪の美神はまるで魔女のごとく、愉快そうに、そして皮肉げに、薄く笑った。

「欲望を追求するがために、自分達が住む世界を滅ぼす。子供達――『人間らしい』と言えば、とても『らしい』けれど」

「ただ――ここで一つ疑問が生じる。なぜ今、商人達は闇派閥《イヴィルス》に投資しているのか？」

闇派閥《イヴィルス》と商人の関係を語っていたヘルメスは、そこで一つの疑問を提起した。

「……？　どういうことですか？」

「都市が転覆しやすい時機《タイミング》は他に沢山あったってことさ。たとえば男神《ゼウス》と女神《ヘラ》が倒れ、『暗黒期』が始まった八年前。迷宮都市《オラリオ》は混乱真っただ中だった。当時、商人達と闇派閥《イヴィルス》に目立った繋がりはない。それがどうして今になって、こぞって支援し始めた？」

「それは……確かに……」

怪訝な顔をしていたアスフィは、主神の説明に頷くより他なかった。

個々の商人や組織規模の商会が闇派閥《イヴィルス》に『投資』するにしても、時期を逸していると言わざるをえない。

「ここからは完全な予想だが……『冒険者に代わる勢力』が現れたから、じゃないだろうか」

「『冒険者に代わる勢力』……？」

「最初の話に戻るが、アスフィが報告した超硬金属《アダマンタイト》の壁を破ったという一件……それもその勢力の仕業だったとしたら？」

「！」

アスフィの顔に驚愕《きょうがく》が走る。

「……まさか、商人達が投資する気になったのは、闇派閥《イヴィルス》の背後に『強大な存在』がついたから？」

「強引《ごういん》だが、筋は通る。この上なく単純で、拍子抜けするほど、わかりやすい筋だ」

ヘルメスは自分の考えを語りつつ、答えを出していた。

この世で最も不確かで、そして最も確かな『神の確信』。

アスフィは息を呑《の》んだ。

「冒険者に代わる強者……ギルドが倒れた後も迷宮都市《オラリオ》を掌握するほどの？　まさか、そんなことが──」

「──けど、それなら理屈も通る」

ロキは断言する。

逆に、それ以外の筋道《ルート》は危惧になりえないとも。

「ここにきて闇派閥《イヴィルス》の不穏の動き、商人達との結託……力を持った『旗頭』の存在」

フレイヤも言外に肯定する。

その上で『黒幕』の存在を示唆《しさ》する。

「都市外《としがい》での暗躍も含め、全ては繋がっている……」

アストレアもまた、頷いた。

頷きを返して、女神達は顔を見合わせる。

「これは、いるわね」

「ええ、いるわ。間違いなく」

「あぁ、そうだなぁ。見え隠れしている。裏で全ての糸を引いている――」

異なる場所、同じ時間で、ヘルメスも鋭く瞳を細める。

灰色の雲が塞《ふさ》ぐ空を見上げながら、ヘルメスは、ロキは、フレイヤは、アストレアは、四つの声を重ねた。

「「「「――厄介な『神』の影が」」」」


「リオンちゃん」

その声に。

リューは振り返った。

「貴方は……神エレン？」

とある街角。

覆面のエルフを見つけた男神は、うっすらと笑った。

「奇遇だね。また街の巡回かい？　さすが正義の眷族だ」

四章
正義を問う

ASTREA RECORDS
evil fetal movement
Author by Fujino Omori Illustration Kakage
Character draft Suzuhito Yasuda

「あらあら、どちら様ですか、こちらの男神様は？　神なのにいまいちぱっとしないので、感想に困ってしまいます」

リューを呼び止めた男神エレンに、輝夜《カグヤ》は猫を被っているようでいて、辛辣な毒を吐いた。

夕時を前にした都市南区画。

リューは輝夜《カグヤ》とライラとともに、見回りをしている最中だった。

「アリーゼが言ってた、例の胡散臭《うさんくさ》い神ってやつだろう？　あの大した金もねえ貧乏神の」

「ひゅー！　初対面なのに辛辣ゥ！　一応神《かみ》だからもうちょっと敬意をもってくれるとお兄さん嬉《うれ》しいんだけどなー！」

派閥内で『所持金444ヴァリスの男神』の話題は拡散済みであり、小人族《パルゥム》のライラの遠慮のない口振りも加わって、エレンは謎《なぞ》のテンションで泣き叫んだ。

その心境は、まさにうだつが上がらない神のそれである。

「神々の中でも純潔神《アルテミス》に並ぶ善良派＋彼女より遥かに穏やかなアストレアの眷族でしょ、君達⁉　もっと淑女《しゅくじょ》しようよ！」

「あら、アストレア様のことをご存知なので？」

「勿論！　アストレアといえば優しいお姉さん代表！　癖のある女神の中でも彼女だけは一点の汚れなき清廉の象徴さッ！」

小首を傾げる輝夜《カグヤ》に、エレンはだんだんと早口になっていた。

その声音には次第に熱がこもり始め、いつしか熱弁へと変貌していく。

「柔和かつ慈愛の塊、女神の中の女神！　膝枕《ひざまくら》されながらヨシヨシされたいランキング堂々の一位!!　――そうっ、アストレアは男神共《オレたち》の母になってくれるかもしれない女神なんだ!!」

「「きもっ」」

「やっぱり辛辣ゥウーーーーーッ!!」

男神《おとこ》の理想を説く主張に、輝夜《カグヤ》とライラが返したのは一言だった。

割と本気《マジ》でドン引きである。そもそも敬愛している主神を母扱《ママ》いする時点で死ねばいいと思っている。

神であろうと胸を抉ってくる鋭利な一撃に加え、汚物を見るような視線も添えられて、エレンは今度こそ滂沱《ぼうだ》の涙を流した。

そんなライラ達とエレンのやり取りに、傍から眺めていたリューは呆《あき》れていいのか戸惑えばいいのかわからない、そんな微妙な表情を浮かべた。

「何をどう指摘すればいいのか私にはわかりかねますが……神エレン、何かご用ですか？」

「いーや？　フラフラ歩いてたらリオンちゃんを見かけたからさ、暇潰《ひまつぶ》しに話しかけただけ」

リューの問いに、ようやく立ち直ったエレンはさらっと答えた。

「神の暇潰しほど面倒なものはのぅございますねぇ」という輝夜《カグヤ》の嫌味にも肩を竦め、あっけらかんと唇を曲げてみせる。

「申し訳ありません、貴方が言った通り我々は巡回中です。失礼させてもらいます」

リューがそう断りを入れて、見回りを再開しようとすると、

「その巡回ってさぁ、いつまでやるの？」

そんな疑問を投げられた。

「……？　どういう意味ですか？」

背中を向けかけていたリューは立ち止まり、振り返る。

そこには変わらない、うだつの上がらない男神《おとこ》の笑みがあった。

「言葉通りさ。毎日、君達はこの都市のために無償の奉仕をしてる。じゃあ、君達が奉仕をしなくなる日って、いつ？」

「……無論、『悪』が消え去るまで。都市に真の平和が訪れた時、私達の警邏も必要なくなるでしょう」


「君達の『正義感』が枯れるまで、じゃないんだ？」


その神の問いに。

依然消えることのない、その神の笑みに。

リューはこの時、はっきりと、『不快感』を覚えた。

「……何が言いたいのですか?」

「見返りを求めない奉仕ってさぁ、きついんだよ。すごく。俺《おれ》から言わせればすごく不健全で、歪《いびつ》。だから心配になっちゃって」

目付きを鋭くするリューにまるで気付いていないように、エレンは語り出す。

確かに子供を案じる声音で、うっすらとした軽薄な笑みを貼《は》り付けたまま。

「君達が元気な今のうちは、いいかもしれない。でも、もし疲れ果ててしまった時、本当に今と同じことが言える?」

「……男神《おがみ》様?　わたくし達にいちゃもんとやらをつけたいので?」

「まさか。俺は君達のことをすごいなぁと思ってるよ。いや本当に。俺には絶対できっこないことに、誇りさえもって臨んでるんだから」

抜身の刀のごとく冷たい視線を向ける輝夜《カグヤ》に対しても、エレンの言葉に嘘《うそ》はなかった。

「君達が儚く崩れ落ちた光景を目にした時……とても悲しくて、そして禁断めいた興奮を抱くんだろうなぁ、って……そう思う」

「「っ……!」」

そして嘘を使わない上で、事実のみでリュー達の神経を逆撫でした。

超然とした絶対者の目。

天より人々を見下ろす超越存在《デウスデア》の眼差《まなざ》し。

ありきたりの結末と世界の真実を語るような口振りに、リューと輝夜《カグヤ》の表情に剣呑《けんのん》さが滲《にじ》み始める。

「いい加減、不愉快になってきたぜ、神様。うちの武闘派はどっちも沸点が低《ひき》ぃ猛犬なんだ。噛《か》みつかれる前にちょっかいかけんの、止めてくんね？」

そこで口を挟んだのは、ライラ。

小さな小人族《パルゥム》の体をリュー達とエレンの間にねじ込み、冷静に告げる。

「へぇ～……いいね、蛇《じゃ》の道も知ってそうな、その冷たい瞳《ひとみ》。君みたいな子がいるから、正義の派閥も破綻《はたん》せず回るんだろうな」

愉快げに目を細めるエレンに、ライラはさっさと背を向けた。

「いくぜ、リオン、輝夜《カグヤ》。構うだけ手の平の上で転がされるだけだ。神の娯楽に付き合う義理はねぇ」

「ごめん、ごめん。じゃあこれで最後にするよ。質問に答えてくれたら、ちょっと意地悪なお兄さんはここから消える。約束しよう」

無視を決め込んで相手にしないライラの姿勢に、エレンが慌てたように回り込む。

神の名に誓って、とでも言い出しそうなその姿に諦《あきら》めを覚えながら、リューは用心深く尋ねた。

「……その質問とは？」

「『正義』って、なに？」

最後の問いは簡潔だった。

「なんですって？」

「俺はさ、今とても考えさせられてるんだ。下界が是《ぜ》とする『正義』って何なんだろうって。全知零能《ぜんちれいのう》の神の癖《くせ》に、未《いま》だ下界へ提示できる絶対の『正義』ってやつに確信が持てない。まぁ、それは俺がしょーもない事物《もの》を司ってるせいかもしれないけど」

それと同時に、神でさえ答えを選びかねる難解な問いでもあった。

「でも、だからこそ君達に聞いてみたいんだ。正義を司る女神、その眷族たる君達に」

「相手にすんな、リオン。神の気紛《きまぐ》れだ」

ライラが取り合うなと呼びかけるが、

「言えないの？　やっぱりわかってないのかな？　自分達が掲げているモノでさえ」

「……ッ！　いいでしょう、その戯言《ざれごと》に付き合います。答えなど、決まりきっているのだから」

わかりやすいエレンの挑発に、リューは真正面から受けて立った。

輝夜《カグヤ》が「馬鹿《ばか》め……」と嘆息を挟む中、男神は唇をつり上げる。

「ならば、『正義』とは？」

「無償に基づく善行。いついかなる時も、揺るがない唯一無二の価値」

それに対し、エルフの少女は言い放った。

「そして悪を斬り、悪を討つ。――それが私の『正義』だ」

風が吹く。

束の間の静寂が、神と子の間に横たわる。

言いきって見せたリューの言葉を、エレンはよく噛むように受け止め、何度も浅く頷《うなず》いて、こめかみを指で数回叩《たた》いた。

「ふぅむ……なるほど。つまり善意こそが下界の住人の根源であり、『巨悪』ならぬ『巨正《きょせい》』をもって世を正そうというわけだ」

そして、唇でもって三日月を描く。

「善意を押し売り、暴力をもって制す――力づくの『正義』だ」

かっっ、と。

リューは頭に血を昇らせ、激昂した。

「そんなことは言っていない！　巨悪に立ち向かうには相応の力を求められる！　でなければ何も守れないし、救えない！」

「おっと、ごめんよ。馬鹿にしてるわけじゃないんだ。君の言ってることはきっと間違ってはいないし、それくらい単純な方がちょうどいいと俺も思う。哲学や倫理で小難しく丸め込んでも、万人《せかい》には届かない」

身を乗り出すリューに、エレンは両手を上げる。

謝意を覗《のぞ》かせながら、しかし消えることのない笑みが、正義の覚悟を示すエルフを今も嗤《わら》っている。

そう、錯覚してしまう。

「ただ……『悪』が同じ論法を展開した時、どうなるのか。興味が湧《わ》いたよ」

まるで心地好い旋律に耳を傾ける詩人のように、神の双眸が細まる。

そして哀れで愚かな恋人を愛《いつく》しむように、その瞳が輝夜《カグヤ》を、ライラを、リューを、慈悲を込めて見つめる。

「わたくしは先程から、不快の感情が湧いて仕方ありませんが？」

「悪かったよ、身も心も美しい眷族達。時間を使わせてしまってすまなかった。でも参考になったよ、ありがとう」

「アタシはもうアンタの玩具にされんのは御免だな。もう、その胡散臭ぇ笑みでアタシ達の前に現れないでくれ」

輝夜《カグヤ》がもはや嫌悪を隠さず、ライラもまた拒絶の意を叩きつけた。

夕暮れの通りにたたずむエレンに背を向けて、別れの言葉も残さず、少女達はその場を後にする。

リューは消化不全めいた、胸に巣食うしこりのようなものに眦《まなじり》を歪めながら、黙ってライラ達の後に続く。

「リオン」

そうして、去ろうとする間際《まぎわ》。

立ち止まるリューに、エレンは声を投げかけた。

「やっぱり君は高潔だ。やっぱり、君に決めたよ」

二人の視線しか交わらず、二人だけしか聞こえない会話の中で、そう告げた。

夕日を浴びて陰の仮面を纏《まと》う男神《おとこ》は唇に笑みを残し、揺れる人込みの奥へ姿を消していく。

いなくなるその時まで、影が不気味なまでに暗く、長く伸びていた。

「……敵意も悪意もない。どころか好意すらもって接してくる。しかし……」

その先の言葉は音にならない。

空色の瞳を眇《すが》めるリューは、神が消えた通りを、睨《にら》むことしかできなかった。

「何なのですか、あの神は……」

◇

日が沈み、夜の帳《とばり》が落ちる。

一切《いっさい》の光が消えた都市北西、第七区画。

そこでは息を殺した冒険者達が、一つの建物を窺《うかが》っていた。

「ここで間違いないな？」

「うん。獣人の鼻で追われないよう、消臭の道具《アイテム》まで使ってる怪し～集団が出入りしてるのは確認済み」

ひそめた声を交わすのは、シャクティとアーディのヴァルマ姉妹。

彼女達の視線の先には、人々の記憶から忘れられた教会が存在する。

今は閉ざされている正面入り口の真上には、顔を半分失っている女神の石像が立っていた。

「『悪人共の違法市《ダーク・マーケット》』で捌《さば》く品を保管する『倉庫』……やっと見つけた。交易所じゃなくて、こんな寂《さび》れた北西区画にあったなんて」

「一般人の居住区は盲点だったな。敵も馬鹿ではないようだ。……が、それも今日で終わりだ」

ぎゅっと拳《こぶし》を握るアーディの隣で、シャクティが双眸《そうぼう》を鋭くする。

間もなく、彼女達のもとに部下の団員が音もなく駆け寄った。

「シャクティ団長。全団員、配置につきました。いつでも行けます」

「よし、一気に片付けるぞ」

教会を包囲するように、【ガネーシャ・ファミリア】の団員達は物陰に身をひそめ、今や合図を待つばかりだった。

シャクティは一拍の呼吸を挟み、告げる。

「全隊突入──っっ！」

団長の号令がかかると同時、【ガネーシャ・ファミリア】は雄叫《おたけ》びを上げた。

人っ子一人逃さない意志を喊声《かんせい》に乗せ、目標の教会へと雪崩《なだ》れ込む。

中でも素早く駆けたアーディは、団員が蹴破《けやぶ》った扉から一番乗りに飛び込んだ。

「憲兵参上！　この教会は包囲されてるよ！　無駄な抵抗は──って、え？」

名乗りを上げたアーディの降伏勧告は、しかし意味をなすことはなかった。

教会内にいた悪人共は例外なく、全滅していいたからだ。

「…………う…………ぁ…………」

男も、女も、ヒューマンもドワーフも獣人も。

まるで慮外の力で叩きつけられたかのように全身が壊れ果て、割れた床の板石《タイル》の上に倒れ伏している。出血の類はないが、全員虫《むし》の息だ。命を繋《つな》ぎ止めていること自体が不可解と思えるほどの惨状だった。

「闇派閥《イヴィルス》も、商人も……みんな、やられてる？」

「全滅……？　私達が突入する前に？　一体誰《だれ》が……！」

アーディは唖然《あぜん》とし、遅れて現れたシャクティも瞠目《どうもく》する。

肩透かしの言葉では言い表せない衝撃と不気味さに、他の団員達も慌てて周囲を見回していると、

「また騒々しくなった」

声が響き渡った。

「──!?」

倒れている者以外、いない筈だった教会に、鬱屈とした声が通る。

雲がぽっかりと穴を開けたのか、罅割れたステンドグラスに月光が降りそそぎ、溜《た》まっていた暗闇《くらやみ》を払う。

青白い光を背に輪郭を浮かび上がらせるのは、ローブを纏った女だった。

フードを目深に被っており、顔は見えない。こぼれ落ちる長い髪は灰色で、幽玄じみた夜の空気も相まって、まさに『魔女』などという言葉を連想させる。

弾かれたように振り向いたシャクティとアーディは、その姿に息を呑《の》んだ。

「次から次へと、雑音が絶えない。やはり今も昔も、オラリオはオラリオのままか」

女は嘆く。

やはり鬱屈とした声で、教会に声を反響させる。

「静寂にまどろむこともできない……。嗚呼、嘆かわしい。やはり私はこの地が嫌いだ」

場違いなまでに慨嘆《がいたん》に暮れるその姿に、【ガネーシャ・ファミリア】の団員達はみな、無意識のうちに気圧されていた。

(だ、誰……？　冒険者？)

アーディは動じる。

たたずんでいるだけにもかかわらず、確かな重圧を放つ女の存在に。

(どこから現れた──いや！　いつから、いつからそこにいた⁉)

シャクティは戦慄《せんりつ》する。

看過できないその事実に。

女は静かだった。

その声も、気配も、存在感さえも静か過ぎた。

Lv．4のシャクティが今も視界に収めていなければ、知覚できないほど、異質なまでに。

「……これをやったのは、お前の仕業か？」

「他に誰がいる？」

「……どうして、こんなことを？」

「私の癇《かん》に障《さわ》った。それだけのことだ」

シャクティが口を開き、アーディが質問を重ねる。

対する女は淡々と答えるのみ。

「……？　どういうこと？」

「この塵芥《ちりあくた》どもは不要な域まで妖精《ようせい》の森を荒らし、大聖樹を蹂躙した。挙句――ここを汚《けが》した。故に報いを与えた」

女は周囲で倒れている闇派閥《イヴィルス》達に視線も向けず、唾棄の感情だけを声の端々に滲ませる。

静謐の中で唯一鮮明に映えたその感情に、アーディはうろたえた。

「ここって……この、教会のこと……？」

「ああ……妹の愛した場所だ」

窺い知れない女の表情が何を見ているのかはわからない。

しかしその最後の言葉には、確かな感傷が含まれていた。

「た、たすけっ…………お、お赦しをっ…………！」

「二度と雑音を生まない骸《むくろ》に変えてやろうと思ったが……薄汚い血でここが汚れては意味がない。後はお前達が片付けろ」

倒れた闇派閥《イヴィルス》の男が、苦痛と恐怖に引きつった瀕死の息遣いで懇願するも、女の声音は降りそそぐ月光のごとく冷たかった。すぐに関心を失い、汚物の処理を押し付けるように教会を後にしようとする。

「逃がすと思っているのか、女？」

それを、シャクティが身を乗り出して制止する。

「捕えられると思っているのか、小娘？」

女は意に介さず、不遜《ふそん》にのたまう。

「お、お姉ちゃんを小娘扱い……⁉」

そしてアーディは姉のまさかの扱いに戦慄した。

「ふざけているな、アーディ！　全隊、かかれ‼」

一喝とともに放たれるシャクティの指示は即断だった。

たった一人で『悪人共の違法市《ダーク・マーケット》』を壊滅させた得体の知れない相手に対し、教会内の全戦力をつぎ込む。

「おおおおおおおおおおおおおおおおっ‼」

Lv．3も含まれた上級冒険者、その総数二十にも達する【ガネーシャ・ファミリア】が女のもとへ殺到した。

「五月蠅《ゴスペル》い」

しかし。

女はその一言《ワン・ワード》で、全てを薙ぎ払った。

「「～～～～～～～～～～～～～～～～～～～～～～～～～～～～～～～～～っっ⁉」」

轟音が、衝撃が、破壊が。

『殲滅』に関するあらゆる要素が同居した『魔力』が解き放たれる。

耳を貫くのは荘厳な聖鐘《せいしょう》の音《ね》。

飛びかからんとしていた団員達は余さず蹴《け》散らされ、咄嗟《とっさ》に武器を身構えたシャクティとアーディも決河の勢いで壁に叩きつけられる。

純粋な衝撃が板石《タイル》の一部と古ぼけた長椅子《チャーチベンチ》を吹き飛ばし、破砕し、粉塵を舞い上げる。

黙ってたたずむ女は煙の奥に霞《かす》み、まるで夜の幻のように姿を消した。

「ま、魔法……？　逃げられた⁉」

「くっ……！」

よろよろと立ち上がるアーディと、得物の槍を杖《つえ》のごとく地面に突き立てるシャクティが、驚きと苦渋の息を吐く。

行使された『魔法』は真空波の類か。

足がふらつくほど鼓膜にも損傷《ダメージ》が残っており、耳鳴りが引かない。

あしらわれた挙げ句、まんまと取り逃がした謎の女に、シャクティは大いに顔を歪《ゆが》めた。

「お姉ちゃん……どうする？」

「……追うな。今はこの場所を押さえる」

視線を投げるアーディに、屈辱の感情と戦った後、頭《かぶり》を振る。

優先するべきは『悪人共の違法市《ダーク・マーケット》』の現場。憲兵としての使命を己《おのれ》に課した団長《シャクティ》は、最後に虚しくも聞こえる声で呟いた。

「既に制圧された後だが、な……」


その後、時間を経て、【ガネーシャ・ファミリア】は本来の目的に従事した。

事故《トラブル》はあったものの、負傷した者は治療師《ヒーラー》の手で回復を済ませ、床に転がっている闇派閥《イヴィルス》達の捕縛と教会内の調査を並行して進めていった。

「闇派閥《イヴィルス》及び商人、全員拘束しました！」

「ご苦労。この教会のどこかに『悪人共の違法市《ダーク・マーケット》』の品が隠されている筈だ。部隊を分け、捜索してくれ」

「わかりました！」

団員の報告に対し、シャクティは淀みなく、矢継ぎ早に指示を返していく。

闇派閥《イヴィルス》の兵士が外に運び出されていく中、捕縛作業が一段落したアーディが姉のもとへ歩み寄り、疑問の声を発する。

「お姉ちゃん……さっきの人、誰だったんだろう？　闇派閥《イヴィルス》を倒しちゃってたけど……味方なのかな？」

「あのような野放図な味方、想像しにくいな。確かなのは非協力的であること……そして、圧倒的に強いことだ」

顔をしかめるシャクティは、運び出されていく敵兵を一瞥する。

「捕えた敵勢力の中に、幹部が交ざっていた。【ルドラ・ファミリア】他……全員、Lv．3だ」

「……！　第二級冒険者を、簡単にあしらえる実力者……？」

「ああ。フィン達ではあるまいし……一体どこの所属だ」

少なくとも、女の実力は第一級冒険者級。

自分達が取り逃がしたことも含め、客観的に判ずるシャクティは無視できない棘《とげ》が喉《のど》に刺さったような顔を浮かべた。アーディも真剣な表情で考えを巡らせざるをえない。

「シャクティ団長！　交易所の贓品《ぞうひん》を多数発見しました！」

と、そこで教会の奥を調べていた団員が、足早に駆け寄ってきた。

「都市外《としがい》から集められた品々もあります！」

「あ……！　ごめんなさい、それ見せてください！」

反応したのはアーディだった。

はっと顔を上げ、自らも団員達のもとへ赴き、床底に隠されていた木箱を覗き込む。

丁寧に、けれど急きながらゴソゴソと物品を漁《あさ》ることしばらく。

「あった……！　『大聖樹の枝』！」

布が巻かれた棒状の品――女性の腕ほどもある枝を手に取り、喜びの声を上げた。

「リオンの里からも奪われていたという、あれか？　武器や杖になる貴重な素材とはいえ……ここまで溜《こ》め込んでいたとはな」

「うんっ！　リオンに必ず取り返すって約束してた枝だよ！」

歩み寄るシャクティに頷きを返すアーディだったが、すぐに笑みが消え、仰天した顔付きとなる。

「って、うわっ、どれがリオンの里のものかわかんない！　数も多いけど、枝の見分けなんてつかないよ～！」

何本もの枝を両手に持ち上げては交互に見て、泣きべそをかくアーディ。

ころころと表情を変える妹に、シャクティはやれやれと溜息《ためいき》をつき、頬《ほお》を緩める。

「後でエルフの団員達に聞いてみよう。里と大聖樹にはそれぞれ特色があるらしいからな。おおよその見分けはつくだろう」

「お姉ちゃん……うん！　ありがとう！」

膝を折って屈《かが》み込んでいたアーディは姉の顔を見上げ、笑みを浮かべた。

そこから立ち上がると、今度はおずおずと尋ねる。

「……ねえ、お姉ちゃん。あと、もう一つだけ我儘《わがまま》言ってもいい？」

「言ってみろ」

「もしリオンの里の……『リュミルアの森』の大聖樹が見つかったら、リオンに返しちゃダメかな?」

あらかじめ、妹の『要望』に察しはついていたのだろう。

シャクティは大した思考の時間を挟まず、けれど憲兵の長として言葉を選んだ。

「歴《れっき》とした贓品《ぞうひん》だ。憲兵である我々が勝手に扱っていい道理はない」

「っ……」

「……が、リュミルアの里の者はエルフの中でも殊更《ことさら》気位が高いと聞く。もし返しにいったとしても、激昂《げっこう》して受け取らないだろう」

「そ、それじゃあ!」

「ああ。折られた枝も里の者の手に渡るのなら本望だろう。ただし、押収し終え、検分した後でのことだ」

「うん、いいよ!　全然いい!　私がリオンに返しにいくから!」

満面の笑みで何度も頷く。

無邪気な子供のようにはしゃぐ妹の姿に、シャクティは「まったく……」と優しげな微笑を唇に宿した。

「よかった……喜んでくれるかなぁ、リオン……」

友の里のものかもわからない『大聖樹の枝』を一つ手に取り、アーディは顔を綻ばせる。
青白い月明かりが、ステンドグラスを通じて少女をうっすらと照らしていた。

『大抗争』まで、あと六日――。

五章
陽だまりの惨劇

ASTREA RECORDS
evil fetal movement
Author by Fujino Omori Illustration Kakage
Character draft Suzuhito Yasuda

連日、都市の天候は曇りが続いている。

まるで『暗黒期』という時代を象徴するように分厚い灰色の雲が空を塞《ふさ》ぎ、人々の心まで塞いでしまっていた。雨も降らず、雷も鳴らず、ただただ暗澹《あんたん》たる空気をもたらすのだ。

けれど、この日のオラリオは違った。

僅《わず》かな白雲と透き通った青空。

快晴である。

「さぁ——炊き出しよ‼」

腰に両の拳《こぶし》を添え、アリーゼは高らかに宣言した。

「何でお前がスゲエふん反り返って、偉そうなんだよ」

「決まってるわ！　ギルド主催かつ冒険者による炊き出しだからよ！　農産系大派閥協力《デメテル・ファミリア》のもと、美味《おい》しいご飯が猛威を振るうわ！」

「意味がわかりそうでわかりませんねぇ」

ライラの半眼にアリーゼが自信満々に答え、猫を被ってニコニコと笑う輝夜《カグヤ》が理解不能と暗に告げる。

有志の出店が通りに並ぶ北の界隈《かいわい》。

周囲では刻んだ野菜のスープや燕麦粥《オートミール》、葡萄酒《ワイン》を垂らした葛湯《くずゆ》など、食欲をそそる炊き出しの香りが充満している。いつにない賑やかな喧騒が人々の間で奏でられている中、アリーゼは笑顔を弾けさせた。

「今日は笑顔が溢《あふ》れる日っていうことよ！　さぁみんな、散った散った！　私達も料理から配給、何でも協力するわよ！」

「アタシ、慈善活動《こういうの》苦手なんだよなー」

「わたくしも人見知りなので、調理の方をさせて頂きます」

ライラが頭をかきながら並んでいる住民の列のもとへ行き、輝夜《カグヤ》は料理の準備を行う天幕へと足を向けた。獣人のネーゼ達も各々散らばっていく。

そんな仲間の姿をリューが眺めていると、アリーゼが声をかけてきた。

「リオンは私と行きましょう。ひもじい思いをしている人達を、みんな可愛《かわい》い子ブタちゃんに変えてあげるわ！」

「【ファミリア】に苦情が殺到するのでやめてください……ひとまず、人手が足りていない場所へ向かいましょう」

アリーゼと並んで、賑《にぎ》やかな通りを歩いていく。

北のメインストリート一帯を使った炊き出しは、『盛況』と呼べるほどのものだった。

闇派閥《イヴィルス》の無差別な襲撃が予測され、命が失われるのは勿論のこと、いつ職にはぐれるかもわからないこの時代。仕事もままならず、家族も養ってやれない者達が続出するオラリオで、今日という日は喜びに満ち溢れていた。

大鍋の前に長蛇の列ができ、熱々のスープをよそわれる度に、頰《ほお》がこけた民衆の顔に笑みが宿る。刻まれた果物にかぶり付く子供達も、絶えずはしゃぎ回っている。

それは、節約と困窮を忘れさせる光景だった。

「炊き出しとはいえ……本当に活気がある。昨日まで沈んでいた街角とは、とても信じられない」

覆面をし、警備に意識を割きつつ、リューは率直な感想を口にした。

『女神祭』――豊穣の宴を始め、都市の祭りが中止せざるをえなくなっている昨今、今日の炊き出しはそれを補うかのようだった。賑々《にぎにぎ》しさと活況、何より笑顔。都市に住まう者達のために走り回るギルド職員を横目に、リューは感嘆した。

「感謝をすれば人は幸せになって、感謝される方も笑顔になれる！　これが本当のオラリオの姿なのよ！」

リューの隣では、アリーゼが周囲に負けないほどの笑みを浮かべていた。

かと思うと、やにわに頭上へ右腕を伸ばし、晴れ渡る蒼穹《そうきゅう》を指差す。

「ずっと塞ぎ込《こ》んでいた空も今日はこんなに晴れてる！　晴天も一緒にみんなと笑ってくれているわ！　だから、私達も灼熱《バーニング》よ！」

そんな風に言葉に違わず語気を燃やし、叫んでいると、

「なんじゃ、やけに威勢のいい女子《おなご》がおると思ったら……お主《ぬし》達か、【アストレア・ファミリ

ア】」

　一人のドワーフが前からやって来た。

「相変わらず騒がしいな、アリーゼ・ローヴェル」

「あ、ガレスのおじ様！」

　そして彼に気付いた途端、アリーゼは憧《あこが》れの勇者に出会ったような面持ちを浮かべる。

「――お、おじっ？　おじ様っ？　……【重傑《エルガルム》】が？」

　そしてそして、リューは服の前と後ろを反対に着て三回転半ジャンプを決めた王女に遭遇したかのような、そんな筆舌に尽くしがたい表情を作った。

「ガレスのおじ様も炊き出しの手伝いに来たの？」

「ああ。【ロキ・ファミリア】からは儂と若いのが来ておる。ま、儂に限って言えば警備が務めだがな」

　耳を疑って硬直してしまうリューを他所に、アリーゼは嬉《うれ》しげな様子でホイホイと話を進めていく。心なし声が弾んでいる赤髪の少女に、ガレスは蓄えている髭《ひげ》をしごいた。

「飯《めし》を受け取るなら、老け顔のドワーフの手より、お主等のような可憐な娘《むすめ》からもらった方がいいじゃろう」

「もう、誰《だれ》もが見惚《みほ》れるスーパー可愛い美少女だなんて！　おじ様は本当にお世辞が上手《うま》いんだから！」

「そこまでは言っとらん」

左手を頬に添え、右手を振ってくるアリーゼに、笑いかけていたドワーフはすぐに真顔となった。もはや慣れきっているような変わり身とツッコミの精度である。

（な、なんだ、この空間は……私は魔法による精神攻撃を受けているのか……）

他方、全くついていけないのはリューである。

中々拝むことのない知己の姿もあって、果てしなく困惑していた。

というか視線を左右に振って忙しないほど挙動不審になっていた。

「ア、アリーゼ……【重傑《エルガルム》】とは知り合いだったのですか……？」

「私が会う度にはしゃいでいるだけよ！　そして私があまりにもうるさいものだから、ガレスのおじ様も無視できなくなったの！」

「大体その通りじゃが、わかっとるなら少しくらい態度をあらためんか、馬鹿《ばか》娘」

恐る恐る問いかけるリューにアリーゼは自信満々に答え、ガレスは呆《あき》れてみせる。

が、やはり空気を読まないことに定評のあるアリーゼは、そんなドワーフの苦言も意に介さない。

「おじ様はすごいの！　暴漢《チンピラ》だろうと怪物《モンスター》だろうとボカンボカン殴り飛ばしちゃって！　私は、そんな勇姿に憧れたのよ！」

「えぇー……」

「心の声が漏《も》れとるぞ、エルフの小娘」

　エルフとドワーフの種族間の不仲は周知の事実だ。

　友があまりにもドワーフを褒めると複雑な顔を浮かべてしまうし、あとはその、一歩間違えればむさ苦しいガレスに憧れると言われた暁にはアリーゼは老け顔の異性が好みなのでしょうかゲフンゲフンなどと心の中で思っていると、

「あ、その顔、リューったらまだ偏見を持っているの？　私は前にも言ったじゃない！　ドワーフにも紳士なおじ様はいるし、エルフにも目が当てられないほどの乱暴者だっている！　種族なんて何も関係ないわ！」

　アリーゼは身を乗り出して、そう主張した。

　三年前、確かに同じことを言われたリューはしかし、しどろもどろに口を動かした。

「それは、確かに、貴方の言う通りに違いないのですが……何というか、その、咄嗟《とっさ》に受け入れがたい現実《モノ》もあって……」

「【疾風】の言うことも尤《もっと》も、というわけではないが、儂相手にそんなはしゃぎ回るのはお主くらいだぞ」

　ガレス自身も述べる。

　それに対するアリーゼの答えは、

「だって私はドワーフに生まれたかったんだもの！」

という眩しい笑みだった。

「……………………………………………………………………………」

「凄《すさ》まじいほど微妙な顔をしておるの」

「あ、いや、これは……その……！」

ガレスに横目を向けられ、リューは慌てふためいた。

というかアリーゼがドワーフとか想像なんて逆立ちしてもムリだし確かに仲間のアスタのように土の民でも可憐で凛々しいドワーフは存在しますが頑張って思い浮かべてみてもソレはもはやもうアリーゼ・ローヴェルではなくゴリーゼ・ローヴェルなる強個体なのではイヤイヤ私は一体何を考えてシカシしかしシカシ………とエルフの脳内が強烈な負荷に耐えかねていると。

アリーゼは、リューの気も知らないで、明るく想《おも》いを語った。

「ドワーフの大きい体はみんなを庇える！　その頑丈な体は、沢山の人を守ってあげることができる！」

「！」

「私が美しい肢体《ボディ》を持つ美少女じゃなかったら、世界は悲しんだかもしれないけど、まぁそれはそれよね！」

リューは、はっと目を見張った。

知己の言わんとすることを察し、胸を打たれたのだ。

「私より綺麗《きれい》で可憐な人はいっぱいいるし、うん、問題ないない！　だから、私はドワーフになりたかった！」

「アリーゼ……」

「その理屈だと、ヒューマンもその身軽な足で誰かを助けられるかもしれんし、エルフもその歌声で誰かを癒《いや》せるかもしれん」

「むっ、それもそうね！　やっぱ今のナシナシ！　私は別にドワーフになれなくてもいいわ‼」

「アリーゼぇ……！」

が、そんな真面目《シリアス》も長続きしなかった。

ガレスに指摘されてあっさり意見を翻《ひるがえ》すアリーゼに、リューはそろそろ涙目になりそうだった。

「フハハハハハハ！　相変わらず面白《おもしろ》い娘だ！　自信満々に何でも言うくせに、ちっとも発言に責任を持たん！」

「違うわ！　非があったのなら、すぐに認められる柔軟な発想を持っているだけよ！」

沈痛な面持ちのエルフの横で大笑の声を上げるのはガレスだ。

アリーゼはへこたれるどころか自信満々に、そして目を瞑ったドヤ顔を披露する。

「よく言う。しかし……ドワーフに生まれたかった、か。年甲斐《としがい》もなく嬉しかったわい」

そんな少女に、ドワーフの大戦士はもう一度、一笑を漏らす。

「お主の素直な声はやかましいが、確かに『美徳』だ。その調子で一人でも多く笑顔に変えてやれ。……炊き出しの方、任せたぞ」

「ええ、任せて！　ガレスのおじ様！」

ガレスは見張りの任へと戻っていく。

人込みの奥へ去っていく背中に、アリーゼは快活な声を投げかけるのだった。

「…………」

「どうしたの、リオン？　こっちをぼーっと見つめちゃって」

「…………貴方は、やはりすごい。あの【重傑《エルガルム》】に称賛されるなんて」

その様子を横から眺めていたリューは、ほぅと息をついた。

言葉通り、第一級冒険者にも認められる知己に対する驚嘆だった。

小首を傾げていた少女は、頭上から降りそそぐ日の光を赤髪《かみ》に反射させながら、まさに太陽のように笑いかける。

「そうかしら？　思ったことを言ってるだけよ！　素直になれば、みんなできるわ！」

リューもそれに、微笑み返した。

（きっと、それが、一番難しくて尊いことなのかもしれない……貴方を見ていると、そう思わされる）

どんなに奇特な言動をしようと、アリーゼ・ローヴェルはリュー・リオンにとって尊敬に値するヒューマンだった。

彼女とともにいれば、いつかエルフのしがらみから解き放たれる。

そう思わせてくれるほど、彼女は眩しかった。

リューは彼女の友でいることを誇りに思い、たとえどんなことがあっても、出会えたことをずっと感謝し続けるだろう。

アリーゼは賑々しい周囲を見回し、一度目を細めた後、リューの手を取った。

「さ、リオン、今度こそ行きましょう！　おじ様の言う通り、みんなを笑顔に変えるために！」


頭上は依然、晴れ渡っている。

青空に吸い込まれる人々の喜びの声が尽きることはない。

抜けるような蒼穹は、ただただ平和だった。

「あぁ～～～～～～……………久々に晴れやがって、いい天気じゃねぇかぁ～」

通りの一角。

中天に差しかかろうとする太陽に照らされ、一つの影が石畳の上に伸びていた。

空を仰《あお》いでいるその輪郭は、女性のもの。

「空にも祝福されて、きっといいことでも起こんだろうなぁ～」

感慨に浸るような間延びした声が響いていると——ドンッ、と。

獣人の男と、ぶつかってしまう。

「おっと、すまない。肩が当たってしまって……」

通りは炊き出しで賑わう人込みを形成している。

すれ違いざま、体を接触するのも仕方ないと言えた。

だから彼女も、気安く片手を上げた。

「おう、気にすんな」

そして。

もう片方の手で、長外套《オーバーコート》の下に佩《は》いていた長剣を振り抜いた。

「は…………が、ぇ…………？」

ぶしゃ、と。

間の抜けた音が響く。

獣人の男が知覚できたのはそこまで。喉《のど》を斬り裂かれた彼は、乾いた笛のような声の欠片《かけら》をこぼし、ぐるんっと目玉を裏返した。

生きることを止めた彼は、赤い水をまき散らす噴水と化し、その場に崩れ落ちる。

「慰謝料代わりにちゃ〜んと、てめえの命をもらっといてやったからよぉ」

その光景を前に、一瞬、周囲から音がかき消える。

紅《くれない》に染まる長剣を肩に担《かつ》ぐ女は、唇に付着した鮮血を舐《な》め、凄絶に嗤《わら》った。

「い——いやぁあああ⁉」

絹を引き裂くかのような女性の悲鳴が、停止していた時を打ち砕く。

「う、うああああああああああああ！」

「なにっ、なんなの⁉」

「死んでるっ、人が死んでる⁉」

巻き起こるのは恐慌《パニック》だった。

老若男女、その鮮血の光景から少しでも離れようと駆け出し、混乱に満ちる。

我を失う群衆は、しかし『何が』現れたのか理解していた。

『暗黒期』を生きる彼等《ら》彼女等《ら》は正確に悟っていた。

闇派閥《イヴィルス》が——『悪』が現れた。

「炊き出しなんて、いい香りがするじゃねぇか〜。私達も交ぜろよ、ギルドの糞ども」

周囲の叫喚《きょうかん》など委細構わず、女は目を細める。

毒々しい薄紅色の髪に、損傷《ダメージ》のある肌着と革《レザー》の脚衣《パンツ》。

冒険者達が彼女の姿を一目見れば、すぐにわかる。

該当する要注意人物一覧《ブラックリスト》の項目は、ただ一人。

闇派閥《イヴィルス》最重要幹部の一人にして【殺帝《アラクニア》】の異名を持つヒューマン。

彼女、ヴァレッタ・グレーデは、殺戮の宣言をなした。

「宴の手伝いくらいはしてやるぜ。──そこら中に真《ま》っ赤《か》な果実をブチまけてな！」

たちまち、長剣が鮮血の嵐《あらし》を呼び起こす。

振り抜かれる刃が群衆の四肢を、胴体を、頸部《けいぶ》を切りつけ、絶叫の歌を奏でた。

Lv.5の能力を持つ彼女から逃れられる者など、誰もいない。

「ヴァ、ヴァレッタ様！　何をしているのですか！　勝手な行動をされては……！」

焦《あせ》りの声を上げるのは、群衆に扮《ふん》していた闇派閥《イヴィルス》の男だった。

予定外の行動に取り乱して駆け寄ると、

「があぁ⁉」

斬られた。

味方だった筈の男も、躊躇《ちゅうちょ》なく命を踏み躙《にじ》られた。

逃げ惑う人々も、ひそんでいた他の闇派閥《イヴィルス》も顔を蒼白にする中、長剣を担ぐ女はただ一人、紅《あか》く嗤う。

「うるせぇなぁ、こんなにも空が晴れてるじゃねえか。じゃあブッ壊れて、どいつもこいつもぐしゃぐしゃにしてやらなきゃダメだろう？」

　頭上を仰ぎ、両腕を広げ、狂気に満ちる。

「今がどうしょうもねー時代で！　ここは笑う暇もねえ地獄だと！　群衆《バカ》どもに思い出させてやらねぇとよぉ！」

　生粋の殺人鬼《シリアルキラー》は『悪』を煽動《せんどう》し、『悪』を謳歌した。

「やれ、てめえ等！」

「は、ははぁっ！」

　残忍な女の指示に、闇派閥《イヴィルス》の軍勢は一も二もなく従った。

　自身が亡骸に変わる前に、任務を全うする。

　巻き起こるのは凄まじい『爆撃』だった。

「ぐあああああああああああああ!?」

「きゃあああああああああああああああああ！」

　通り、商店、人々。

　手当たり次第に放たれる『魔法』の輝きが、崩壊と震動、悲鳴を呼び込む。

　血は流れ肉が焼け、石畳は弾け壁が砕け、陽だまりの光景が瞬く間に壊れていく。

『血溜《ちだ》まりの惨劇』へと変わりゆく。

「はははははは！『前夜祭』だぁ！　騒ぎに来たぜ、冒険者どもぉぉぉぉぉぉぉぉ!!」

轟《とどろ》く女の哄笑《こうしょう》。

その悪辣な声とともに、街の叫喚は冒険者達へと届けられる。

「悲鳴⁉ それに、爆発《ばくはつ》⁉ まさか——！」

「行くわよ、リオン！」

驚愕《きょうがく》の声を口にするが早いか、リューとアリーゼは風となった。


闇派閥《イヴィルス》による青空の凶行が繰り広げられる。

対する冒険者の対応は迅速だった。炊き出しのために配置されていた警備の者達が一斉に動き出し、武器を解き放って迎撃に移る。

しかしそれでもなお、闇派閥《イヴィルス》の攻撃規模は広く、そして無差別だった。

「いいぞー、死ね。どんどんくたばれー。派手に断末魔の声でも上げて、助けを求めろ」

泣き叫ぶ民衆と壊れていく街並み。

守るべきものが多過ぎて、手が回らなければ数も足りない。冒険者達は眼前の光景を庇うために精一杯となる。

反撃に転じることができないオラリオ側の戦力をあざ笑うように、ヴァレッタは呑気《のんき》に言葉を間延びさせ、愉悦に浸った。

女の右足が踏みつけるのは、既にこと切れた無辜《むこ》の民。

「駆け付けてきた冒険者どもの前でも、私がしっかり息の根を止めてやるからよォ～～!!」

「【殺帝《アラクニア》】……！　貴様ぁアアアアアアアアアアア!!」

血塗れの亡骸を足蹴《あしげ》にする闇派閥《イヴィルス》の幹部に、付近にいた冒険者達が激昂する。

雄叫びを上げながら三人がかりで飛びかかるものの、

「ぐぁぁ⁉」

「頭に血が上ったカスほど殺《や》りやすいモンはねぇなぁ！　ハハハハハハハハ！」

ヴァレッタの体がぶれ、斬閃が走った。

すれ違いざま斬り伏せられた冒険者達が血の海に沈む。

民衆の惑乱を引き起こす恐怖の象徴として自分自身を立てる一方で、戦闘要員への挑発も怠らずに、狩る。ヴァレッタという女はどこまでいっても冷酷で、狡猾《こうかつ》だった。

まさに見えない巣を幾重にも張り巡らせる毒蜘蛛のごとく。

「――外道ッッ!!」

「っ⁉」

直後。

ヴァレッタの背後、そして頭上より木刀と細剣が繰り出される。

Ｌｖ．4にも匹敵《ひってき》しようかという高速の奇襲に、ヴァレッタは瞬時の判断で回避の選択肢を捨てた。長剣と、懐《ふところ》から取り出した逆手持ちの短剣、二種類の刃で防御する。

「あぁン……？　【アストレア・ファミリア】か！　てめー等はお呼びじゃねえんだよ、乳臭えガキども！」

「黙れ‼　誰もが笑う筈だったこの場所で、よくも……！」

憤激するリューに、背を討つ逡巡などとっくになかった。

長剣に弾かれ一度は地面に着地したアリーゼも再度斬りかかり、緋色の怒りに満ちる。

「絶対に許さないわ！　貴方はここで倒す！」

痛烈な金属音の後、木刀を短剣が、細剣を長剣が押さえ込み、鍔迫《つばぜ》り合いを行う。

得物越しに睨《にら》み合《あ》う少女達に向かって、ヴァレッタは唇をつり上げた。

「バ～カッ！　Ｌｖ．3のてめえ等が、Ｌｖ．5の私に敵《かな》うと思ってんのかぁ～⁉」

その悪の傲慢に対し、返答したのは、『強烈な握《にぎ》り拳』だった。

「──そんなに計算が好きなら、Ｌｖ．5が相手をしてやる」

「ぎっっ⁉」

リューとアリーゼに左右を挟まれる中、正面から繰り出された剛拳がヴァレッタを殴り飛ばす。

咄嗟《とっさ》にリュー達の武器を弾いて回避行動をとったものの、女の体は凄まじい勢いで石畳の上を滑っていった。

「【重傑《エルガルム》】……！」

「無事か、小娘ども。……くそ、何のための見張りだ。犠牲者を出しておいて、フィン達に合わせる顔がないわ」

ヴァレッタと同様に驚愕するリュー達を他所に、ガレスはガレスで忸怩《じくじ》たる念に苛まれていた。周囲の惨状に目を歪《ゆが》めながら、しかし素早く切り替えて敵を見据える。

「ってーなっ、馬鹿力《ばかぢから》がぁ！　だが、来やがったなぁ、【ロキ・ファミリア】！」

長剣を地面に突き刺し、耳障りの擦過《さっか》音を立てながら体勢を立て直したヴァレッタが、苛立ちの声をばら撒《ま》き、禍々《まがまが》しく笑う。

「久しぶりだな、ドワーフの糞爺《くそじじい》！　フィンの野郎はいねえのかぁ～～!?」

ヴァレッタ・グレーデと【ロキ・ファミリア】には因縁がある。

正確には、同じ指揮官として立つフィンと彼女に、だ。

八年前の『暗黒期』の幕開けから今日に至るまで、フィンとヴァレッタは幾度となく軍勢を率いて鎬《しのぎ》を削ってきたのである。

やられ、やり返し、計画を丸潰《つぶ》しにされては再戦に臨んできたヴァレッタの中で、【勇者《ブレイバー》】フィン・ディムナは『憎き宿敵』として成立している。

「生憎《あいにく》とここにはおらん。貴様等の『陽動』を見越して、別の場所に網を張っておる」

目に見えて興奮の度合いを高めたヴァレッタと比して、ガレスの声は磨き抜かれた鋼鉄のように冷めていた。

そんな彼の言葉を肯定するように、ヴァレッタのもとへ闇派閥《イヴィルス》の部下が転がり込んでくる。

「ヴァレッタ様！　同志の潜伏地点から煙が……！　目標襲撃前に、冒険者に強襲されたものかと思われます！」

見れば、都市の西と東から黒煙が上がっている。

魔導士がいれば『魔法』の残滓たる魔素がうっすらと帯びていることを察しただろう。

報告を聞いたヴァレッタの顔から笑みが消え、怒りと憎悪だけが残った。

「ちッ……死ねよクソが。派手に暴《あば》れてやったっていうのに、何も意味がねーじゃねえか」

ガレスが指摘した通りであった。

都市民が集まる炊き出しを狙《ねら》った今回の凶事は、ギルド傘下の【ファミリア】の注意を逸らすための『陽動』。

そしてそれを見越した上で、フィン達【ロキ・ファミリア】主力や【ガネーシャ・ファミリア】等《ら》は別地点で『罠《わな》』を張っていたのだ。

ヴァレッタはこれ以上にないほど、忌々しそうに吐き捨てる。

「あァ～～………萎えたぜ。おい、てめえ等。あいつ等を足止めしろ。私は帰る」

「ヴァ、ヴァレッタ様⁉　一体なにを⁉」

「陽動が騒ぐだけ騒いで他が不発なんて、間抜けにしかならねえだろ。これ以上は殺《や》る意味もねえ。てめえ等は私の身代わりになれ」

　ヴァレッタ・グレーデは血に飢える蜘蛛である。

　しかし身を狂気に染めておきながら、必ず『一線』を見誤らない冷静さを持つ。これほどの惨事を引き起こしておきながら、あっさりと踵《きびす》を返そうとする女幹部に、『身代わり』を要求される末端の闇派閥《イヴィルス》は動じていた。

「──逃がすと思っているの？」

　ざっ、と靴を鳴らし、立《た》ち塞がるのはアリーゼだ。

　瞳《ひとみ》の中に瞋恚《しんい》の炎を揺らす彼女とともに、リューとガレスもまた、木刀と斧を鳴らす。

「安心しろよ。どいつもこいつも優しい腑抜け共《てめえら》は、私の相手をしてる暇なんかねぇからよぉ」

　それでもヴァレッタの余裕は崩れない。

　嘲りとともに、指を弾《はじ》き鳴らす。

　その『合図』に、周辺に隠れていた『悪』の伏兵達は一斉に従った。

　各々の装備を構え、四方へと『爆撃』をまき散らす。

「うわあああああああああああ⁉」

　重なる震動、滝のごとく崩れる瓦礫、そして巻き込まれる人々の悲鳴。

　未《いま》だ息をひそめていた闇派閥《イヴィルス》の予備戦力が、とどめの破壊活動を敢行した。

「『魔剣』で無作為に破壊を……!?」

「逃げ遅れてる人が大勢いる……いけない！」

激化する破壊と混乱の光景に、リューとアリーゼが焦燥の声を帯びる。

「ハハハハハッ！　さっさと助けに行ってやれよぉ、正義の味方ぁ！　無辜の民ってやつが、瓦礫に押し潰されて死んじまうぜぇ！」

そんな彼女達の横顔に溜飲を下げるように、ヴァレッタは嘲笑の声とともに身を翻した。

周囲の混乱に乗じて、その場から逃走を図る。

「っ……【殺帝《アラクニア》】ぁ！」

リューの怒号など関知せず、女の後ろ姿はあちこちで立ち昇る砂煙に巻かれて消えた。

「こ、こうなればっ……同志よ、破壊を振りまけ！　ヴァレッタ様の御指示通り、一人でも多く道連れにしろォ！」

「ええい、兇徒《きょうと》どもめ！　小娘達、周りの者を助けろ！　闇派閥《イヴィルス》は儂が何とかする！」

「【重傑《エルガルム》】……！　すいません！」

「お願い、ガレスのおじ様！」

玉砕を覚悟したかのごとく雄叫びを上げる闇派閥《イヴィルス》の下士官と兵士達に、ガレスは悪態を吐くと同時に斬りかかった。

背に向けて駆け出す少女達の声に応《こた》えるのは、大戦斧の音のみ。

身の丈に迫ろうかという超重量の武器をあたかも団扇《うちわ》のように翻し、ドワーフの大戦士は敵兵を蹴《け》散らしていく。闇派閥《イヴィルス》が浮かべるのは恐怖の形相だ。必死の抵抗とばかりに短文詠唱の『魔法』や『魔剣』を繰り出すも、ガレスは被弾構わず突撃を重ねた。斧の大刃《だいじん》が、岩をも砕く石突きが、それ自体が鉄槌に等しいドワーフの大拳《たいけん》が、余すことなく再起不能の四文字を叩《たた》きつけていく。

無理を押しての強硬戦術。

自分への損傷《ダメージ》と引き換えに、ガレスは早期鎮圧を望む。

むしろ己《おのれ》に照準《ヘイト》を集めるように大立ち回りを演じ、街への被害を最小限に抑えんとしていた。

「リオン、散るわ！　ライラ達、あとは他の冒険者と連携をとって！」

「わかりました！」

同時に、第一級冒険者の機転を汲み取るアリーゼとリューの動きは迅速だった。

ガレスが闇派閥《イヴィルス》の注意を奪っている間に民衆の避難を促し、時には危機から救出し、蹈鞴《たたら》を踏む雑兵もすれ違いざまに昏倒させる。かねてからの危機想定計画《マニュアル》に従い、避難所を【ロキ・ファミリア】の本拠《ホーム》『黄昏の館』に据えたリュー達は人々を北に逃した。

その判断に、逃げ惑う民衆を守ることしかできなかった冒険者達も方針を得る。

『護衛』から『誘導』に切り替え、灯台の導きのごとく混乱の戦場に光を照らす。

正確かつ迅速な決断の繰り返し。

比喩抜きで、リュー達が一呼吸する間に救われる命が増えていく。

そして彼女達の行動が僅かでも鈍る度《たび》に、守れる命が減ってしまう。

迷うことは、許されなかった。


「ぐああああぁぁぁぁぁぁ！」

闇派閥《イヴィルス》の最後の一人が倒れた。

薙ぎ払った斧を担ぎ、鎧から煙を吐いて全身に火傷を負うガレスは、勝利の余韻に浸ることなく声を飛ばす。

「敵は全員潰した！　ラウル、【ディアンケヒト・ファミリア】に応援を頼め！　大至急じゃ！」

「は、はいっす！」

街の惨状に血の気を失いながら、避難民の護衛と誘導に集中していたラウルが、壊れた人形のように何度も頷《うなず》き、走り出す。戦闘に参加していなかった若い【ロキ・ファミリア】の下位団員達も戦闘の終了を認めるや否や、救命活動に奔走した。

けれど、それでもなお、人々の悲鳴が途絶えることはない。

「うあああああ……！」

「足がぁ……誰か、助けてくれぇぇぇぇぇ！」

吹き飛んだ鎧戸《よろいど》の破片が半身に突き刺さった者、瓦礫に両足を潰された者、『魔法』によって体の一部が吹き飛ばされた者。

老いも若きも喚《わめ》き、悲鳴が糸のように絡《から》み合う。

頻《しき》りに舞う爆煙と、焼け焦げた血の香りに、【アストレア・ファミリア】の面々もまた、悲痛の声を散らした。

「くそったれ！　何人巻き込まれやがった！」

「リオン！　お前も回復魔法で治療に当たれ！」

手持ちの回復薬《ポーション》を怪我《けが》人に浴びせかけるライラも、瓦礫を細切れにする輝夜《カグヤ》も、常の余裕など忘れていた。「建物がいつ崩れるかわからない！　怪我人も避難所に運べ！」とネーゼ達が視界の隅で走り回るのを他所に、リューが輝夜《カグヤ》に叫び返す。

「わかっています！　しかし、私の魔法では複数人をいっぺんに癒《いや》せない！　人手が足りな過ぎる！」

森の光にも似た緑の暖光が怪我人を癒すが、それも一人のみだ。

リュー達の見える範囲にも自分では動けない人々が複数おり、見えない場所には未だ数多くの負傷者がいる。圧倒的な人手不足に、リューも声を荒らげるしかない。

「うぇぇぇぇぇぇぇぇぇ……！　痛い、痛いよぉ……！」

「っ……！」

治療を施しているリューの視線の先で、ヒューマンの少女が一人で泣いている。

親とはぐれたのか、手足には無数の掠り傷、膝《ひざ》は今も出血している。恐慌《きょうこう》に満ちている街の空気にも耐えられないのだろう、へたり込んだまま動けず、悲しみの声を空に上げている。

魔法の中断もできず、リューがやりきれない感情を眉間に刻んでいると──

「泣いたらダメだ。みんなも悲しくなっちゃう。ほら、この布をぎゅっと傷口に当ててるんだ」

一柱の男神が、少女の側に膝をついた。

「……！　神エレン……」

リューは目を見張る。

彼女の驚きを知ってか知らずか、エレンは元気づけるように、おどけてみせた。

「血が止まるぞ～。止まるぞ～。ほら、止まった！　こんな小さな膝も我慢できたんだ、君も涙を我慢できるだろう？」

「神さま……はいっ」

純白の手巾《ハンカチーフ》が見る見るうちに血を吸い、赤くなる。

少女の膝にぎゅっと押し当てていたエレンが応急処置を済ませると、苦痛に歪んでいた少女の顔から、涙が途絶えた。

そんな少女に微笑んで、エレンは手を差し出し、優しく立ち上がらせた。

「いい子だ。あそこの避難所まで、一人で行けるかい？　君よりもっと怪我をしてる子達を助けないといけないんだ」

「うんっ、いけるよっ……ありがとう、神さま！」

他の建物より背が高い【ロキ・ファミリア】本拠《ホーム》をエレンが指差すと、少女は目もとを拭った後、笑顔を浮かべてみせる。

ギルド職員の指示に従って誘導される民衆の列に、自分の足で付いていった。

「……神エレン。ありがとうございます。手を貸してくださって……」

一部始終を見守っていたリューは、怪我人の治療を終えると男神のもとへ足を向けていた。

正《ただ》しく神格者《じんかくしゃ》というべき振る舞いに感謝と敬意を表そうとすると、

「ああ、気にしないでいいよ。俺《おれ》はただ、君に謝りにきただけだから」

そんなことを言って、言葉を遮《さえぎ》った。

「……えっ？」

「君達の真似をして、さっきの子以外も助けてみたんだ。それで、俺もようやくわかったよ」

神は笑う。

硬直するエルフを他所に、おかしそうに笑う。

「傷付いた者、弱き者を助けると、こんなにも心が満たされるって！　充足するよ、嬉しいね、これは病みつきになってしまう！」

無邪気な『悪意』を発露して、喜びに満ちてのける。

「……なに、を……」

「ごめんよ、君達の行いを『見返りのない奉仕』だなんて言って！　確かにこれは無償なんかじゃなかった！　ちゃんと『代価』はある！」

呆然《ぼうぜん》とするリューは動けない。

彼女を置いて、エレンは下界の『道理』を説いた。

「他者を助けてあげるという『優越』！」

「感謝されるという『快感』！」

「施しを授けるという『満足』！」

「それはこんなにも気持ちいい！」

連なる言葉。

子供達への理解に近付いた歓喜。

その声音は迷いが晴れたかのようだった。

その想いは自らの過ちを認める謝意だった。

その感情の正体は、『正義』をあざ笑う納得だった。

喜々とした声をもって男《おとこ》神は純粋な愉悦に満ちる。

一人の妖精《ようせい》の逆鱗《げきりん》に触れるほどに。

「いやぁ、早く教えてくれれば良かったのに。君達の献身は全然不健全じゃない！」

「…………さぃ」

「やっぱり全知だからといって『知ったか』はダメだね。行動も伴って初めて『実感』できる。神ながら学ばせてもらったよ」

「…………ください」

「ん？」

「取り消してくださいっ!!」

両手を震わせる、リューの激声《げきせい》。

その怒りの剣幕に――神の口角がつり上がる。

「なにを？」

「たった今、貴方が吐いた侮辱を!!　私達は自尊心のために『正義』を利用しているのではない！」

「えぇえ？　本当に～？　じゃあ、君達は何のために戦っているの？」

烈火のごとく怒声を散らすエルフの姿に、神は怯《ひる》みもしない。

どころか遺憾そうに、それでいて、からかうように疑問を重ねてくる。

その態度、全《すべ》てがリューの怒りの炎に油をそそいだ。

「くどい！　都市の平和のため、秩序をもたらすためだ！　たった今、私達の周囲に広がるこの光景を撲滅せんが故だ!!」

憤激に突き動かされながら、『正義』の意志を断言する。

だが、

「それが『自己満足』なんじゃないの?」

「なっ――」

神は、温度の下がった声で、そう指摘した。

「だって君達、お金ももらえないでしょう?」

「…………黙ってください」

「パンもスープも分けてもらえない」

「……黙りなさい」

「祝福だってそこにはない」

「黙れっ」

闇が囁《ささや》くように、蛇が足もとから這うように。

神の言葉が、リューの全身に絡みついていく。

うっすらと瞳を開けるエレンは、この時、はっきりと嘲笑を浮かべた。

「富と名誉だけでなく、一時《いちじ》の感謝さえ求めていないというのなら――君達の言う『正義』とは真実、ただの『孤独』じゃないか」

「黙れぇぇぇぇぇぇぇ!!」

真理を突きつけるがごとき神の宣告に、妖精の怒声が轟く。

「怒らないでくれよ、エルフの子供。ただの神の酔狂さ。ただ、心して自分に問うて、答えてくれよ」

空気を震わせる裂帛の叫喚に、エレンはなんてことのないように、肩を竦める。

そして、瞳を除いて笑みを浮かべながら、次の言葉を問うた。


「君達の『正義』とは、一体なんなんだ?」


全身を震わす鼓動の衝撃とともに、リューの視界が明滅する。

「もし答えられないのなら……君達が『正義』と呼んでいるものは、やはりとても歪《いびつ》で、『悪』よりも醜悪なものだ」

沈黙の間に立ちつくすリューに神が贈るのは、そんな結論。

リューの感情の許容範囲は、たやすく振り切れた。

「──貴方はぁあああああああああああああああああ!!」

エレンに迫り、両手でその胸ぐらを摑《つか》む。

相手が神だということは頭から抜け落ちていた。

激昂の雄叫びに支配されるリューは、あらん限りに目の前の神物《じんぶつ》を睨みつける。

そして。

言葉ではなく、行動に走るその姿は、まだ問いに対する答えを持ち合わせていない証左であった。

「リオン、何してんだ！」

「今は遊んでいる暇などない！　神のちょっかいなど無視しろ！」

そこで、異変に気付いたライラと輝夜《カグヤ》が駆け寄る。

「ッッ……！　くそ！」

彼女達に腕を摑まれるリューは、歯を食い縛った。

周囲からはまだ助けを呼ぶ声が聞こえてくる。心中で荒れ狂う衝動を何とか堪《こら》え、ライラ達とともにその場を後にした。

一人取り残されたエレンは、何事もなかったように胸もとを正し、遠ざかっていく少女達の背中を眺める。

「……誇り、高潔、誓い。それを最後まで貫けるなら、確かに『正義』と評価されるものにはなるだろう」

落とされるのは独白。

『悪』の所業に痛めつけられ、深い傷跡を刻まれた街の片隅で、神は不敵な笑みを浮かべた。

「けれど、本当に誰からも感謝されず、見返りがなくなった時……一体どうするのか。楽しみにしているよ」

『大抗争』まで、あと四日――。

六章
光と闇の会合

ASTREA RECORDS
evil fetal movement
Author by Fujino Omori Illustration Kakage
Character draft Suzuhito Yasuda

都市北西のメインストリート、別名『冒険者通り』にその建物は建っている。

万神殿《パンテオン》を彷彿とさせる造りは荘厳で、都市中枢の象徴と言っていい。

迷宮都市の管理機関、『ギルド本部』である。

「各【ファミリア】代表、揃《そろ》ったな。ではこれより、定例の闇派閥《イヴィルス》対策会議を始める――」

そんな『ギルド本部』の奥、百人以上の同席を可能とする大型の会議室で、多くの冒険者達が円卓に腰を下ろしていた。

【ロキ・ファミリア】からはフィン、リヴェリア、ガレス。

【フレイヤ・ファミリア】からはオッタルとアレン。

【ガネーシャ・ファミリア】からはシャクティ。

そして【アストレア・ファミリア】からはアリーゼと輝夜《カグヤ》。

各派閥の団長や副団長、あるいは幹部が集結しており、そうそうたる顔ぶれだった。

歴戦の上級冒険者達を前に、肥えたエルフという表現が相応《ふさわ》しいギルド長、ロイマン・マルディールは粛々と会議の宣言をなした――かと思いきや。

「――その前に、現状の体たらくはなんだ、お前達！　連日のように襲撃は絶えず、つい先日には大規模の奇襲さえ許しおって！」

目をくわっと開いて怒声を散らす。

工場襲撃を始め、闇派閥《イヴィルス》による都市の被害はここにきて積もりつつある。そして記憶に新しい炊き出し場での襲撃では、街の住民にも死傷者を出してしまった。

管理機関の長として憤懣《ふんまん》が溜《た》まる一方なのだろう、ロイマンは贅肉《ぜいにく》の溜まった腹を揺らしながら唾を飛ばした。

「さっさと害虫を駆逐してえなら、闇派閥《イヴィルス》も追ってダンジョン攻略も進めろなんざ、間抜けな注文を押し付けるんじゃゃねぇ豚《ブタ》が」

それに対し、すかさず殺気を募らせるのは猫人《キャットピープル》の青年、アレンだ。

「『遠征』に行った帰りに都市中を回らせやがって……頭の中身まで畜生に変わりやがったのか？」

「し、仕方なかろう！　男神《ゼウス》と女神《ヘラ》が消えた今、都市の内外にオラリオの力を喧伝するのは急務！　でなければ、第二、第三の闇派閥《イヴィルス》を生み出しかねん！」

吐き捨てるアレンに気圧されながら、ロイマンは何とか舌を動かした。

「ダンジョンの『未到達領域』に辿《たど》り着き、都市の威光を示さなければ、世界にも余計な混乱が……！」

「自分《てめえ》の趣味の悪い席《いす》が後生大事だと、素直に吐きやがれ。その脂ぎった体で権力にしがみ付きやがって」

アレンの毒舌は止まらない。

凶暴な猫人《キャットピープル》に『ギルドの豚』が怯《ひる》みに怯む中、フィンが仲裁に入る。

「アレン、止めよう。話が進まない。僕達が率先していがみ合う必要はない筈だ」

「その口で俺《おれ》の名を呼ぶんじゃねえ、小人族《パルゥム》。虫唾《むしず》が走る」

派閥間に介在する敵対視の発露に、今度はリヴェリアが目を瞑《つむ》り、言った。

「意思の疎通さえできない眷族の態度、神フレイヤの品性が疑われるな」

「──殺されてえのか、羽虫《はむし》」

見開かれたアレンの双眼に殺気が満ちる。

たちまち会議室に剣呑《けんのん》な空気が満ち、各【ファミリア】の面々に緊張が走る。発端を作ったロイマンは既に汗まみれだった。

泰然としているのは既に慣れきった風のシャクティや、顔色一つ変えないオッタルなど、一部の者達だけだ。

「もう既に帰りたい……何で初っ端から殺気が行き交ってるんですか、この会議……」

「【ロキ・ファミリア】と【フレイヤ・ファミリア】の険悪さはいつも通りでございますから。気にするだけ無駄かと～」

アレン達を横目に悄然《しょうぜん》としているのは、派閥会議初参加のアスフィである。

ギスギスした空気に腹部を擦《こす》る手が止まらない。輝夜《カグヤ》が猫被《ねこかぶ》りの笑みと間延びした口調で助言を送るが、アスフィの答えは「無茶を言わないでくださいっ」の一択だった。

「そもそも何で派閥会議に新参者の副団長《わたし》が駆り出されるんですか……！　殴るっ、絶対にあの主神と団長、殴る……!!」

「うんうん、【万能者《ペルセウス》】がリオンと仲良くなるのもわかるわね。貴方達、真面目《まじめ》過ぎて周りに振り回されそうだもの！」

「自覚があるなら貴方達も言動を自粛してください！」

バチコーン！　と片目配《ウィンク》せをかましてくるアリーゼにアスフィがとうとうキレた。

日頃の鬱憤が爆発《ばくはつ》し、にわかに騒がしくなる円卓の一角に「「「この状況で何で騒げんだアイツ等……」」」と他の冒険者達の眼差《まなざ》しが殺到する。

「ロイマンを庇うわけではないが……先の奇襲を食い止められなかったのは儂の責任だ。詫びのしようもないわ」

アリーゼ達を無視して、口を開いたのはガレスだった。

重々しい声音に会議室が一瞬静まり返り、視線が彼のもとに集まる。

「白昼堂々、しかも往来の中心での突然の凶行など、予想できていたとしても止められるものではない。ましてや【殺帝《アラクニア》】の仕業となれば」

それを擁護するのは、シャクティ。

「フィンや憲兵団が想定していたのは『爆発物』による混乱……ガレス達に不審物に注意するよう伝えたのが仇《あだ》となってしまった」

「『爆発物』？　どういうこと？」

「一連の工業区の襲撃において奪われておった『撃鉄装置』、あれの用途は『爆弾』の製造ではないかと踏んでおった、ということじゃ」

シャクティの説明にアリーゼが疑問の声を上げると、ガレスが答えた。

更にそれを詳しく補足するのはリヴェリアである。

「機構《スイッチ》を取り付け、誰《だれ》でも作動できる『爆弾』と化せば十分、脅威になりうる。それこそ魔石製品を扱うようにな」

なるほど、と円卓で耳を傾けていた冒険者達に理解の色が浮かんだ。

それならば近頃の工場襲撃にも説明がつくし、何より闇派閥《イヴィルス》の考えそうなことだった。炊き出しを行っていた大通りで一斉起爆でもされれば被害は凄《すさ》まじいものになっていただろう。ガレス達が注意を払うのも頷けた。

「魔剣や魔道具《マジックアイテム》とも異なり、戦闘の心得のない『信者』でも設置及び作動できる。警戒していたのだが……山が外れたか」

「あるいは、まだ切り時ではないと溜め込《こ》んでいるのか、だ」

読みが不発に終わったことにシャクティが瞑目《めいもく》する中、リヴェリアが嘆息まじりに一抹《いちまつ》の可能性を提示する。

そこで、黙って聞いていた輝夜《カグヤ》が口を開いた。

「なるほど。理解いたしました。どうせなら、先に情報を共有しておいてほしかったものですが」

　小言めいた響きに、シャクティ達とともに『先日の作戦』を立案したフィンが、隠すことをせずに真意を語る。

「あくまで予想に過ぎなかったというのが一点。もう一点は警備を厳重にするあまり、敵の動きを誘いにくくしたくなかった」

「……勇者様の中では、あの奇襲さえ予定調和であったと？　犠牲者の数も算盤《そろばん》で弾いて、小を切り捨てたので？」

　敵幹部《ヴァレッタ》が率いた炊き出しの襲撃が『陽動』で、フィン達が『本命』の敵部隊を先んじて制圧したのは周知の事実だ。言葉尻こそ丁寧だが、輝夜《カグヤ》は今度こそ明確に棘を滲《にじ》ませ、非難の色を強めた。

「被害の規模までは読めなかった……と言っても、言い訳にしか聞こえないだろう。だが、おかげで敵の本隊を叩《たた》くことができた」

「大した勇者がいたもんだな」

「まったくだ。常に選択を迫られる今の状況と、それを覆すことのできない自分がつくづく嫌になる」

　自分でも空虚とわかっている弁明を行うフィンは、アレンの皮肉も甘んじた。

　憂《うれ》いを秘める表情で己《おのれ》の無力感を自嘲《じちょう》する小人族《パルゥム》に、輝夜《カグヤ》やアレンなど一部の冒険者が厳しい視線をそそぎ、救済の最大公約数をとった彼の判断を責められない者達が閉口する。いつも口うるさいロイマンですら黙って成り行きを見守った。

会議室に束の間、仄暗い静寂が落ちる。

「――はい、この話題ヤメヤメ！　私こんな不景気な話、聞きたくないわ！　嫌な気持ちになってお菓子をやけ食いしてしまいそう！」

そこで、空気を読まない少女がやかましい声をばらまく。

椅子《いす》を飛ばして立ち上がるのは、お騒がせ代表【アストレア・ファミリア】の団長だ。

「アリーゼ・ローヴェル……貴方という人は……」とアスフィのげんなりした視線が寄せられる中、少女はのたまった。

「だってそうじゃない！　みんな都市を守るために最善を尽くしているのに、それを責め合うなんておかしいわ！」

「「「!!」」」

アレンが、輝夜《カグヤ》が、リヴェリアが、そしてフィンが、目を見張る。

シャクティや他の冒険者もまた同じ表情を浮かべた。

「反省するところはする、いいところは称え合う！　それが正しい話し合いというものよ！　子供にだってわかるわ！」

はっきりと断じるアリーゼの姿に、円卓が静まり返っていると、やがて豪快な笑い声が上がる。

「くっくっく、ハッハッハ！　相変わらず全く物怖じしない娘よ！　しかし、その通りだ！」

「ちッ……正論ばかりほざきやがって」

「反論できないのなら悪態は控えておけ。その正論こそ今においては最も建設的であり、有意義な提案だ」

ガレスの笑声を皮切りに、アレンが不機嫌そうに舌を鳴らし、リヴェリアが微笑を浮かべてそれを諭す。

不毛な停滞を終わらせる太陽の声に、誰もが異議など申し出なかった。

「清く正しい私の前に第一級冒険者さえひれ伏したわね！　フフーン！　さっすが私!!」

「団長、頼むからこの場で調子に乗るのだけは止めてくれ……」

立ったままこれでもかと胸を張るアリーゼに、輝夜《カグヤ》は素の口調で沈痛な警告を出した。

先程からアレン辺りの視線が痛いと訴える。

「ふふ……明るい話は生憎ないが、彼女の言う通り建設的な会議をしよう」

そんな少女達を含めた円卓の光景に、フィンも初めて柔らかい笑みを見せる。

宣言通り、対策会議は始まった。

「まず、シャクティ達が制圧した『悪人共の違法市《ダーク・マーケット》』について情報の共有を――」

フィンが議長となって、各派閥の報告及び闇派閥《イヴィルス》の情報を持ち寄り、検討しては議論を交わす。地上、ダンジョン、都市外にも及ぶ知らせは多岐にわたり、会議は長丁場を極めた。しかしそれを面倒に思い、厭《いと》う者は誰もいない。この情報伝達が自分の命、ひいては身内《ファミリア》の危険を救うことを冒険者達は八年前の『暗黒期』幕開けから、身をもって痛感している。

誰もが積極的に発言し、意見を求め続けた。

「今日まであった事件、及び伝達事項はこれくらいかな。誰か、他に共有しておきたい情報はあるかい？」

会議が始まって、設置された大型時計《ホールクロック》の長針が三周もしようかという頃。

報告があらかた出つくしたことを確認して、フィンが周囲を見回す。

おもむろに口を開いたのは、ずっと黙っていたオッタルだった。

「……闇派閥《イヴィルス》側に最低でも一人、手練れがいる。恐らくは、生粋の戦士」

「あ、例の超硬金属《アダマンタイト》の壁を破壊されたっていうアレね。でも、交戦したわけでも、姿を見たわけでもないんでしょう？」

都市最強の冒険者に物怖じもせずアリーゼが疑問を投げかけると、当時の現場に居合わせたアレンが代わりに答えた。

「確認する必要もねえほど離れ業だった。それだけだ。少なくとも闇派閥《イヴィルス》の幹部どもができる芸当じゃねえ」

「ンー……精査する情報は少ないだろうが、オッタル、敵の能力《ステイタス》を仮定するとしたらどれほどになる？」

フィンの問いに、オッタルは常のそれより更に声を低くして、答えた。

「……Ｌｖ．６以上。下はありえん」

途端、会議室がどよめきに包まれる。

「なっ……⁉　【猛者《おうじゃ》】と同じ……？」

アスフィも驚愕《きょうがく》を隠せず、呻《うめ》いた。

Ｌｖ．６は現在のオラリオ最高位。都市最強の冒険者オッタルしか到達していない領域だ。

彼と同等以上の『怪物』が闇派閥《イヴィルス》に与している可能性がある。

その情報は冒険者達に衝撃を与えた。

「……我々も『倉庫』制圧の際、素性不明の女と遭遇した。魔導士、あるいは魔法剣士だと思われる」

オッタルの報告と重ねるように、シャクティも先日の『悪人共の違法市《ダーク・マーケット》』制圧の際に目撃した人物について語る。

「直接の被害はなかったものの、私を含めた総勢三十の団員が手玉に取られた」

「【ガネーシャ・ファミリア】を一人で？　どこの所属の魔導士だ……」

「過去の強豪共《オシリス・ファミリア》の例もある。第一級冒険者並みの戦力を隠し持っていた可能性は捨てきれんのう」

シャクティの話を聞いてリヴェリアが品よく眉《まゆ》をひそめる中、ガレスは昔日の【ファミリア】について言及した。

まだ男神《ゼウス》と女神《ヘラ》が健在だった頃、彼《か》の二大派閥と鎬を削り合っていた勢力がいくつかあった。中には複数のLv.6、そしてLv.7の団長の戦力報告をギルドにせず、秘匿していた派閥もあったほどだ。他派閥とも結託し頂点の打倒を試みたが――当時の時代を制したのは男神《ゼウス》と女神《ヘラ》だった。

都市抗争に敗北し、多くの眷族を失った主神達は都市から逃亡したが、一部の派閥はまだオラリオにとどまっている。すっかり凋落《ちょうらく》した【セベク・ファミリア】などがその一例だ。

前例があるだけに、円卓の冒険者達は難しい声を出してしまう。

「……後者はともかく、前者の工場襲撃者が闇派閥《イヴィルス》に与している可能性は高い。各派閥、独断行動は避けるようにしてくれ」

フィンの注意喚起に、各【ファミリア】の団員は顔に緊張を帯びることで答えた。

会議室から一度、音が消える。

「さて、これで最後になるが……『本題』に入る」

そして静まり返った瞬間を見計らって、小人族《パルゥム》の勇者は全《すべ》てを前座に変える『作戦目的』を切り出した。

「【ヘルメス・ファミリア】の偵察によって、闇派閥《イヴィルス》の新たな拠点が見つかった」

「「‼」」

目を見張るアリーゼと輝夜《カグヤ》の反応を追うように、他の冒険者も驚きをあらわにする。

「廃棄された施設を利用しているようです。これまでとは異なり、かなりの規模……それも三つ。内部までは探れませんでしたが、一般人を装った見張りの数からいっても、相当に臭う。恐らくは『本拠地』と言っても過言ではないでしょう」

椅子から立ち上がり、情報を提供するのはアスフィだ。

今日までひそかに斥候《せっこう》していた【ヘルメス・ファミリア】の代表として、自分達が調査した詳細を余さずに語る。

「【ヘルメス・ファミリア】の情報を精査し、ギルド上層部も敵の棲家《アジト》であると判断した。そこで、この三つの拠点を同時に叩く」

「――一つは【アストレア・ファミリア】が行くわ！」

フィンが攻撃の意志を口にした直後、真っ先に口を開いたのはアリーゼだった。

隣に立っていたアスフィがぎょっとするほどの勢いで、名乗りを上げる。

「まだ僕は何も言ってないよ？」

「本拠地に突入する【ファミリア】を募るんでしょう？【ロキ・ファミリア】と【フレイヤ・ファミリア】が散らばるのは当然として、残り一つは余る。なら私達が受け持つわ！　機動力なら負けはしないもの！」

苦笑するフィンに、机に手をついたアリーゼはなおも身を乗り出した。

誰よりも危険を恐れず、誰よりも勇敢さと無謀をはき違えず、何よりも正義の意志をあらわにする少女の姿に、それまで黙っていたシャクティも口を開く。

「……フィン、我々も【アストレア・ファミリア】と連携する。それならば頭数も十分だ」

「わかった。なら予定通り、一つは僕達が。もう一つを……オッタル、頼めるね？」

「いいだろう……」

小人族《パルゥム》の視線に猪人《ボアズ》が頷《うなず》く。

都市二大派閥の作戦参加に冒険者達の士気が俄然高まる中、冷静に、鋭く双眸《そうぼう》を細めるのは輝夜《カグヤ》だった。

「話の腰を折るようで恐縮ですが、罠《わな》の可能性は？」

「それも見越した上で動く。突入隊に十分な戦力を割くことはもとより、他の区画にも目を光らせる」

フィンは淀みなく答える。

既に脳内に描いている自身の作戦図を共有した。

「ヘファイストス、イシュタル、ディオニュオス……全ての有力派閥に協力を要請する。ロイマン、そちらは任せた」

「仕方あるまい……都市に平和をもたらすためだ」

「【ヘルメス・ファミリア】は都市全域に警戒を。異常があった際、迅速な情報伝達を頼む」

「了解しました。派閥の者に徹底させます」

フィンの指示にロイマンやアスフィも頷く。

波のように寄せては引いていく冒険者の話し声も、今度ばかりは完全に姿を消すことはなかった。

「……さて、察しの通り、これは大規模な『掃討作戦』になる。拠点が発覚した今、放置の選択肢はない。こちらから打って出る」

小人族《パルゥム》の碧眼が、円卓に座す冒険者達を見回す。

「作戦の開始は――三日後」

ぎゅっと。

多くの冒険者が、膝《ひざ》の上に置いた手を握りしめた。

「敵に気取られないよう準備には細心の注意を払ってくれ。……ここで戦局を決定付ける」

「任せてちょうだい！　やってやるわ！」

少女の快活な声。

第一級冒険者を含めた一部の者達がアリーゼに釣られて笑う中、フィンは顔を引き締め、閉会を告げた。

「それでは、解散」

そして。

「………………………」

その冒険者達の作戦展開を『盗聴』している女が一人。

空き部屋の分厚い壁に耳飾型《イヤリング》の聴診器《マジックアイテム》をつけていた彼女――歴としたギルド職員は、冒険者達が席を立ち上がる音を聞くなり無言で道具を懐《ふところ》にしまい、何事もなかったようにその場を後にした。

「ギルドの『内通者』から報告が入った」

それは。

冒険者達の作戦会議が終了した五時間後に、『悪』の者共の耳に入った。

「敵の『掃討作戦』は……三日後」

小さく折りたたまれた伝言紙《メモ》を手もとに、オリヴァスの口がつり上がる。

そこは薄闇《うすやみ》に包まれた広間だった。忘れ去られた廃墟の奥まった空間のようでもあり、冷えとした迷宮の一角のようですらあった。

そこには、陰影を纏《まと》った複数の人影が存在した。

「ハハッ、でかしたぜ！　あの女《アバズレ》！　闇派閥《イヴィルス》の『信者』様々ってなぁ！」

オリヴァスの言葉を聞き、膝を打つのはヴァレッタだ。

自分の『策』が結実したことに、不敵な笑みを刻む。

「敵の懐にもぐり込ませてから何の報告もさせねえ、一度っきりの『密告』。五年前から仕込んでた甲斐があったぜ」

「フフ、間者を放ってきながら今日まで連絡を絶っておくとは……普段は型破りそのものの癖《くせ》に、随分と辛抱強い一面もお持ちですね」

幹部であり闇派閥《イヴィルス》の『指揮者』でもある女の喜びに、感嘆するのはヴィトー。

普段は『顔無し』と呼ばれている特徴のない相貌の中でうっすらと片瞼を開き、その眼を闇の中で輝かせる。

「ば～か。ここぞって時に切るから『切り札』っつうんだよ。ましてや、フィンはもとより神々を出し抜くんだ、怪しい真似して目をつけられた時点で、嘘《うそ》なんて見抜かれる。なら目につかねえほどコソコソさせるしかねぇだろう。その時までな、、、、、」

美酒に酔うように語っていたヴァレッタはそこで一転、鋭い眼差しをヴィトーに向ける。

「それよりも『顔無し』、てめえの主神はどこに行った？　『計画』の発起人だろうが」

彼女が言及するのは『邪神』の一柱だった。

それは彼女をして驚愕させ、震慄《しんりつ》させ、興奮させせた、『邪悪の化身』そのものに違いない存在だった。

己の主《あるじ》の所在を尋ねられたヴィトーは、肩を竦める。

「さてさて、あの方も御多分に漏《も》れず神なので。今も一人でふらついているのではないでしょうか？」

「ちッ、黒幕は黒幕らしく王座《いす》の上で踏ん反り返ってやがれ。……まぁいい」

舌打ち混じりに、しかし笑みを浮かべるヴァレッタはそこで、奥の闇へと呼びかけた。

「――つぅーわけだ。『宴』は三日後。準備をしといてくれよ？　『本当の切り札』さん方よぉ」

闇に浮かび上がるのは、ローブを纏った二つの影だった。

一つは見上げるほどの総軀《そうく》を誇る男。

もう一つは、長い灰髪の女。

紛れもなく、冒険者達が警戒を払う謎《なぞ》の人物達だった。

「細かいことは関知せん。その時になったら呼べ。どうせこの身は戦場でしか役に立たん」

ヴァレッタの呼びかけに、口を開いたのは男の方だった。

その重々しい声一つとっても、腹の底に響くかのような威圧感。

はっきりと次元の異なる存在に、ヴィトーは片眼を開き、妖しく笑う。

「フフフ、百を語らず一刀のみで存在を証明する戦餓鬼《いくさがき》……末恐ろしい御仁がいたものです」

「てめえ等がいねえと話にならねえからなぁ。あの出鱈目な猪野郎と、道化の連中をブッ潰《つぶ》してーー」

そしてヴィトーの後に、ヴァレッタが機嫌の良さを滲ませていると、

「五月蠅《うるさ》い」

全てを断ち切る静かな声に、遮《さえぎ》られた。

「……は？」

「耳障りを通り越して汚泥そのものだ、貴様の声は。気分が悪い。吐き気がする。悪臭さえ感じる。すぐに口を閉じろ」

面食らうヴァレッタに、ローブの女の侮蔑は止まらない。

害蟲《がいちゅう》にでも向けるような忌避の指弾に、瞬く間にヴァレッタの顔が真《ま》っ赤《か》に染まった。

「こ、この女ぁ……！」

「我々は粛々《しゅくしゅく》と利用されてやる。ならば貴様等も、黙って利用されろ」

憤激するヴァレッタに対し、女の要求は一つ。

『余計な真似も、余計な面倒も増やすな』。

決して群れ合うつもりなどないと言外に告げる『絶対強者』の真意に、ヴァレッタは歯を噛《か》みながら睨《にら》みを利《き》かせる。ーー飛びかかっても八つ裂きにされるのは自分の方だと確信し、胸中で冷や汗を流しながら。

「その辺りにしておけ。我々は既に同志。目的はそれぞれ違えど、辿る過程を同じくする者なのだから」

協力もままならない『悪』の者達に、笑みを浮かべて仲裁するのはオリヴァスだった。

「不正《アパテー》、不止《アレクト》の派閥《ファミリア》にも準備をさせている。あの狂戦士どもも舞い狂うというのなら、都市が災禍の炎に包まれることはもはや必定……」

くすんだ白髪を揺らす男は、歓喜さえ滲ませながら、野望の成就を確信する。

「ついに我が主神《あるじ》の念願叶《かな》う時……オラリオの崩壊はすぐそこだ」

七章
彼女が教えてくれたこと
～ Twilight Word ～

ASTREA RECORDS
evil fetal movement
Author by Fujino Omori Illustration Kakage
Character draft Suzuhito Yasuda

赤々とした夕焼けが西の空を染めている。

オラリオの日暮れは早い。都市を取り囲む巨大市壁のせいだ。同時に、ここから夜まで時間があることを迷宮都市の住人は知っている。そしてこんな時代でなければ大人は一献までの時間を潰《つぶ》し、子供達は街角で遊び回っていただろう。今は誰《だれ》もが闇派閥《イヴィルス》の影に怯《おび》えながら、そそくさと買い出しを済ませていた。

そんな侘《わび》しい夕暮れの商店街を、リューは無言で歩いていた。

「…………」

覆面を纏《まと》っていてなお、まだ十四の年若いエルフの相貌は、美しかった。

西日を浴びる横顔はしかし、陰のある憂いに取り憑《つ》かれている。

雑踏に届かない人々の往来を横目に、リューは回想に浸っていた。

──君達の『正義』とは、一体なんなんだ？

男神《エレン》から告げられた言葉が、未《いま》だに音を立てて胸の奥で渦巻いている。

覆面の内側でぐっと歯を噛《か》み、記憶の中の神に言い返す。

「決まっている……私達の正義は……私達が胸に抱く、ものとは……」

独白は、捨てられた呟き以外のものにはなれなかった。

明確な答えに辿《たど》り着けない。

愚かな自分自身が、あの神の弁を肯定してしまう。

正義の女神《アストレア》の眷族としてそれは恥ずべき有様で、リューを苛んだ。

何よりも苦しくて、迷い続けていた。

「リオーン！　見つけた！」

そんな時。

場違いまでに明るい声が響き、優しい衝撃がリューの背を覆《おお》った。

「ア、アーディ？」

「そうだよ！　犬みたいに抱き着くのが得意でそれでも猫も大好きって言ったらガネーシャ様に『象もいいゾウ！』と勧められたアーディだよ！　じゃじゃーん！」

「なぜ貴方は登場する度に自己紹介を行うのですか！」

両腕を回して抱き着いてきた友の一人に、リューは突っ込み交じりに驚いてしまう。

「いきなり抱き着くのは止めてくださいっ、危険だ」

「ごめんごめん、どうしても抱き着きたくなっちゃって」

アーディは謝罪しつつも悪びれず、頬《ほお》ずりと一緒に密着して、リューより豊満な双丘を押しつけた。姉《シャクティ》譲りの形のいい胸だ。

ついついリューが顔を赤らめていると、やがて堪能し終えたのか、ぱっと体を放す。

「今は一人？」

「ええ……街の巡回中です。『作戦』を気取られないためにも、普段と変わらないことをしようと、アリーゼ達と決めて……」

アーディと並びながら、歩みを再開させる。

二日前の対策会議――『掃討作戦』の内容はアリーゼと輝夜《カグヤ》の口からリュー達にも伝達されている。間違いなく契機になるだろう大きな戦いを前に、【アストレア・ファミリア】は各々の方法で英気を養い、それと同時にこれまでと変わらない自分達を装っていた。

「そうなんだ。私もね、さっきまで仕事をやってたんだ！　制圧した悪人共の違法市《ダーク・マーケット》の調査書《リスト》の作成！　やっと終わったよ！」

相槌を打ちながら、アーディはころころ笑う。

そして目を輝かせて、リューの顔を覗《のぞ》き込んだ。

「ねぇ、聞いてよリオン！　押収した品の中に、君の里の『大聖樹』が――」

喜びを分かち合おうとはしゃいでいたアーディだったが、そこでリューの顔色に気付いた。

声が届いていないほど、彼女の意識をここではないどこかに飛んでいた。

「……何かあったの？」

「いいえ……何も。少し考え事をしていただけで……」

尋ねると、リューは目を伏せて首を横に振る。

言及を避けようとする横顔に、アーディは明るい笑みをお見舞いした。

「そういうのはいいから！　リオンは嘘《うそ》はつけないし、隠し事も下手なんだからさ！」

「ア、アーディ……」

弱りきるエルフに、ヒューマンの少女は、やはり人懐こい微笑を浮かべるのだった。

「話してみてよ。それで、私と一緒に悩もう？」

通りの脇《わき》、ちょうどいい高さの花壇の煉瓦《ブロック》に腰を下ろし、リューはぽつりぽつりと語った。

隣で黙って耳を傾けていたアーディは、話が終わると眉《まゆ》を下げて謝罪した。

「炊き出しがあった日に、そんなことがあったなんて……。ごめんね、あの時、力を貸してあげられなくて」

「貴方やシャクティ達は【勇者《ブレイバー》】の指示で敵の別部隊を叩《たた》いていた。罪悪感を抱く必要はありません」

リューが緩慢に首を横に振ると、「んー」と、アーディは考えるように頭上の夕焼け空を見上げた。

「それにしても、エレン様って……なんだか思ったより、意地悪な神様？」

「意地悪で済むのでしょうか……。下界を愉《たの》しむ神の酔狂と言えば、確かにそうなのでしょうが……」

「私は好きな女の子にちょっかいを出す男の子！　みたいに感じたけどな。リオンの話を聞いたら」

「どうしてそうなるのですか！」

軽い調子のアーディの物言いに、ついつい声を荒らげてしまう。

怒りと羞恥《しゅうち》を渾然《こんぜん》とさせていたリューは、間もなく沈んだ声を出す。

「あれは、決してそんなものではない……そんなものでは……」

リューの脳裏に、先日の光景が再び蘇《よみがえ》る。

薄い笑みを湛《たた》えた男神が、今もリューのことを見つめていた。

──もし答えられないのなら。

──君達が『正義』と呼んでいるものは、やはりとても歪で、『悪』よりも醜悪なものだ。

耳の奥どころか心にまで残響する言葉に、リューは気が付くと、アーディに向かって尋ねていた。

「……アーディ。真の『正義』とは、何だと思いますか？」

「ん～……難しいなぁ。答えは人それぞれだと思うんだけど、神様は違うのかな？」

アーディの返答も確たる響きを持っていない。

彼女は細い顎に添えていた手を離し、目を瞑って、言葉を続ける。

「私はお姉ちゃんより頭が良くないし、こういうのって、考えれば考えるだけ沼にはまっちゃうような気がする」

「…………」

アーディの言っていることは的を射ているように聞こえた。

こんな状況でなければリューも納得を示していただろう。

だが、『正義』について問いを投げかけられた今、それを見て見ぬ振りも、先送りにするわけにもいかない。

少なくとも考え続け、自問自答しなければならない。

『正義』が『悪』より醜悪ではないと証明するために。

リューは迷宮に一人取り残された気分で、目を伏せようとした。

「だからさ、こんな正義はどう？　『全《すべ》ての武器を楽器に』！」

しかし、そこでアーディは一転して明るい声を発した。

「……？　武器を楽器に……？」

「そう！　剣や槍は吊して金属鐘《ツリーチャイム》、盾は二枚揃《そろ》えて打楽器《シンバル》代わり！　大砲なんかは空砲で太鼓にならないかな！」

面食らうリューに、アーディは身振り手振りを交えて語る。

双眸《そうぼう》を弓なりにして、まるで子供のように。

「誰かを傷付ける武器も、みんなを笑顔にする何かに変えちゃう。リオンもそれくらい簡単に考えればいいんだよ！　私みたいにさ！」

そんな風に気楽に、優しく肩の力を抜くように『慰めてくれる』アーディに。

リューは無言の時を挟んで、少女の言葉を否定した。

「………アーディ、それは嘘だ」

心優しい少女の瞳《ひとみ》を見返し、告げる。

「私なんかより、貴方の方がずっと深く、重く、『正義』について考えている。……あの時もそうだった」

それは七日前、暴漢が男神《エレン》の財布を奪い取った時のことだ。

秩序に従って厳しく取り締まるべきだと主張したリューに対し、彼女はそっと諭した。

『おじさんがさっき言ってたことも間違いじゃない。私達が『正論』を言えるのは、私達が力を持ってるから』

『だからじゃないけど……リオン、赦すことは『正義』にならないかな？』

他ならないあの時、リューは自分が抱いていた『正義』に戸惑いを覚え、見つめ直すこととなった。

「私が杓子定規《しゃくしじょうぎ》の『正義』を妄信し続けようとしていた一方で、貴方は普遍の『正義』の在りどころを……ずっと探っていた」

茜色の夕焼けが二人の少女を照らす。

リューの発言に、アーディはおちゃらけた振る舞いを止めた。

「そうだね……『正義』って難しいよ、リオン」

そして、どこか寂《さび》しそうに笑う。

「押し付けてはいけない、背負ってもいけない。そして秘めているだけでも、何も変えられない時がある。真の『正義』なんか本当はないいんじゃないかって、そう思っちゃう」

「アーディ……」

少女の横顔が、年齢以上に大人びる。そう錯覚してしまう。

何もない虚空を眺める少女の姿を、リューもまた切なげに見つめた。

「難しいことなんか考えないで、誰も傷付かないで……みんなが笑顔で、幸せになれればいいのに」

その願いは子供じみていて、何よりも尊かった。

とても簡単で、難しいものだった。

知己《アリーゼ》は何を言うだろう。女神《アストレア》は何と説くだろう。

私《リュー》はそれに、納得できるだろうか。

神々は下界の住人を導いてくれる。

しかし、決して『答え』は教えてくれない。

これは眷族《あなたたち》の物語。

そう告げるかのように手助けにとどめ、子の旅を見守り続ける。

どこまでも続くと知れない旅路の中で――私達《リュー》が『答え』に辿り着くことはあるのだろうか。

考えに浸りながら、自問を繰り返す。

昼と夜の狭間で、沢山のものが淡く儚い赤色に染まる中、リューは茫漠たる荒野に立ちつくす思いで、ここではない遥か遠くを見つめた。

「──でもね、こんな風に立ち止まっちゃう時、私は自分に正直になることにしてる」

そんな時。

アーディの唇には、笑みが蘇っていた。

「えっ？」

「今、自分が何をやりたいんだろうって」

そのまま、勢いよく花壇から立ち上がる。

「だから、私の今の『正義』はやっぱり、リオンを笑顔にすることかな！」

「！」

振り返って投げかけられたその言葉に、空色の目が見開かれる。

アーディは破顔して、リューの手を取った。

「リオン、踊ろう！　ここで！」

「はっ？　ア、アーディ？　いったい何をっ──!?」

そして、通りの真ん中へ躍り出る。

驚くリューの両手に指を絡めて、即興の舞踏《ダンス》を始めた。

先導する自分がリーダー、ひたすらうろたえるリューがパートナー。

アーディが笑みを弾けさせ、軽快なステップを踏めば、周囲からたちまち注目を集めた。

「なんだ、なんだ？」

「道の真ん中で、エルフとヒューマンがいきなり……」

「冒険者さまが、おどってるー！」

ドワーフの労働者が、覇気のないヒューマンの男が、目を輝かせる獣人の少女が、思い思いの声を上げる。

やがてそれは喧騒を生み出し、道行く人々の足を次々に止めていった。

そんな周囲の反応に、覆面越しでもわかるほど赤面するのはリューである。

「ア、アーディ！　待ってください！　どうしてこんなことを⁉」

「昔の英雄は言ってたらしいよ！　童話の『アルゴノゥト』に書いてあった！」

悲鳴も同然の叫び声を放つと、アーディから返ってくるのは童心に戻ったかのような笑顔だった。

「『さぁ、踊りましょう、麗しいお嬢さん。愉快に舞って、私に笑顔を見せてください』！」

「は、はぁ⁉」

「私の好きな物語！　みんなみんな、笑顔になればいい！　そうさ、これが私の『正義』の実践！」

子供の頃に読み耽《ふけ》り、今も愛している英雄譚の一文を持ち出され、リューの混乱は加速する。らしくないほど素っ頓狂な声を出すエルフは、ただただヒューマンの少女に巻き込まれた。まるで道化の喜劇に巻き込まれる娘《ヒロイン》のように。

「変な奴等《やつら》……なんて思ってたけど……」

「ああ……なんか、いいな！　いいぞ、姉ちゃんたちー！」

「冒険者さま、きれー！」

周囲にも変化が生まれる。

胡乱な目を向けていた大人が、少女《アーディ》の笑みに釣られるように強張った顔をほぐしていき、歓声と口笛、あるいは冗談交じりの野次を飛ばすようになる。後に続くのは子供達がはしゃぎ、飛び跳ねる音だ。

いつの間にか、リュー達を囲むように、円形の人垣ができていた。

「ほら、みんなも笑い出した！　手拍子、足拍子、どんどん盛り上がる！」

「しゅ、衆目に晒《さら》されている！　あられもない姿を！　こんなもの、私にはただの辱めです！　止めてください、アーディ！」

「だーめ！　リオンが笑うまで踊っちゃうもんねー！」

「そ、そんな……！」

羞恥の訴えを受け付けてもらえず、リューは困り果てた。

そうしている間にも不器用なステップを踏まされていると、通りかかった一人の冒険者が、人込みの中から顔を出す。

「やけに賑《にぎ》やかな声が聞こえてくると思えば……何をやっているのですか、貴方達は」

「あ、アスフィ！　君もどう！　リオンと一緒に踊ってるんだ！」

呆《あき》れた表情のアスフィに、アーディが振り向く。

「私は遠慮しておきます。故郷の王城で舞踏はもう散々踊ったので」

「ア、アンドロメダ、助けなさい！」

リューが一縷《いちる》の望みとばかりに助けを求めるが、アスフィは無慈悲に肩を竦めた。

「無理です。私にはアーディを止められません。それに……珍しい貴方を見たいので、じっくり見物させてもらいます」

「アンドロメダ～～～～～～～～‼」

最後にはしっかり悪戯な笑みを作るアスフィに、リューは堪らず叫んだ。

踊りは続く。そこに弦楽器の音色はない。管楽器が奏でる曲もない。それと同時に、人々の喜びの声に勝る曲もまたどこにもない。

悲しみも苦しみも吹き飛ばすように、少女達の影は愉快に踊り続ける。

「――リオン！　『正義』は巡るよ！」

「えっ？」

あれほど暗鬱《あんうつ》だった思いを忘れ、リューの羞恥が限界に達しようとしていた時。

アーディが、そんなことを言った。

「たとえ真の答えじゃなかったとしても、間違っていたとしても！　姿形を変えて、私達の『正義』は巡る！」

それは彼女が想《おも》っている『正義』の源流。

リューが求める答えではなかったとしても、自分が見て、感じ、胸に秘めているものを明かす。

「柔らかいものが頑固なものになってたり、優しかったものが冷たいものに変わっているかもしれない！　それでも私達が伝えた正義は、きっと違う花になって咲く！　もしかしたら花じゃなくて、星の光になってみんなを照らすかも！」

リューの空色の瞳は、いつの間にか見開かれていた。

「私達が助けた人が、他の誰かを助けてくれる！　今日の優しさが、明日の笑顔をもたらしてくれる！」

それは、取るに足らない少女の願いかもしれない。

それは、アーディが願うただの夢想なのかもしれない。

「私は、そう信じたいんだ！」

けれどリューの耳には、とても尊く、翼のように羽ばたく希望のように聞こえた。

「アーディ……」

「だからリオン、笑おう！　巡っていく『正義』のために、今日を笑おう！」

舞踏が一瞬、止まる。

立ち止まったリューは、静かに覆面を取った。

そして自分を見つめる少女に向かって、彼女が望んでくれた笑顔を見せる。

「……ええ！」

アーディもまた満面の笑みを浮かべていた。

少女達の舞いが再開する。周囲の声のみだった旋律には、いつの間にか楽器の音色も加わり、穏やかな夕焼けの舞踏会はどこまでも続いた。

人々のもとから笑顔が生まれ、幸福の音がいつまでも響いていく。

「……正義は巡る、ですか」

エルフ達を見守るアスフィは、小さな笑みをこぼした。

優しく細めた目の奥に、視線の先の光景を焼きつける。

「私も忘れないようにしましょう。この夕焼けの言葉を……」

東から宵闇《よいやみ》が迫り、夜が訪れるその時まで、『正義』を願う歌は少女達を包んだ。

リューは、少女の笑みに光を見た。

決して彼女の言葉を忘れまいと、そう誓ったのだった。

『大抗争』まで、あと一日――。

八章
命の音

ASTREA RECORDS
evil fetal movement
Author by Fujino Omori Illustration Kakage
Character draft Suzuhito Yasuda

長い夜が明け、太陽を隠していた雲が姿を消し、夕刻が迫る。

その日、空は鈍い西日の色に染まり、道も、建物も、都市そのものも、紅の色を帯びていた。

アーディと踊った日とは異なる、生々しさがある。

昨日の記憶を振り返りながら、リューはそう思った。

「指定していた道具類《アイテム》、【ディアンケヒト・ファミリア】から届きました！」

「よし、全部隊に共有させろ！　何分かかる！」

「十分あれば！」

「五分で終わらせろ！　急げ！」

周囲では、多くの冒険者と物資が盛んに移動を重ねていた。それでいて物音は驚くほど小さく、速やかに作業が進められている。

オラリオ南西、第六区画。

闇派閥《イヴィルス》の三大拠点の一つを目前にした路地裏、あるいは建物の陰に、【ガネーシャ・ファミリア】と【アストレア・ファミリア】が展開していた。

「団長、全員配置についた」

「わかったわ。敵には気付かれていない？」

輝夜《カグヤ》の報告に、アリーゼは頷《うなず》き、問うた。

普段と変わらない戦用着物《バトル・クロス》、そして刀を佩《は》く極東の少女は、油断を殺しつくした眼差《まなざ》しで答える。

「現状、そのような気配はない。……逆に静か過ぎて、何かあると勘繰りたくなるほどだ」

「そう……でも、行くしかないわ。今日、何としても闇派閥《イヴィルス》の拠点を落とす」

その顔に決然たる意志を秘めながら、アリーゼは視線の先の建築物を見た。

大型の倉庫を彷彿《ほうふつ》させる箱型の施設。廃棄される前は豪商が保有していた商館が、敵の根城と予測される拠点であった。

アリーゼ達のやり取りを視界の端に認めるリューは、ふと思い立ち、側で神経を研ぎ澄ませているヒューマンの少女に声をかけた。

「アーディ……」

「なに、リオン？」

「……いいえ。勝ちましょう」

何かを伝えようとして、出てきた言葉は結局それだけだった。

しかしその言葉こそが今のリュー達に最も必要な事柄だった。

振り向いたアーディは、笑った。

「──うん」

「オッタル様、アレン様、本当によろしかったのですか？　ヘグニ様及びヘディン様、そしてアルフリッグ様達を部隊に加えず……」

都市第五区画。

強者揃《そろ》いの【フレイヤ・ファミリア】が闇派閥《イヴィルス》の拠点を包囲する中、伝令役の団員がオッタルとアレンに確認の声を投げかける。

「エルフと小人族《パルゥム》の手なんざ要らねえ。この猪がいるだけで、そもそも過剰だ」

「予備隊の指揮は全《すべ》てヘディンに委《ゆだ》ねる。有事の際は奴《やつ》の指示を仰《あお》げ」

互いに負けず劣らず、静かな戦意に満ちる獣人達は、視線の先の建物しか見ていなかった。

その姿に、団員は姿勢を正して答えた。

「はっ！　……ご武運を」

団員が去り、辺りでも刻々と作戦準備が完了していく中、美神の眷族は意志を一つにした。

「予定の刻限《じかん》と同時に喰《く》い破る……止めるんじゃねえぞ」

「ああ……殲滅《せんめつ》するのみだ」

都市第七区画。

「フィン、作戦準備は完了した」

三つの突入部隊のうち、最後の一つである【ロキ・ファミリア】は、既に首領の号令を待つのみとなっていた。

装備を整えたリヴェリアが、魔導士の長杖《ちょうじょう》を携えながらフィンの判断を仰ごうとする。

「三拠点の同時突入まで間もなく――どうした？」

「……親指が疼《うず》いてる」

小人族《パルゥム》の勇者は己《おのれ》の右手を見下ろしていた。

手袋《グローブ》に包まれた小さな親指は、他者の目から見てもわかるほど、はっきりと痙攣《けいれん》していた。

「いつもの『勘』か？」

「ああ。八年前、『暗黒期』が始まってから、常に疼いていたけれど……今日のそれは、一番強い」

「……どうする？」

ガレスが確認し、リヴェリアが瞳《ひとみ》を細める。

フィンの直感の威力、そして恐ろしさを誰《だれ》よりも知るドワーフとハイエルフは、首領の決断を待った。

そして二人の視線を浴びるフィンは、一度瞑目し、顔を上げる。

「行くしかない。先延ばしにしたところで意味はない。万全の準備を済ませたのなら、後は乗り越えるか、砕け散るか、二つに一つだ」

決意の言葉をもって、そう断じた。

針の音が鳴る。

正義の眷族の中で、小人族《パルゥム》の少女が持つ懐中時計から、秒を刻んでいく音が。

時の経過とともに、一人、また一人と口を閉じ、声は聞こえなくなっていた。

遠く離れた館では道化の神が、屋敷では象面の神が、市壁の上では使者の神が、巨塔の最上階では美の神が、眷族達の戦場を望む。

白妖精《ホワイト・エルフ》と黒妖精《ダーク・エルフ》、四つ子の小人族《パルゥム》、酒場の女主人、単眼の鍛冶師《ドワーフ》、女戦士の悍婦《かんぷ》、幼き聖女、『牙《きば》』の意味に未《いま》だ気付かない狼人《ウェアウルフ》、穢れを知らぬ白き妖精、剣を持つ一人の少女。アスフィを始めとした冒険者や鍛冶師、治療師《ヒーラー》は、市内のそれぞれの地点《ポイント》で待機しながら、三つの拠点を見つめる。

アリーゼが、輝夜《カグヤ》が、ライラが、シャクティとアーディが、オッタルとアレンが、フィンとリヴェリアとガレスが、自分達を待ち構える『悪』の根城を見据える。

その時が近付く。

正義の女神が瞼を閉じ、他ならぬ眷族達のために祈りを捧げる。

リューが武器を抜く。

そして、針の音が刻限を告げる。

「時間だ」

落ちるリヴェリアの声。

一気に膨れ上がる冒険者達の戦意。

それを背に感じながら、フィンは開戦を命じた。


「突入」


『大抗争』開幕。

——時は来た、と。

神は、静かに笑った。


固く閉ざされていた門が、爆砕音をもって吹き飛ばされる。

「てッ、敵襲ぅうううううううううう⁉」

『魔法』の号砲とともに雪崩込む冒険者達の姿に、闇派閥《イヴィルス》の兵士は一斉に叫喚を上げた。

三つの大拠点内で、同時に戦端が開かれる。

「進めえええ────────ッ！」

第六区画の廃棄商館では、凄《すさ》まじい軍靴の音が轟いていた。

シャクティの雄叫びが電撃進攻とばかりに速度と突撃を訴え、驚愕《きょうがく》に襲われている闇派閥《イヴィルス》を蹴《け》散らしていく。

そして幾人もの【ガネーシャ・ファミリア】の男性団員の中に交ざるのは、戦乙女のごとき疾走と斬閃を織りなすリュー達【アストレア・ファミリア】だ。

「はあぁッ！」

「ぐああああああああ⁉」

稲光と見紛う木刀の一閃をもってリューが尖兵の一人を叩き伏せ、輝夜《カグヤ》、アスタ、ノインの優秀な前衛が次々に敵を薙ぎ払っていく。

「施設を制圧するわ！　ネーゼ、マリュー！　イスカ達を連れて散って！　私達本隊は奥まで行く！」

「一人たりとも逃がすな！　全員無力化し、捕縛しろ！」

アリーゼとシャクティ、両団長から矢継ぎ早に指示が飛ぶ。

彼女達の指示に「わかった！」「了解！」とネーゼ達や【ガネーシャ・ファミリア】の上級冒険者達が返事をし、建物の東西に別れていく。

場所は壁を何枚も抜いては撤去した痕のある大通路。建材が剝き出しとなった壁や床は黒ずんでは灰の色に染まり、もはや商館ではなく廃工場と言うべき様相を呈していた。証拠に周囲には大量の武器や怪しげな装置、物資が置かれており、まさに『悪党の棲家』と言うべき雰囲気を醸し出している。

「通路奥！　後は上！　来んぞ！」

「任せて！」

部隊の中衛位置で戦況を常に見回しているライラの、いち早い警告。

それに応《こた》えるのはアーディだ。

人を傷付けることが苦手な彼女も、歴としたＬｖ．３。

数々のモンスター、そして罪人を裁いてきた片手剣《セイクリッド・オース》を振りかざし、痛烈な斬撃を繰り出した。

もともと吹き抜けだった広い通路の頭上、二階から飛び降りてきた闇派閥《イヴィルス》は、何をすることもできず「がはっ⁉」と地面に転がる。

「青二才、右をやれ。逆は私が仕留める」

「言われなくとも！」

通路奥、扉を蹴り開けて押し寄せる敵兵に、憎まれ口を叩《たた》く輝夜《カグヤ》とリューが切り込む。

数の多寡を委細気にせず、怯《ひる》むことなく刀と木刀をもって舞う少女達は美しく、何より強かった。闇派閥《イヴィルス》側が攻撃を加える前に輝夜《カグヤ》の得物が抜刀、防具ごと斬断し、負けじと別の兵が襲いかかるより先に二の太刀、三の太刀が見舞われる。

それは凛冽とした極東の『技』だ。

斬撃の結界を生み出す少女の前で次々と男達が崩れ落ち、後方に控える敵兵は青ざめて、臆した。そして輝夜《カグヤ》に容赦という文字はない。自ら斬りかかり、味方陣営《ガネーシャ・ファミリア》が「うわぁ……」という声を漏《も》らすほど、両手に持つ刀で斬り伏せては斬り倒す。

「――【空を渡り荒野を駆け、何物《なにもの》よりも疾《と》く走れ。星屑の光を宿し敵を討て】！」

そして輝夜《カグヤ》が背中を晒《さら》す逆方面、覆面のエルフは敵兵と斬り結びながら呪文を奏でる。

美しくも激烈な刀舞を誇る輝夜《カグヤ》相手ではリューも白兵戦の腕前を一歩譲る。

悔しさを感じながら本人もそれを認める一方、彼女には『歌』があった。

まとめて敵を焼き払う、前衛に相応しからぬ『火力』の歌が。

「【ルミノス・ウィンド】！」

緑風を纏《まと》った大光玉の雨が、通路にひしめく闇の使徒を焼き払う。

「ぐああああああああああああああああああああああああ⁉」

容赦のない『魔法』の砲雨に、闇派閥《イヴィルス》の兵達は一掃された。

吹き飛び、壁に叩きつけられ、再起不能に陥《おちい》る。

通路も半壊の様相を見せ、魔力の残滓が舞う中、「またやりすぎました」と覆面のエルフは他人事のように呟いた。

「魔導士でもねえのに相変わらず馬鹿《ばか》げた砲撃！　敵もあらかた吹っ飛ばしたし、こりゃ楽勝だぜ！　――と言いてえが」

わざとらしく、意気揚々と喋《しゃべ》っていたライラは、油断なく瞳を細めた。

彼女の鋭い眼差しに、大型の槍を持つシャクティも同意する。

「ああ、上手く行き過ぎている」

闇派閥《イヴィルス》末端の兵は確かに激しく抵抗しているが、ここは敵の本拠地なのだ。

味方の部隊に目立った損害がないことが、逆に不穏な空気を冒険者達に与える。

順調に行く時ほど陥穽に落ちていく感覚。

冒険者ならば誰もがダンジョンで経験したことのあるそれを、ライラ達は感じ取っていた。

「やはり罠《わな》をこさえているか。敵の拠点なら、防衛手段の存在は然《しか》るべきではあるが……」

「だとしても、作戦続行よ！　相手も施設内の人員を大勢失ってる！　このまま最後まで畳みかけるわ！」

呟く輝夜《カグヤ》を他所に、アリーゼは意志の統一を叫んだ。

ここで引き返す選択肢は冒険者達にはない。問題の先送りは決して『暗黒期』の終焉に繋《つな》がらないからだ。それに敵の本拠地に足を踏み入れている以上、中途半端《ちゅうとはんぱ》に背中を晒す行為こそ部隊を危険に晒す。

アリーゼの呼びかけに、リュー達は頷いた。

シャクティ、アーディ、アリーゼ、輝夜《カグヤ》、ライラ、そしてリュー。両派閥の精鋭とその他【ガネーシャ・ファミリア】の上級冒険者からなる本隊は、明かりもつけず薄闇《うすやみ》を宿す通路奥へと進んだ。

何枚もの板が打ち付けられた鎧戸《よろいど》から外の光が漏れることはない。進めば進むほど冷え冷えとした空気が漂い、まるで昏い冥界に誘うように冒険者達を手招く。

やがて、長い通路の終わりは唐突に訪れた。

「……！　道が開ける！　最深部！」

一気に開ける通路に、アーディの声が響く。

アリーゼ達は隊列を維持したまま、奥に広がる空間へと飛び込んだ。

「ここは……！」

それはここに来るまでの通路と同じく、酷く殺風景な場所だった。

物資運搬用の鉄製カーゴがそこら中に放置され、積み木のように乱雑に、うずたかく積まれている。天井《てんじょう》も高く、一〇M《メドル》はあった。廃棄された工場というよりは――空が見えないという注釈はつくものの――船の積荷を下ろす寂《さび》れた港湾を彷彿させる。

恐らくは商館の品を保管する倉庫を改造したのだろう。

悪事にかかわる物品を溜《た》め込《こ》む『貯蔵庫』と言えばいいか。

広々とした空間に、リュー達が油断なく身構えていると、

「よぉ、来たなぁ」

「――‼　【殺帝《アラクニア》】！」

頭上から、女の声が響く。

リュー達が素早く振り向くと、積み重なったカーゴの上に、ヴァレッタ・グレーデが悠然とたたずんでいた。

「フィンがいねえ……ちッ、外れだぜ。あの女《アバズレ》、てきとーな情報寄こしやがって」

視線を巡らし、辿《たど》り着いたのがリュー達しかいないことを確認すると、ヴァレッタはたちまち不機嫌な表情を浮かべた。後半の呟きを冒険者に聞こえないよう落としていると、一転して口角を上げる。

「にしても、ここまで来んのが早過ぎんだろうがよ～。電光石火どころじゃねえぞ。ったく」

「言葉と顔が一致してねーぞ。汚《きたね》え笑みくらい消しやがれ。……何を隠してやがる」

「さぁなぁ？　てめえ等をブチ殺すための算段じゃねえか？」

眼差しから鋭さを消さず、睨《にら》みつけてくるライラに対し、ヴァレッタは軽薄な笑みのまま見下ろした。

余裕を失わない女の嘲笑に、ライラの顔に険が増す。

「ヴァレッタ・グレーデ！　施設内は制圧した！　兵士もほとんどを捕えている！　大人しく投降しろ！」

一歩前に出て降伏勧告するのはシャクティだ。

アリーゼや輝夜《カグヤ》、アーディの視線も一身に受ける闇派閥《イヴィルス》の女幹部は、こんな状況ですら愉《たの》しむように哄笑を上げた。

「ヒャハハハハ！　その台詞にハイそーしますと頷く悪党がいるかよぉ！　——出ろぉ、てめえ等ぁ！」

号令が轟いた直後、多数の闇派閥《イヴィルス》の戦士が姿を現す。

「伏兵！」

「まだこんなに！」

リューとアーディの声が重なり合う中、周囲のカーゴの陰から出てきた敵兵は一斉に武器を構えた。全員頭から白濁色のローブを被っている画一的な衣装、だが体型の特徴から獣人とドワーフが多いか。

魔導士と思しき者はいない。

こちらを優に倍する数で、冒険者達を包囲する。

「来やがれ！　遊んでやる！」

紅の長剣を肩に担《かつ》ぎ、ヴァレッタ自らも跳んだ。

そしてそれが戦闘開始の合図だった。

雄叫びとともに敵兵が襲いかかり、たちまち激しい剣戟の音が重なり合う。

「退《の》け!!」

「がっっ⁉」

輝夜《カグヤ》の鋭い太刀が敵を一人斬り伏せるが、すぐに新たな敵兵が迫りくる。

舌打ちをする彼女が防御を強いられるのを脇《わき》に、リューもドワーフの戦鎚《せんつい》を往《い》なしては反撃を見舞い、かと思えば側面からの一撃を振り向きざま弾《はじ》き飛ばす。

「乱戦……！　最後の抵抗というわけですか！」

「孤立するんじゃねーぞ！　敵も雑魚じゃねえ！　数で押されたら足もとをすくわれる！」

周囲で決して途切れることのない冒険者と闇派閥《イヴィルス》の一進一退の攻防に、リューや輝夜《カグヤ》の背を支援《フォロー》するライラが呼びかけた。

あからさまに敵兵の質が上がっている。

道中の雑兵とは異なる前衛特化、言うなれば『上位兵』だ。

敵の大剣や鉤爪《かぎづめ》を飛び跳ねるように身軽に回避しながら、飛去来刃《ブーメラン》を投擲し、数で押されそうになった味方を援護していく。

「はははははははっ！　やるじゃねえか、【象神の杖《アンクーシャ》】！　それに【紅の正花《スカーレット・ハーネル》】！」

唯一突出したLv.5のヴァレッタには、アリーゼとシャクティが。

Lv.4とLv.3の両団長は能力《ステイタス》の差に屈しまいと『技』と『駆け引き』、そして優秀な連携を尽くして拮抗に持ち込んでいた。

(──臭え。超臭《くせ》え)

その光景に、ライラは一人双眼を細めた。

(アタシはフィンじゃねーが、どうしようもなく臭う。拠点奥で繰り広げるこれが最後の抵抗だぁ？　バカ言うんじゃねえ、あの敵幹部《おんな》以外は時間さえかけちまえば一掃できる。敵も弱くはねえが、リオン達が刺し違えられる可能性なんてありゃしねえ)

周囲ではリューと輝夜《カグヤ》、【ガネーシャ・ファミリア】の団員。更に視界の奥ではアリーゼとシャクティが交戦している。

自らも反撃と回避を行いながら、戦況を俯瞰するライラの頭の片隅が、警鐘を鳴らす。

(このままなら残ったあの女をアタシたち全員で袋叩きだぞ？　そんなこともわからねえヤツじゃねえだろう！　あの女、何を企《たくら》んでやがる！)

その時だった。

ライラが警戒を払う先、激しい戦闘を繰り広げるヴァレッタとアリーゼ達、その真逆側。

他の冒険者が交戦する貯蔵庫の一角で、変化が起きた。

「あ、ああああああ！」

甲高い叫び声。

悲壮を通り越して哀れに聞こえるその叫喚に、アーディは振り向きざま剣を薙いだ。

己の背を狙《ねら》った一撃を弾いた彼女は、次には目を見開く。

「なっ……子供⁉」

視界に飛び込んでくるのは、周囲で戦う闇派閥《イヴィルス》の戦闘員と同じく、白濁色の頭巾とローブを纏う少女だった。

リュー達以上に幼いのは瞭然で、その背丈はアーディの胸に届くか届かないか程度。

ヒューマンと思しき少女はナイフを持つ手を押さえ、瞳に涙を浮かべていた。

「あ、あぁ……」

「こんな幼い子まで巻き込んで……！」

普段は温厚なアーディが宿すことのない怒りが、はっきりと浮かぶ。

年端もいかない子供が打ち震える姿は、戦場にそぐう筈もない光景だ。無力な少女をも駆り出す闇派閥《イヴィルス》に瞋恚《しんし》の炎を灯しながら、アーディは彼女のもとへ駆け寄る。

「ナイフを捨てて！　戦っちゃダメだ！　君みたいな子に武器を持たせる大人の言うことなんか、聞いちゃいけない！」

アーディは声を放った。

己が信じる『正義』に従って、震えるだけの子供を救おうとする。

呼びかけられたヒューマンの少女は瞳を見張り、それから眦《まなじり》をぐしゃぐしゃに歪《ゆが》め、ぽろぽろと涙をこぼした。

アーディは笑みを浮かべた。

「私は君を傷付けたりしないよ？　さぁ、こっちへ――」

少女の目の前で、剣を下ろして、もう片方の手を差し伸べる。

少女はぼうっとその手を見て、己の右手を伸ばし、左手で小さな胸を握りしめる。

「――ヒャハッ」

そして。

それを見た殺帝《おんな》は。

両眼を細めて、嗤《わら》った。

「………………………かみさま」

瞳から光を消し、声からも感情を消し、少女は唇を震わす。

敵意も殺意も、『正義』も『悪』も抱くことなく。

彼女はただ、願った。


「おとうさんとおかあさんに、会わせてください……」

死した父と母の再会を神に請うて、胸に隠していた『装置《スイッチ》』を起動させる。

「――――――――――――――――――――――――――――――――――――」

凍結した時間の狭間。

自分の手を震えながら握る孤独の指を、アーディは、振り払えなかった。

直後。

凍りついた永遠にも近い一瞬は、凶悪な轟音によって粉々に打ち砕かれた。

炸裂。

衝撃。

震動。

そして爆熱。

「「「「～～～～～～～～～～～～～～～～～～～～～～～～～～～～～～～～っっ!?」」」」

シャクティが、アリーゼが、輝夜《カグヤ》が、ライラが、【ガネーシャ・ファミリア】の団員が、そしてリューが、知覚上限を越えた情報量になすすべなく吹き飛ばされた。

炎を帯びた閃光が視界を白く塗《ぬ》り潰《つぶ》す。耳を聾《ろう》するほどの爆音は聴覚の意味を奪った。地の底で蠢《うごめ》く化物の唸《うな》り声のような震動が建物全体を揺るがす。鉄製カーゴがいくつもひしゃげ、飛び、まさしく崩れ落ちる城のごとき倒壊の音を連鎖させた。

大瀑布、あるいは雪崩のごとき音の津波。

何の前触れもなく大破壊が巻き起こり、その作用に何人もの冒険者達が翻弄される。

そして。

受け身もとれず吹き飛ばされ、煤《すす》と埃《ほこり》を被る冒険者の中で、リューは震える体を起こした。

頭を貫く耳鳴り、ちかちかと明滅する視界が徐々に収まっていくと……視線の先の光景は、抉れていた。


「…………え？」


漂う煙が晴れ、カラカラと石材と金属片が乾いた音を鳴らす。

ごっそりと、何もかも抉《えぐ》り取られた空間があらわになる。

竜の大顎で齧《かじ》り取られたように。

神の鎌が空間そのものを削《そ》いだように。

何もかも、粉微塵に吹き飛んでいた。

壁も、床も、少女達も、跡形もなく。

「…………………え？」

リューは理解を拒んだ。

「……………うそ」

アリーゼは凍てついた。

「………………まさか」

輝夜《カグヤ》は悪夢を見た。

「………………自爆した？」

ライラは誰よりも早く、現実を把握してしまった。

壁にへばり付く焼け焦《こ》げた鮮血の痕。

ひねり出された絵の具のごとく、醜い。

爆風で吹き飛ばされたボロボロの片手剣。

遠く離れた床に転がり、無残な煙を吐いている。

遺された『少女の形見』は、その焼けた血と剣だけだった。

「――ヒャハハッ!!」

絶望の時を打ち砕く『悪』の哄笑。

放心する冒険者達を他所に、ヴァレッタが歓喜と狂喜の境で打ち震える。

「見てるかァ、死神《タナトス》の糞野郎!!　てめーがたぶらかしたガキが、冒険者を道連れにしたぞォォ！　は、ははははははははははははははははははははははッ!!」

ここにはいない、『とある死の神』との契約。

『吹き飛んで、冒険者を巻き添えにした暁には、死んだ父母に会わせてあげよう』。

哀れな一人の少女が『死神』と結んだ契約の履行を見届け、ヴァレッタは本当に愉快そうに、嗤《わら》った。

「…………アー、ディ？」

女の呵々大笑《かかたいしょう》の声が轟く中、シャクティが声の破片を落とす。

まともな残骸すら残らなかった妹の末路に、膝《ひざ》が崩れなかったのは、ただの運命の気まぐれで、つまらない奇跡に過ぎなかった。

「……うそだ」

爆風で布が破れ、覆面を失い、露出しているリューの唇が、痙攣する。

「うそだ、そんな…………うそだっ」

痙攣は否定の衝動へと変わり、体を突き動かし、暴走させる。

「アーディ!?」

弾かれたように、リューは友のいた場所へ走った。

「よせッッ!!　リオン!!」

それを背中から抱きつき、ありったけの力で制止するのは、ライラ。

「アリーゼ、輝夜《カグヤ》ァ！　倒れてる連中から離れろぉ!!」

凄まじい力で振り払おうとするリューを、全身を使って押さえとどめながら、叫ぶ。

泣くことも取り乱すことも己に許さなかった小人族《パルゥム》が行ったのは『警告』。

状況を正《ただ》しく察知し、それを伝える。

「い、い、吹き飛ぶぞ!!」

彼女が言うが早いか、再起不能に陥っていた筈《はず》の敵兵が、蠢く。

傷だらけの体で、仰向《あおむ》けに倒れたまま、懐《ふところ》に仕込んでおいた『装置《スイッチ》』に手をかける。

「────────っっ⁉」

アリーゼと輝夜《カグヤ》が地を蹴って左右に散るのと同時、

「主よ……この命《いのち》っ、どうか愛しき者のもとへぇぇぇぇぇ!!」

悲壮な叫び声とともに、新たな爆炎の華が咲いた。

「ぐうううう～～～～～～～～～～～～～～⁉」

爆発《ばくはつ》の余波に殴られ、少女達の体が凄まじい勢いで飛び、床を削っていく。

それだけで猛火の宴は終わらなかった。

戦力で下回っていた筈の闇派閥《イヴィルス》の兵は、双眼を血走らせ、涙を流し、手足を震わせながら、
自らを『兵器』に変えて、次々と己の役目を終える。

「死ねえええええええええええ！」

「アンジュ、待ってて！」

「世界に混沌をおおおおおおおおおお!!」

「タナトス様ぁぁぁ!!」

間断ない『爆死』。

断末魔の叫びさえも爆発の連鎖によってかき消される中、殺意の爆流が冒険者達を襲う。

対峙《たいじ》していた【ガネーシャ・ファミリア】の多くが巻き込まれ、防御行動を取り、一部が瀕死に陥る。シャクティやライラも例外ではない。四方八方で発生する衝撃と爆風に、リューも一度は倒れ込んだ。

奏でられるのは、酷くも儚《はかな》い『命の調べ』である。

「『火炎石』に、『撃鉄装置』の機構！　上々じゃねえかァ！」

その中で一人、ヴァレッタは喜悦《きえつ》に満ちる。

「誰にでも簡単に扱える『自決装備』の完成ってなぁ!!」

爆発の効果範囲をあらかじめ見極め、カーゴの山で高みの見物を決め込む女の顔に刻まれるのは、会心の凶笑だった。

「くそがっ！　糞ったれがァ!!　てめえ、仲間を全員ッッ――――!!」

血と埃で汚れた頰《ほお》を荒々しく腕で拭うライラが、憤激をもって毒づく。

小さな体の全てという全てを使って怒号をまき散らす彼女に、ヴァレッタが返すのは嘲弄であった。

「ようやく気付いたかぁ？　施設を制圧？　兵士を捕えた？　――関係ねえよ」

両腕を広げ、仮初《かりそめ》の本拠地を示しながら、悪辣なまでに顔を歪ませる。

「なぜならそいつらは『戦力』じゃねえ――ただの『花火』だからなぁ‼」


爆音と衝撃の余韻が、箱形の商館を揺るがす。

少女の命を奪った一度目の爆発の時点で、建物内の随所で混乱が生まれた。

「なんだ、今の爆発は⁉」

「団長達は無事なのか！」

商館二階部分。

シャクティ達本隊と別れた【ガネーシャ・ファミリア】の団員を呑《の》み込むのは、激しい驚倒と狼狽。既に当該階《フロア》を制圧した上級冒険者達が当惑した瞬間、捕縛されていた兵士の一人が、傷だらけの腕で、意識を絶った仲間の服をまさぐった。

「――っ？　おい、お前っ、何をしてっ――」

団員の一人が気付くが、遅い。

カチッ、という音ともに引鉄が引かれ、『自決装備』を纏っていた全ての兵士――捕えられていた邪神の眷族は敵を燃やす業火へと成り果てる。

誘爆に次ぐ誘爆が階《フロア》ごと吹き飛ばし、上級冒険者達の息の根を止めた。

「この命をもって、罪の清算をぉ!!」

狂信者の男が、血と涙に濡《ぬ》れた顔で誓いの叫喚を上げる。

「っっ⁉　ノイン、アスタ、逃げろっ——‼」

狼人《ウェアウルフ》のネーゼが派閥内でも優れた五感と、獣のごとき直感に従って、地を蹴っていた。

なりふり構わない絶叫と同時に後衛の少女《セルティ》の腕を掴《つか》み、鎧戸をブチ破る彼女の後に、【アストレア・ファミリア】の別動隊は一も二もなく従っていた。

混乱と戦慄《せんりつ》の直後、紅蓮の華が裂き、商館の三階から飛び降りた少女達は爆風に殴りつけられ、地に叩きつけられた。

「周囲から、爆発が連鎖している……⁉」

戦闘衣《バトル・クロス》が破れ、血が滴る二の腕を押さえながら、輝夜《カグヤ》が呻く。

周囲を見回す彼女の視線を追うように、天井と壁の奥からは激しい爆発が連なり、施設全体を震わせた。

埃が降っては散り、ミシ、ミシ、と辺りから嫌な亀裂音が生じる。

「一発目が『合図』だ。もう止まらねえ。――じゃあな、くたばりやがれ」

ヴァレッタは唇を吊り上げ、あっさりと身を翻《ひるがえ》した。

自分の背後に残していた退路、裏口の通路に逃げ込む。

そして前を向いたまま後ろへ投げた火炎石《ばくだん》で、ドンッ！　と。

もう誰も使わなくていい通路を爆砕し、瓦礫で押し潰した。

（全敵兵一斉起爆――施設がもたない――建物ごと私達を押し潰して――!!）

周囲の情報をいち早く収集し精査するアリーゼが思考を高速で回転させ、一瞬にも満たない間に、決断を下す。

「シャクティ、ライラ、輝夜《カグヤ》！　脱出っっ!!」

あらん限りの声量に異を唱える者などいない。

だが、

「わかってる！　けどっ……リオン、よせ！　やめろ！」

「アーディっ、アーディ!!」

「阿呆！　行くなっ！　生き埋めになるぞ！」

リューの体を必死に押さえつけるライラが制止を呼びかける。

駆けつける輝夜《カグヤ》も彼女の腕を摑むが、暴《あば》れるエルフの少女は、退路など残されていない広間の奥へ向かおうとする。

「でもっ、アーディが!!　あそこに！　まだあそこに、一人で！」

取り乱すリューは訴えた。

感情が決壊したぐちゃぐちゃの表情で、空色の瞳から悲愴の雫《しずく》をこぼしながら。

「アリーゼ、待ってっ！　ライラ、輝夜《カグヤ》、待ってぇ！　アーディが、亡骸《アーディ》がまだっ、あそこにいるっ!!」

彼女が示す先には、何もない。

瓦礫の側に無残に残るのは、もう少女ではなくなった血痕しか存在しない。

「……っ!!」

アリーゼが、輝夜《カグヤ》が、ライラが、瞳を葛藤に震わせる。

そしてライラ達の拘束が緩んだ瞬間、リューは腕を振りほどき、走った。

床に転がった少女の遺剣を手にしても、なお止まらない。

彼女の前には、先程まで戦闘を繰り広げていた麗人が——自爆を食い止めるために敵兵を絶命させたシャクティが、血塗《ちまみ》れの姿で呆然《ぼうぜん》と立っていた。

「シャクティ!!　アーディがっ、アーディがぁぁ……！」

「…………………………………………………っ」

反射的にリューの進路を遮《さえぎ》ったシャクティは、息を震わせた。

振り返れば、シャクティは止まらない。

己の後方で眠る妹のもとまで、彼女はもう止まれない。

依然続く爆撃、抜け落ちようとする天井、脳を加圧する崩壊の秒読《カウントダウン》。

女は岐路に立った。

姉か、戦士か。

愛か、使命か。

彼女の正しきは。

彼女の『正義』は――。

自分の代わりに涙を滂沱《ぼうだ》と流すエルフの少女に、声を詰まらせ――眦を引き裂く。

「――――ッ!!　アリーゼ、行けぇ!!　脱出する!!」

眉《まゆ》を逆立て、叫んだ。

リューの腹に手を回し、肩に担ぎながら、心の内で泣き崩れる愛情を焼き殺す。

彼女が選んだのは、『戦士』。

そして『使命』。

決して振り返らず、別れの言葉も打ち捨て、シャクティは出口《でぐち》に向かって疾走した。

「アーディッ!!　アーディィイイイイイイイイイイイイイイイ!!」

泣き喚くリューだけが遠ざかる光景に向かって必死に手を伸ばす。

揺れる視界、点になっていく少女の死に場所。涙のせいで彼女の温かい笑顔をもう思い出せない。

拳《こぶし》を握りしめるアリーゼも、輝夜《カグヤ》も、ライラも背を向けて走り出し、生き残る【ガネーシャ・ファミリア】の団員がその後に続く。誰もが涙の代わりに、紅い血を流す。

直後、最後の爆発が施設に止めを刺した。

何本もの支柱が倒れ、均衡を失った闇派閥《イヴィルス》の拠点が、冒険者を道連れにせんと断末魔の咆哮を上げる。すぐ背後に迫りくる瓦礫の濁流から逃れんと、アリーゼ達は地を蹴り、出口から飛び出した。

崩壊の音。凶悪な土砂の旋律。

それにかき消されることなく、絡《から》み合《あ》うのは、少女の名を呼ぶエルフの叫びだけだった。

「――――――!!」

アストレアは、立ち上がった。

本拠《ホーム》で祈りを捧げ、膝をついていた女神は、その瞼を開けて呟く。

「……リュー？　みんな……？」

取るに足らない神の予感が、剣となって彼女の胸を刺す。

ざわつく胸にアストレアが愕然《がくぜん》としていると、震えた。

館の外が。

都市そのものが。

女神は、星海を彷彿とさせる深い藍《あい》色の瞳を見開いた。


「なんや……何が起きとる！　あの煙はなんなんや⁉」

都市北部『黄昏の館』。

長邸《ちょうてい》と呼ばれる本拠《ホーム》から飛び出し、各塔を繋ぐ空中回廊から身を乗り出すロキは、見た。

夕暮れが終わり、闇夜《やみよ》が訪れる中、遥か離れた都市南方、そして南西にかけて、黒い煙が立ち昇る光景を。

「ロ、ロキ！　都市から、『爆発』が起きて……」

「なんやと⁉　まさか、フィン達が攻め込んだ拠点からか⁉」

夜の闇が邪魔をして状況が判別しにくく、必死に目を凝らしていると、ラウルが駆け込んできた。

振り向いたロキが声を上げると、まだ十四歳の少年は肩で息をしながら、呟いた。

「…………………違うっす」

「……ラウル？」

ひたすらに血の気を失って。

全身という全身から汗を垂れ流して。

少年のその異常な様子に気が付いたロキが動きを止めていると、ラウルは絞り出すように、告げた。

「拠点だけじゃあ、ないっす……」


耳をつんざく爆発音が建物を貫く。

衝撃と震動が大地に残る最中《さなか》、南に位置する都市第五区画、剛剣で破られた壁の奥から【フレイヤ・ファミリア】の団員が続々と脱出していく。

「……被害は？」

分厚い壁面をまさに粉砕した大剣を肩に担ぎ、悠然と闇派閥《イヴィルス》の拠点から歩み出てきたオッタルは、背後を振り返りながら尋ねた。

煙を上げる敵拠点は侵入時と比べて跡形もなく、潰れた樽のような様相を呈していた。

周囲では治療師《ヒーラー》の少女達が直ちに治療と状況把握の喧騒を奏で、少なくない負傷者に魔法の輝きを施している。

「五人殺《や》られた。チッ、よくもあの方の眷族《しゅうぶつ》を……」

彼の隣に着地し、答えるのは長槍《ちょうそう》の穂先を紅に染めるアレン。

敵幹部の逃走を許さず仕留めたにもかかわらず、彼の眉間からは苛立ちが消えない。

施設内の闇派閥《イヴィルス》は一人余さず『全滅』。文字通りの『自爆』で、精鋭たる自派閥の強靭な勇士《エインヘリヤル》達を削った『悪』の使徒に、猫人《キャットピープル》の第一級冒険者は怒りに満ちた。

巌《いわお》のようにたたずみ、オッタルが錆色《さびいろ》の瞳を細めていると――猫の耳と猪の耳が、同時に揺れる。

自分達を襲った爆発音が、再び響き、続いたのだ。

「……？　おい、待て。この『爆発』……いつまで続いてやがる？」

アレンの目が、ばっと周囲を見る。

オッタルもまた、その双眼に一驚を孕んだ。

「――まさか」

「負傷者はリヴェリアの魔法円《マジックサークル》まで移動！　治療を済ませろ！　部隊を再編する、急げ!!」

間断なく出されるのはフィンの指示だった。

突入した闇派閥《イヴィルス》の拠点──そこから離れた広場の一角。走り回る団員達の足音が絶え間なく響き、その中心では詠唱を奏で続けているリヴェリアがいる。

瞼を閉じる彼女が行使するのは全体回復魔法。

翡翠色の輝きを放つ魔法円《マジックサークル》は半径六M《メドル》。その範囲内まで移動し、膝をつく負傷者達の傷が見る見るうちに癒えていく。攻撃、防御、そして治療にまで精通する『都市最強魔導士』の名は伊達《だて》ではない。

だがそんなリヴェリアをして、その顔をしかめずにはいられなかった。

「まさか『自爆』とはな。お主《ぬし》が敵の装備に気付いとらんかったら危なかったわ」

命を『特攻兵器』に変える闇派閥《イヴィルス》のやり方に嫌悪感を噴出させているハイエルフを横目に、ガレスが煙を吐くボロボロの大盾をサポーターに預ける。

フィンの洞察と判断、そして阿吽《あうん》の呼吸で前衛壁役《ウォール》を務めたガレスの防御により、【ロキ・ファミリア】の死者はゼロ。重軽傷者は数えきれないが、それもリヴェリアの『魔法』が癒《いや》す。

三つの突入部隊の中で被害を最小限にとどめ、いち早く戦況を立て直すフィン達は、しかしその横顔から焦燥を取り除くことができなかった。

「だが、フィン……これは……！」

「ああ……街の様子がおかしい！」

彼等の耳朶に届くのは衝撃の嘶《いなな》き。

オッタル達が捉《とら》えたものと同じ爆発音に、フィンの碧眼が険しさに歪む。

「敵が拠点に仕掛けたのは『罠』じゃない……『狼煙《のろし》』だ！」

全てを察した【勇者《ブレイバー》】は、総指揮を執ったであろう女の笑みを脳裏に浮かべ、言い放った。

「狙いは冒険者《ぼくたち》じゃない！　敵の標的は——!!」


都市が燃えている。

地獄の釜が蓋を開けたように、おどろおどろしい爆炎の色に彩《いろど》られる。

「敵の標的は……『都市』、そのもの？」

アスフィは、呆然と呟く。

通りで、広場で、建物の中で、火が噴いては周囲に破壊をまき散らす。

一斉蜂起のごとく突如姿を現した闇派閥《イヴィルス》の兵隊が暴れ、冒険者に迎撃されたのなら躊躇なく『装置《スイッチ》』を押し、命の灯火を咲かせる。

巻き起こるのは悲鳴だ。男達の苦悶の声に、女子供の絶叫だ。

オラリオが炎上し、燃え盛る。

繁華街、見晴らしのいい大賭博場《カジノ》の屋上で周囲の警戒に努めていたアスフィは、隣に立つ虎人《ワータイガー》のファルガーともども震慄をあらわにし、叫んだ。

「オラリオが――!?」

『悪の宴』が始まる。

九章
邪悪開演

ASTREA RECORDS
evil fetal movement

Author by Fujino Omori Illustration Kakage
Character draft Suzuhito Yasuda

それは、これ以上のない凄惨《せいさん》な音色とともに始まった。

「きゃああああああああああああッ⁉」

かき鳴らされ、喉《のど》から引きずり出されるのは無辜《むこ》の群衆の悲鳴。

逃げ惑う彼女達の背を射抜くのは毒を塗られた矢、あるいは涙まで焼き尽くす魔法の火球。

あらゆる場所で凶気を解き放つのは、画一的なローブを纏《まと》う闇《やみ》の眷族《けんぞく》ども。

まさに邪神降臨の儀式を謳《うた》うように、破壊と興奮の下部《しもべ》となる。

「い、闇派閥《イヴィルス》だぁああああああああああああああああああ⁉」

絶叫が轟《とどろ》く。

爆発《ばくはつ》が生まれる。

生きることができなくなった亡骸が転がる。

それを、血に濡《ぬ》れた兵士達の長靴《ブーツ》が踏み潰《つぶ》し、踏みにじり、踏み越えていく。

火の粉が舞い、黒い影は躍るのだ。

迎えるのは『悪』の絶頂《ぜっちょう》他ならない。

「──さぁ、皆さん。舞台の幕開けです」

瞬く間に火炎に満ち、動く者がいなくなった街路の真ん中で、ヴィトーは告げた。

開き切った瞳孔から涙を流すエルフの死骸、壁に串刺しにされたドワーフがまき散らした鮮血の痕、手を繋《つな》いだままこと切れる獣人の母子。

細めた目でそれらを一瞥し、笑みが絶えることのない唇を歪《ゆが》め、コツコツと瀟洒《しょうしゃ》な靴の音を鳴らしながら、燃える通りを一人歩いていく。

「あるいは平和という名の終幕《カーテンコール》。もしくは、我が主神なら『祝福の式典《オープニング・セレモニー》』と言うやもしれない」

大仰に、芝居がかった身振り手振りで語る男の目には、嗜虐が満ちていた。

歌うように言葉を並べ、くすんだ血の色の髪を揺らし、黒衣に包まれた両腕を広げる。

「歌いましょう、踊りましょう！ 凄惨な歌劇を！ ええ、私も存分に愉《たの》しませてもらいますとも!!」

そして街路の一つから出れば、先のメインストリートは恐慌に包まれていた。

今も逃げ惑う民衆を見つけ、男は歓喜の笑みを漏《も》らす。

「酔いしれることしかできない、この血の宴を！ ふふふっ……ハハハハハハハハハハハハハハハハハハハハハハハハハハッ!!」

刃が斬りつける音の後に、血が咲き乱れる。

『鮮やかな紅《あか》』に彩《いろど》られる光景に、ヴィトーはぞくぞくと背筋を震わせ、舞い始めた。

都市北西。

『冒険者通り』に面する『ギルド本部』。

次々と怪我人《けが》と避難民が押し寄せる中、広大な一階ロビーにもたらされるのは、情報の濁流であった。

「第六区画から救援要請！　闇派閥《イヴィルス》の無差別攻撃に遭っている模様です！　その他、第一、第二、第四区画も敵勢と衝突！」

「被害が爆発的に拡大中……全容、把握しきれません⁉」

報告を取りまとめる受付嬢達が、悲鳴も同然の叫び声を上げる。

多くの職員達が大混乱に陥《おちい》る中、ギルド長のロイマンは言葉を失い、心を手放していた。

「な、なんだ……？　何が起きている⁉　これではまるで戦争ではないか⁉　栄光あるオラリオで、そんなことが……！」

溜《た》まった顎の肉にまで脂汗を伝わせるエルフは、はっと思い立ったように肩を揺らし、青ざめた。

「ま、まさか──」

「さぁ、宴の始まりだ！　いい声で哭《な》け！　そして……死ね‼」

ヴァレッタの雄叫びが燃え狂う都市に木霊する。

建物の屋根に立つ彼女の眼下、広がるのは容赦などない殺戮の光景だった。

「や、やめてくれぇえええええええええ⁉」

「死ねぇ、無知の罪人どもぉ！　消え去れぇ、オラリオぉ！」

それは怒りに取り憑《つ》かれた男の慟哭《どうこく》だった。

部族を奪った理不尽によって『悪』に堕ち、世界を恨むようになった獣人の凶刃が、同族の男を命乞いもろともめった刺しにする。

「助けてえええええぇぇ！」

「我が命の炎をもって、灰燼《かいじん》に帰《き》せぇ‼」

それは宿命なんて言葉に踊らされる女の金切り声だった。

邪神を崇拝するエルフの瞳《ひとみ》が狂気に染まり、あっさりと自爆装置の引鉄《ひきがね》を引いて、泣き叫ぶ小人族《パルゥム》の少女と一緒に多くの命を巻き添えにした。

「お、お前はっ――――ぎゃあああああ⁉」

それは純粋な弱肉強食だった。

力任せに振るわれた拳《こぶし》が、『正義』を標榜する冒険者を殴殺する。陥没した頭は潰れた赤茄子《トマト》のようにあっけない。抗おうとしていた同じ冒険者の意志を直ちに挫《くじ》き、白髪の男は己《おのれ》が背負う『悪』の闇に酔いしれる。

とうに血塗《ちまみ》れになった拳具に舌を這わせ、血肉を味わうオリヴァスは、その瞳を卑しく細めた。周囲で怖気《おじけ》づく下級冒険者達に襲いかかり、遍《あまね》く絶命を言い渡す。

「やれ。オラリオに真の絶望をもたらすのだぁ‼」

「「「はっ‼」」」

崇高な使命のごとく命を摘み取っていく【白髪鬼《ヴェンデッタ》】は顔を振り上げ、命じた。

男の号令に従う闇派閥《イヴィルス》の兵士は、冒険者という『盾』を失った民衆に襲いかかった。

数えきれない悲鳴と怒号、絡《から》み合《あ》う殺意と恐怖。荒ぶる業火が貪欲に物も人も呑《の》み込《こ》んでは
紅蓮の喝采を上げる。路傍に倒れた幾つもの亡骸に火が燃え移る光景は、無念と屈辱の火葬だ。

遺灰など残らない。

燃える都市の嵐《あらし》に巻かれ、轟き渡る痛哭と獣のような咆哮の中に、全《すべ》てが溶けていく。

「いい合唱《コーラス》じゃねえか！　最高だァ！　ずっとこれがやりたかったんだ！」

ヴァレッタは陶酔の声を上げる。

この最高に狂った景色はどうだ。

人が塵《ゴミ》のように死んでいく。

加虐と嗜虐の雄叫びが途切れない。

それは、秩序なんてものから解放された混沌の蹂躙だ。

闇派閥《イヴィルス》の軍勢は理性を解き放ち、暴走しては、暴力に酔っていた。

世界への不平と不満、大切なものを奪った不条理への怨恨、そんな愉快な大義名分で武装し

た彼等彼女等《かれらかのじょら》は自分達の『正しさ』を疑わない。自分達が最も可哀想《かわいそう》だと思っている男達と女達は、その行いが歴《れっき》とした『悪』でありながら自分達の『正当性』を主張する。

『なんて美しいんだ！』

『なんて滑稽《こっけい》なんだ！』

『人とは何と醜怪《しゅうかい》か‼』

そんな風に邪神達が都市のあちこちで指を差し、ゲラゲラと嗤っている。

これが人間、これが下界の住人。不完全で愚かな子供達。こんな傷つけ合う行為が悪いことなんてわかっているのに、自分達のために、どんな時だって歴史を繰り返す。

これこそ人の本質。

正邪の境界。

やっぱり『正義』と『悪』は表裏だと。

自分達が煽動した事実など綺麗《きれい》に忘れて、邪《じゃ》の神々は何度も手を叩《たた》いた。

「主神様達も歌って踊ってんのかぁ？　──ごちゃごちゃうるせえ‼　てめえ等の上から目線のご意見なんてどうでもいぃ～んだよぉ！　この景色の前ではなァ‼」

そんな邪神達と歓喜を等しくするヴァレッタは、神々が嗤う感情とか、哲学とか、人が持つ業《ごう》なんてものに興味はない。

彼女がただただ興奮を覚えるのは、この『殺戮』という現象そのものだ。

許されざる禁忌はこうも人の心を壊す。こうも血をときめかせる。

思想や動機など些末《さまつ》。そんなものは炎を燃やす薪《まき》に過ぎない。今、殺戮の大火《たいか》は彼女の目を爛々《らんらん》と輝かせている。

だからヴァレッタは、【殺帝《アラクニア》】の名に相応《ふさわ》しき凶悪な笑みをもって、心の底から愉《たの》しんだ。

「一人たりとも逃がすかよ！　民衆も、冒険者も、神々さえも！　全員皆殺しだ!!」

故に、女は高らかに宣言した。

逃げ惑う民衆に、必死の抗戦を繰り広げる冒険者に、秩序と中庸側の神々に。

今も顔を蒼白にさせるロイマンに向かって、その答えを叩きつけた。

「なんてったって、これは悪《わたしたち》と正義《てめえら》の――――『大抗争』だからなぁ!!」

凶笑を描く女の顔が、音を立てて燃える炎の色に染まる。

暴力、略奪、殺戮。

今こそが『悪』の隆盛である。


悲鳴は止まらない。

爆発は途切れない。

嘆くことも忘れた民衆は剝き出しの感情をそのまま悲鳴に変えて、次々に倒れていった。

「あ…………ぁぁぁ…………」

リューは立ちつくす。

悲憤の情動が収まらないまま街へ駆り出されたエルフは、自身を取り巻く周囲の光景に、掠れた声の破片を落としていく。

「うわあああああああああ！」

「そっちへ行っちゃダメ！　こっちへ――」

視界の右手、恐慌《パニック》に陥ったヒューマンの男がでたらめに駆け出していく。

そして制止を呼びかけるノインの叫び虚しく、ぐしゃっ、と。

呆然《ぼうぜん》とする彼女の視線の先で、飛び出した闇派閥《イヴィルス》の凶刃にあっさりと胸を貫かれた。

「助けてぇ、冒険者様ぁぁぁぁ！」

「こっちだ！　急げ！　都市の中央に行けば――」

斜め後ろ。助けを求める女性に呼びかけ、ライラが必死の避難誘導を行う。

顔を涙と汗でぐちゃぐちゃにしながら走り寄ってくる彼女は、横合いから殴りつけるように発生した自爆の炎に呑まれ、硬直するライラの視界から姿を消した。

「…………くそ。ちくしょぉおおおおおおおお!!」

ライラの全身から放たれる叫喚。他の仲間もそうだった。【アストレア・ファミリア】の面々が決死の防衛と救助活動を行っては、手の中からこぼれていく命《いのち》の砂に、涙にならない叫び声と血を吐き出し続ける。

「うああああああああああんっ……！」

「誰《だれ》かっ、誰かぁ……！」

親を失った少女が泣いていた。

建物の倒壊に巻き込まれた商人が助けを求め、間もなく瓦礫の奥で静かになった。

秩序に風穴が開き、混沌が渦を巻く。

リュー達が守り続けていた平和はいとも簡単に崩れ去っていた。

燃える都市が赤い。炎の色か血の色なのかも、もうわからない。

まさに地獄のような光景が、周囲という周囲を埋めつくす。

「あぁぁ……うあああああ……!!」

ぐるりと辺りを見回すだけで溢《あふ》れていく死の数に、リューは絶望の表情で立ち竦んだ。

すると、

「突っ立っているな、間抜けぇ！」

伸ばされた手が胸ぐらを掴《つか》み、もう片方の手がリューの頬《ほお》を張った。

「……か、輝夜《カグヤ》……？」

「さっさと剣を執《と》れ！　何を木偶《でく》と化している！　今、私《わたし》達が愚図でいることは許されない！」

こちらへ駆けつけ、正面に立つのはヒューマンの少女だった。

輝夜《カグヤ》はその柳眉を逆立て、平静さなどかなぐり捨てた怒声で喚き散らす。

双眸《そうぼう》に正気の色を取り戻すリューは、それでも混乱の声をぶちまけた。

「し、しかし、でもっ、だって…………こんなこと、あっていい筈がない！　こんな地獄絵図が‼」

許容範囲を超えている。

潔癖なエルフの生娘《きむすめ》には目の前の現実が認められない。

一途に『正義』を信じ続けてきたリュー・リオンにとって、この『悪』の大逆《たいぎゃく》は、あまりにも重過ぎて、惨《むご》過ぎた。

「現実から目を逸らすな、たわけぇ‼　絶望の虜《とりこ》になるな、青二才‼」

しかし輝夜《カグヤ》はそんな泣き言を許さなかった。

胸ぐらを引き寄せ、額と額がくっつこうかという距離で、驚愕《きょうがく》する空色の瞳に激声《げきせい》を叩きつける。

「考えるな！　動け！　戦え！　一人でも多くの命を救え！」

そして、眦《まなじり》に涙の輝きを必死にとどめながら、訴えた。

「これ以上――アーディの二の舞を増やすな‼」

その名前と、切なる想《おも》いが引鉄だった。

かっとリューの眼《め》が見開かれ、どうしようもない感情が胸の奥から迸《ほとばし》り、絶望を忘れさせる劇薬となる。

「ッツ……!!　うあああああああああああアアアアアアアアッ!!」

木刀の柄をあらん限りに握りしめ、人々に襲いかかろうとしていた闇派閥《イヴィルス》に斬りかかる。

輝夜《カグヤ》の刀閃とともに敵を遮二無二《しゃにむに》に斬り捨てるリューは、激情の言いなりとなった。

猛火の嘶《いなな》きはとどまることを知らない。

大量の火の粉がオラリオに舞い散る中、東西南北、都市の随所でかき鳴らされるのは剣戟の音である。

死兵と化している闇派閥《イヴィルス》相手に、冒険者達が必死の抗戦を繰り広げていた。

「敵の数が多過ぎる……！　どこからでも湧《わ》いてきやがるぞ！」

「指揮系統が麻痺してる！　市民を守ればいいの？　敵を迎え撃てばいいの!?」

「知るかよ！　知らねえよ!?　どうすればいいんだよ、こんなのぉ！」

死ぬまいと戦う冒険者達の多くは混乱の極致にあった。

倒せども倒せども溢れてくる敵の軍勢。どこからでも現れ、隙あらば相討ちを狙《ねら》ってくる闇派閥《イヴィルス》の兵士達に息をつく暇もなく、状況把握がかなわない。でたらめに逃げ回る民衆の動きもそれを助長させていた。

反撃か、防衛か、誘導なのか。指揮を仰《あお》ぐこともできなければ周囲の者と連携を取ることもできない。同じ【ファミリア】ですらない所属バラバラの冒険者達──互いに仲間を失って半ば強制的に組むことになった臨時のパーティでは、罵詈雑言を交わすことはあれ足並みを揃《そろ》えるなど、不可能に近かった。

近付かれる前に何とか闇派閥《イヴィルス》の一団を無力化したヒューマンの弓使い《アーチャー》、魔法を操《あやつ》るハーフエルフの女剣士《フェンサー》、そして獣人の前衛壁役《ウォール》が、取り乱しながら怒声を交わし合う。

「──落ち着きなさい。貴方達《あなたたち》冒険者の動揺は守るべき者達にも伝播する」

その時。

炎の混沌を一瞬打ち消すほどの、女神の澄み渡った声が、その場に響き渡った。

「あ、あんたは……」

「【アストレア・ファミリア】の……！」

長い胡桃色の髪を揺らし、アストレアが冒険者達の前に現れる。

その穢れなき美しい姿は、まさに戦場に降り立った女神そのもので、冒険者達は性別関係なく目を奪われた。

星海を彷彿させる深い藍《あい》色の瞳で彼等を見返すアストレアは、迷える子供達に必要な『方針』を打ち出す。

「民衆の避難は全て『都市中央』に。『盤面』を俯瞰できる者達は必ずそこに集結する」

その細い指が示す方角は都市の中心地、中央広場《セントラルパーク》。

ヒューマンの弓使い《アーチャー》達以外にも、周囲で戦っていた他の冒険者が動きを止め、女神の一挙手一投足に意識を引き寄せられる。

アストレアは辺りで戦う全ての者に聞こえるように、淀みなく神意を告げた。

「貴方達はどうか、ここで力なき子達のための盾に。——私の名をもって星の加護を与えます。どうか、耐えて」

「「「は、はいっ!!」」」

極星が示す星明りに導かれるように、冒険者達は一様に頷《うなず》いた。

一転して灯るのは希望だった。

女神に激励された上級冒険者達は直ちに大声を投げ合い、戦線維持のためこの通りに居残る一団《パーティ》、都市中央へ民衆の避難を行う者達とで別れる。

瓦解寸前からにわかに戦況を立て直す冒険者達にアストレアが笑みを浮かべていると、新たな神が靴の音を鳴らした。

「アストレア、無茶をするな。神が護衛もつけず子供達の鼓舞なんて……体を張り過ぎだぜ？」

「あら、ヘルメス。高いところから一人状況を見渡しているかと思ったのに。そういう貴方は、どうしてここにいるの？」

炎風に巻き込まれまいと帽子を押さえながら現れたヘルメスに、アストレアは微笑を浮かべたまま、軽口を叩くように尋ね返す。

まるで自分と同じ兄弟ないし姉妹を見るような眼差《まなざ》しに、ヘルメスは肩を竦め、せめてもの減らず口を叩いた。

「……オレは女性の味方でね。ましてや麗しい女神の損失なんて耐えられそうもない。好々爺《ゼウス》にも負け犬呼ばわりされてしまうぜ」

そして気まぐれな風のような言葉とは裏腹に、真剣な顔付きで、周囲を見回した。

「後は、そうだな……オレも民衆の主《ガネーシャ》の真似事をしてみたくなったのさ」

通りの中央に立つヘルメス達の周囲、道の両端の建物には例外なく炎が燃え移っている。街は壊れ、悲鳴がその姿を消すことはない。この凄惨な状況にあって、『民衆の主《ガネーシャ》』の名を出したヘルメスがここに来るまで何をしていたかは明白だった。

『神の力《アルカナム》』を使えない無能の身で、都市民の誘導や情報収集に努めていたのだろう。

自分と同じく護衛も連れていない男神に、アストレアは頷きを返した。

「なら、私と同じ。少しでも子供達の背中を押し、命を救う。ヘルメス、護衛《エスコート》を頼める？」

「……勘弁してくれ。貴方との逢瀬は夢見ていたが、こんな戦争《デート》はあんまりだ」

更なる危地へ飛び込もうとする正義の女神に、さしものヘルメスも難色を示した。

言葉の上辺だけ三枚目を気取りながら、鋭い視線で訴える。

「生憎、オレの子も総動員してる。はっきり言って手が足りない。零能《れいのう》の神二柱《ふたり》が火の手に巻き込まれたって、誰も気付きやしないぜ」

今、余剰な戦力を抱える【ファミリア】はこのオラリオにないと言っていい。

全ての冒険者は対闇派閥《イヴィルス》の迎撃に駆り出され、非戦闘員の多くもギルドと協力して避難誘導に努めている。まさに猫の手も借りたい状態だ。

自ら戦いの最前線に立ち続け冒険者も民衆も鼓舞し続ける群衆の主《ガネーシャ》、道具《アイテム》の在庫を全て解放して治療に当たる医神《ミアハ》や治神《ディアンケヒト》、あとはヘルメスやアストレアのような者を除いて、主神の多くが避難手引書《マニュアル》に従い、それぞれの退避経路《ルート》についている。

そんな中で、アストレアの動きは『極めつけ』だった。

戦火から逃れるどころか、激化する戦場の中心へとずんずんと向かう。

こそこそと情報収集を行うヘルメスの行動など霞むほどに。

酔狂な神の中でも際立《きわだ》って制御装置《ブレーキ》が壊れてしまっている。いや、意図的に壊している。

ヘルメスは遠慮なしに奥へ奥へと突き進む正義の女神を見かけ、そして見かねて、引き止めに来たのだ。

「そうね。貴方の言う通りよ、ヘルメス。けれど、私は常々思うわ」

そんなヘルメスの呼びかけに対しても、アストレアの微笑は崩れなかった。

「神々は下界で子供達を見守ることしかできない。けれど、挺身《ていしん》して、光の道筋を示すことくらいは許されると」

僅か一瞬、目を瞑り、己の胸に片手を添える。

「子供の成長を願うというのなら、神《おや》の背中を見せるのも一つの方法でしょう？　だから――行きましょう」

そうして、やはり笑みを浮かべてアストレアは歩み出した。

清廉な百合のようにたおやかに、けれど毅然とした姿勢で、神の導きが必要な次の戦場へと足を向ける。

「……嗚呼、まったく。ちっとも似ていないのに、貴方は気高き神《アルテミス》と同じ『お転婆』だよ、正義の女神《アストレア》」

そんな彼女の背に、戦乙女にも似たとある処女神《しょじょしん》の姿を重ね、苦笑をこぼす。

ヘルメスは観念して、アストレアの後を追うのだった。

阿鼻叫喚の叫び声は炎に巻かれ、大地のみにとどまらず頭上にも昇っていた。

星が見えない闇夜《やみよ》にも、天を衝《つ》く『神の巨塔』にも、届いていた。

「……冒険者の主戦力を三つの拠点に集め、これ以上のない時機《タイミング》で『一斉蜂起』」

都市中心にそびえる『バベル』、その最上階。

普段腰かけている女王の椅子《いす》を放置し、一切《いっさい》の継ぎ目のない巨大な窓辺にたたずむフレイヤは、己の眼下を眺めていた。

「戦力不十分、確定されていた後手……都市全域に『罠《わな》』を仕掛けられていたなんて、止められる筈がないわ」

その銀の瞳に、遥か離れた大通りで倒れていく子供達、敵勢に押されていく冒険者を映しながら、美神は眉《まゆ》を品よくひそめる。滅多に見せない表情を浮かべるフレイヤの言葉には、不機嫌の音色が見え隠れしていた。

闇派閥《イヴィルス》の戦略、無差別攻撃に嫌悪感を滲《にじ》ませつつ、オラリオで最も高い位置から『盤面』を俯瞰する。

「私達、『美の神』が介入すれば戦いは終わる……『魅了』で闇派閥《イヴィルス》の子供達を無力化すればいい」

けれど、と。

呟きを繋げ、フレイヤは瞳を細めた。

「この布陣……美の神《わたしたち》を警戒している。戦場に出てきた瞬間、刺し違えてでも送還するために」

フレイヤが見下ろすのは中央広場《セントラルパーク》に近い高台。

武装した闇派閥《イヴィルス》の一団が、まるで『バベル』の動向を探るように布陣している。

十中八九、対フレイヤの『暗殺部隊』だ。

『バベル』から出てきたなら、すぐさま仕留める腹積もりだろう。方法は狙撃、爆撃、自爆、何でもいい。子供達は忌避感が上回って『神殺し』を犯せないとしても、邪神達が取り行えばいいだけの話だ。遥か頭上より見下ろすフレイヤの視線に気付いたのか、一団の中にいたけばけばしい化粧《メイク》の女神の一柱が、唇を吊り上げ、こちらに向かって中指を立ててきた。フレイヤは冷然とした眼差しをそそぎ、すぐに別の方角を見る。

高台以外にも、視認できる限りでは建物の屋上に三小隊、建物内部や森林部にもひそんでいるか。大通りを始めとした街路の攻防にかかりっきりの冒険者達は今、そこまで手を回す余力がない。

敵側は、この『大抗争』を鎮圧しうる『美の神』に最大の警戒を払い、殺害候補《キルリスト》の最上位に据えている。


「――この状況では、フレイヤも亀にならざるをえないだろうな」

『バベル』から見て都市南西、歓楽街の中心地にそびえる『女主の神娼殿《ベーレト・バビリ》』。

そこでは『美の神』イシュタルが、フレイヤ同様、闇派閥《イヴィルス》の目論見に気付いていた。

本拠《ホーム》の広間から眺める彼女の眼下にも、火の手が回った歓楽街の景色が広がっている。恐らくは近辺の建物には闇派閥《イヴィルス》の暗殺者達が潜入しているだろう。

うざったそうに顔をしかめつつ、もう一柱の『美の神』は煙管《キセル》を手に持ち、紫煙を吐いた。

「闇派閥《ハエ》どもに集《たか》られて煩《わずら》わしいことこの上ないが……暗殺の危険性《リスク》を冒して出張る意味もない。むしろフレイヤが痺《しび》れを切らしてくれたなら儲けもの……無様に天に還ったなら、膝《ひざ》を打って散々笑ってやる」

己を差し置いて『最も美しい』など謳われる女神に対し憎悪を滲ませながら、イシュタルは唇を吊り上げる。

そうしてすぐに踵を返し、本拠《ホーム》の奥へと引っ込んでいく。

「タンムズ。本拠《ホーム》近辺の守りを徹底させろ。『鼠』が紛れ込んでいることも戦闘娼婦《バーベラ》達に伝達しておけ。守るのは我々の領域《テリトリー》だけだ」

「で、ですがイシュタル様っ、このままではオラリオが……！」

「この状況で他者を気遣う余裕などない。いいからさっさと娼婦達をかくまえ。陵辱の玩具《おもちゃ》になるぞ。私が守るのは、私の息がかかった子供達だけだ」

「っっ……!? か、かしこまりました！」

進言を試みた従者の青年《ヒューマン》は、あっさりと告げられた内容に絶句し、神意に従った。

いっそ酷薄なまでに、守る者と切り捨てる者の線引きをしたイシュタルは、正確に『盤面』を読んでいる神の一柱に違いなかった。

「慈悲と無謀など、履《は》き違《ちが》えるものか。私は『正義』の神などではない」

神の送還は一つの【ファミリア】の崩壊と同義。

オラリオと闇派閥《イヴィルス》の力関係《パワーバランス》を崩壊させないためにも、イシュタルは『敵の思惑』に乗って、素直に守りの一手を敷く。

「イシュタルは籠城《ろうじょう》……当然ね」

防衛を固める代わりに動きがない歓楽街方面を観察しながら、自らも身動きが取れないフレイヤは呟く。

こちらの自滅を望む彼女の神意も察しつつ、すっと双眸を細める。

「この盤面を築いた存在は、相当に意地が悪く……悪辣《あくらつ》」

今のオラリオは、眷族達の戦場にとどまらない、神々が幾重もの駆け引きを交わす『盤上』と化していた。

冒険者達の徹底抗戦の裏に隠れて、神同士による高度な読み合いが今も繰り広げられている。

迂闊《うかつ》に女王《クイーン》、あるいは王《キング》を出陣させてしまえば、あっさりと首を刈り取られかねないほどに。

誰もが厄介な盤面を読み解こうと長考に入らざるをえない。

――そして、そんな中で、アストレアだけが故意に空気を読んでいなかった。

誰もが出方を窺《うかが》う盤面で、戦場のど真ん中を渡り歩き、結果的に多くの冒険者や民衆を救っている。『バベル』の上からヘルメスを引き連れる『正義の女神』の姿を認めたフレイヤは、僅かな笑みを漏らした。

「まったく、普段はのんびりとしてるくせに……」

その言葉には数少ない、彼女が他者へと向ける敬意が込められていた。

「失礼します！　無礼をお許しください！」

直後、部屋の扉が開け放たれる。

入室したのは【フレイヤ・ファミリア】の団員だった。

敵のものか味方のものかもわからない血で武器と戦闘衣《バトル・クロス》を汚しながら、フレイヤの側で膝をつく。

「闇派閥《イヴィルス》の破壊行為、止まりません！　都市の混乱も収拾がつかず……！　どうか、御下知《ごげち》を！」

「『バベル』を防衛……いいえ、中央広場《セントラルパーク》に兵を布陣させなさい」

呼吸を乱す眷族に一瞥もくれず、フレイヤは簡潔な指示を出す。

彼女の瞳は、『バベル』の足もとに集結しつつある戦力を捉《とら》えていた。

「ロキの眷族《こたち》も来るわ」

「ロキ、駄目だ！　被害を食い止められない！」

主神の眼前で、【ロキ・ファミリア】の団員が報告を叫ぶ。

「死兵《あいて》をいくら倒しても、『自爆』されて刺し違えられる！」

「走り回る、生きた『爆弾』……！　最悪や！　手段を選ばないゆうても、限度があるやろうが！」

戦場の報せに、ロキは悪態をこれでもかと叫んだ。

本拠《ホーム》『黄昏の館』に残っていたロキはほぼ全ての団員を連れて、この中央広場《セントラルパーク》に移動していた。それはひとえに彼女が『盤面』を見極めているからこそであったが、それでもなお、彼女の顔が晴れることはなかった。

「しっかし……これ以上ない馬鹿《ばか》げた戦況やっちゅうのに、まだ『嫌な予感』がする」

あらゆる方位から響いてくる叫喚を耳にしつつ、ロキはひそめた声で独白する。

「こんな窮地さえ、『前座』に過ぎんような――」

比喩抜きで燃え上がる都市の熱気のせいか、ロキの頬に汗が伝った、その時。

歓声にも似た、どよめきとともに、冒険者の一団が中央広場《セントラルパーク》に到着した。

「ロキ！」

「――!!　フィン、来たか！」

手練れの上級冒険者達を率いる小人族《パルゥム》の姿に、ロキは歓呼する。

無事な姿に安堵《あんど》するのも束の間、直ちに情報の共有を行った。

「リヴェリアとガレスは？」

「部隊の半数を預けて、南の迎撃に向かわせた。避難民の誘導はどうなっている？」

「できる限り呼びかけて、この中央広場《セントラルパーク》に集めとる。本拠《ホーム》から連れてきたラウル達、あとはフレイヤの子もおるで」

「助かる」

ロキの説明を聞きながらフィンが視線を巡らせれば、『バベル』の内部一階及び、巨塔の周りには命からがら逃げ延びた民衆が難民キャンプさながら密集していた。フィンが思っていた以上に多い。ロキの尽力以外にも、正義の女神《アストレア》や憲兵《ガネーシャ・ファミリア》達を始めとした者達の冷静な判断のおかげだった。

これだけの数だ、恐らくは闇派閥の敵兵が怪我人と避難民を装って入り込んでいる――それこそ美の神《フレイヤ》が見抜いた通り暗殺目的の邪神も紛れ込んでいるに違いない――だろうが、今は対処しきれない。

片目を開いて民衆の一人一人をひそかに探っているロキと視線だけで意思疎通を図り、『間諜探し《スパイ》』は彼女と【フレイヤ・ファミリア】に任せることにする。主神の危機とあれば、彼等も全てを差し置いて結託するだろう。

「――中央広場《セントラルパーク》の周囲に沿って防衛線を築く。ギルド本部とここが『砦』だ。指揮は僕が執る！」

陣の内外に敵を認めつつ、欠片《かけら》の隙も見せないフィンはまさに『勇者』だった。

この暴悪な戦場でなおよく通る彼の声に、冒険者はおろかボロボロの民衆も顔を上げ、一筋の希望を見た。

自派閥の団員を中心に、中央広場《セントラルパーク》の外周に沿った『円形の陣』を構築するよう命じ、十分な戦力として見込めない下級冒険者には障害物《バリケード》を作るよう指示した。

瓦礫や酒場の樽などが積み重ねられ、乱雑で、即席の、けれど確かな『砦』が作り上げられていく。

「団長！　各方面、敵の攻撃が激化する一方です！　中央広場《セントラルパーク》にも闇派閥《イヴィルス》が迫って……！」

「敵の『爆撃』に惑わされるな！　戦力では冒険者側《こちら》の方が上だ！　避難民の誘導と並行して、自爆兵の対応を徹底！　魔法、及び魔剣で攻撃すれば敵の『火炎石』に引火して自滅する！　爆破《ばくは》に巻き込まれないよう、常に距離を置いて戦え！」

「りょ、了解！」

「狙撃手段のない冒険者は敵の足を狙え！　武器でも瓦礫でも何でもいい、投げつけろ！

——行け！」

駆け込んできた女性団員に、フィンは矢継ぎ早に指示を飛ばす。

彼女以外の冒険者にもその声は届き、水を得た魚のように動き始めた。

それぞれの方面に散らばり、勇者の声を伝達していく。

「この中央広場《セントラルパーク》が最終防衛線だ！　力なき者達を守れ！」

「「「おおおおおおおおおおおおおおおおおおおおおッッ‼」」」

小さな小人族《パルゥム》の叱咤激励《しったげきれい》の声に、冒険者達の野太い斉唱が続く。

フィンの指示は速く、的確だった。

この『大抗争』の中で、戦う者達が欲する全てが揃っていた。

優れた指揮は万軍の力を底上げする。フィンの号令によって下がる一方であった士気は立て直され、ギルド傘下の秩序の軍勢《ファミリア》は闇派閥《イヴィルス》に反撃を開始した。

「やはりフィンが来ると、陣形がよく締まる！　見ろ、通夜のように暗かった他の連中の顔が、今は一端の戦士のようだ！　なぁノアール！」

「ああ、腹が立つほどよくできた後進だ。俺達《おれ》の前ではまだ生意気なクソガキだがな！」

「はははは！　生意気じゃないフィン達なんて、フィン達じゃないさね！」

熟練勢《ベテラン》がギリギリのとこで保っていた戦線は、にわかに活気付いた。

かねてから中央広場《セントラルパーク》に攻め入ろうとしていた敵兵を、防戦一方だった【ロキ・ファミリア】の冒険者が押し返す。

フィン達よりも冒険者歴が長いドワーフのダイン、ヒューマンのノアール、アマゾネスのバーラは後進には負けじと、先達の貫禄をもって敵を次々に無力化していった。それを中央広場《セントラルパーク》の内部から認めるフィンは笑みをこぼし、全幅の信頼とともにノアール達に前線を委《ゆだ》ね、自らは指揮に専心する。

「都市の北部には【フレイヤ・ファミリア】の予備隊、第一級冒険者達が布陣している！　ギルド本部及び工業区の防衛は全てあちらに任せる！」

フィンが中央広場《セントラルパーク》に到着する前、ロキの指示のもとラウル達を始めとした下級冒険者が情報伝達の任に奔走している。そのおかげでフィンは脳裏に都市内の大まかな勢力図を広げることができていた。

『ギルド本部』は勿論のこと、都市北西区の『聖フルランド大精堂《だいせいどう》』などの歴史的建造物――巨大施設の中に、【フレイヤ・ファミリア】の予備隊が避難民を続々と収容させ、フィンと同じく臨時の『砦』を作り上げているとのことだ。

【ロキ・ファミリア】と並んで『迷宮都市の双頭』と比喩される最大派閥に、中央広場《セントラルパーク》以北の守りは一任することを決定した。

それは良い言い方をすれば『信用』。

悪い言い方をすれば『丸投げ』とも言う。

「援軍は送らない！　もしもの時は【白妖の魔杖《ヒルドスレイヴ》】の命令を仰げ！　北の指揮の全権を彼に預ける！」

「団長！　その、あのっ、こちらの指示を見越していたかのように【白妖の魔杖《ヒルドスレイヴ》】から伝令！

『こちらに負担を全て押し付けるな厚顔無恥の小人族《パルゥム》が死ね!!』だそうです！　超怒り狂ってます！」

「そうか！　僕も死ぬ気で頑張るから貴殿の健闘を祈ると激励を送ってくれ！」

「あ、俺、死んだかも……」

まるでフィンの判断を見越していたかのように伝令役の団員が一人駆け込んでくるが、小人族《パルゥム》の勇者は状況が状況なので取り合わない。

フィンをして予断を許されない大規模かつ熾烈《しれつ》な『戦争』の盤面、少しでも作業量《タスク》を減らして思考を回転させる必要があった。ので、ブン投げだ。

伝令内容を口にしていた【ロキ・ファミリア】の団員は、遠い目をした達観の表情で、【フレイヤ・ファミリア】のもとへとんぼ返りする。

神々だけでなく、勇者だけでもない。

あらゆる者達が、このオラリオの危機に共闘し、奮戦する。

「こちらに負担を全て押し付ける厚顔無恥の小人族《パルゥム》に伝令を送ったにもかかわらず何故《なぜ》なんの成果もなく『貴殿の健闘を祈る』など巫山戯《ふざけ》た戯言を持ち帰る帰結となる一体どこまで無能な

のだ貴様は死ぬか死にたいのかそうか今すぐ殺すぞッッ!!」

「ひぃいいいいいいいいいいっ!?　殺さないでぇぇぇぇぇぇ!?」

都市北西。

【フレイヤ・ファミリア】が布陣し、神時代《しんじだい》以前の聖堂や寺院が密集する『第七区画』にて、フィンの『お返事』を伝えた【ロキ・ファミリア】の伝令団員は、迸《ほとばし》るほど泣き叫んだ。

彼の目の前で一気呵成《いっきかせい》に叫んで怒声をブチまけたのは、金の長髪を持つ白妖精《ホワイト・エルフ》。

【白妖の魔杖《ヒルドスレイヴ》】の二つ名を持つ、ヘディン・セルランドその人である。

「都市中央に行けない民衆《グズ》どもがどれだけいると思っている？　貴様ら道化の派閥と異なり我々フレイヤ様の眷族はあの猪《いのしし》を筆頭に脳筋《のうきん》及び調性ゼロの無連携無協力の死にたがり。前へ突撃することしか知らん愚か者どもがまともな拠点防衛などできる筈なかろうに。誰があのボケカスどもの尻《しり》を拭うと思っている？　――この私だ、馬鹿めッッ!!」

(何でこの人は団長にキレながら自派閥《ファミリア》へキレ散らかしてるんだろう……)

美女とも見紛いそうなメチャクチャ綺麗なエルフが怒りの鬼《オウガ》となる光景は、はっきり言ってチビってしまうほど恐ろしいが、再び一気呵成に自派閥《ファミリア》への呪詛《じゅそ》という名の不満をブチまける姿は、彼は暴君だけれど苦労しているのだとわかる。紛れもない暴君だが。

【フレイヤ・ファミリア】の参謀《ブレーン》、唯一の軍師と言っていいヘディンの悩みの種を理解しつつ、それでも【ロキ・ファミリア】の団員――獣人のオルバは命懸けでフィンが口にしていた内容を伝える。

「え、ええっと、それで、敵の自決兵は徹底的な遠距離戦で――」

「【永争《えいそう》せよ、不滅の雷兵《らいへい》】」

――へっ？　と。

伝え終わる前に『呪文』を終わらせたヘディンに、オルバは間抜けな顔を晒《さら》した。

彼の眼前で巻き起こったのは、目が焼き潰されるような発雷《はつらい》。

「【カウルス・ヒルド】」

現在地は『第七区画』の一角に建つ『聖フルランド大精堂《だいせいどう》』の塔上。

ヘディンが本陣とした設定した地上約一〇〇M《メドル》の高さより、恐ろしき雷の弾幕が眼下の街並みへと炸裂する。

「えええええええっーーーーーーーー!?　な、何やってんすかぁ!?」

「遠距離射撃だろう、馬鹿め」

仰天も束の間、こちらを見向きもせず返ってきたヘディンの言葉に、「……は？」とオルバは目を丸くする。

「敵が自爆するとわかった時点で、対応は切り替えている。民衆どもが避難した、この大精堂《だいせいどう》、そして他の教会に近付く敵兵に全て私の『魔法』を叩き込んでいる」

ヘディンの言葉通り、頭上より降りそそぐ雷弾の雨に、付近一帯に侵攻していた闇派閥兵《イヴィルス》は阿鼻叫喚の悲鳴を上げていた。繰り返された昇華《ランクアップ》によって強化された五感、ひいては『妖精の眼』がエルフの射手のごとく正確に敵勢を居抜き、『自爆装置』を装備していた自決兵は漏れなく誘爆した。ともにいた闇派閥《イヴィルス》の仲間を巻き込み、それに更に誘爆して、大地轟《とどろ》かす地獄絵図が広がっている。闇夜によって暗く、距離が離れていても、それがわかるほどに殲滅されている。

確かにぐうの音も出ないほどの『徹底的な遠距離戦』である。

たった一人で『徹底的な遠距離戦』を行えるほどの、怪物である。

Ｌｖ．５の第一級冒険者へディン・セルランドの恐ろしさに、オルバは呆然とした。

「貴様の言うことなすことは全て十歩遅い。愚図が」

そして他派閥の幹部にダメ出しされ、頬に枯れない涙が伝う。

そういえば中央広場からピカピカ光る稲光が見えてた気がするー、と泣き続けながら現実逃避していたオルバは、繰り返し行われる遠距離射撃――もとい街並みに降りそそぐ絨毯爆撃に、徐々に青ざめていった。

「……市街地戦で『弾幕砲撃』って……街、燃えるより破壊されるんじゃあ……」

「敵の方が雑兵の数は上。ならば手段など選んでいられるか」

「……もし、逃げ遅れた人達がいたら……」

「少数の愚図どもを庇って自爆されたいのか？　ならば勝手に死ね」

やはり冷酷な暴君っぷりを発揮して、ヘディンはオルバの訴えを退ける。

止《や》まない砲撃の雨は無慈悲に、けれど確実に、避難所と化した大精堂《だいせいどう》を防衛していた。

「これでも節度は保っている」

どこが？

そう思った矢先、無一瞥《ノールック》の蹴《け》りが腹に突き刺さり、オルバの膝は崩れ落ちた。

「本来ならば一面焼け野原にして、徹底的に闇派閥《イヴィルス》の屑どもを滅ぼしたいくらいだ」

足もとで苦悶しまくる獣人を他所に、ヘディンは舌打ち交じりに魔砲を放ち続ける。

彼の言葉に偽りはない。図抜けた魔力制御と照準精度をもって都市の被害は最小限にとどめており、オルバの言う逃げ遅れた民が確認できない地点に砲雨《ほうう》を降らしている。もとより闇派閥《イヴィルス》がのさばる地帯《エリア》で逃げ遅れた時点で、その無辜の民は虐殺され物言わぬ屍と化しているだろう。目に留まる範囲では配慮するが、それ以外で余力《リソース》を割くのは無駄であるとヘディンは答えを出している。そしてフィンも、その決定に口を出しはしないだろう。

損得を計算する現実主義者《リアリスト》という一面において、フィン・ディムナとヘディン・セルランドは非常によく似ていた。だからこそ、彼等は互いに打ち出す作戦と方針を未来予知のごとく共有することができていた。

「ヴァン、教会の南にヘグニの部隊を展開しろ！　寺院が乱立して私の魔法では届かん！　地上戦力で殲滅させせろ！」

「か、かしこまりましたっ！」

眼下、地上に向かって声を張る。

よく通るヘディンの声に、ヴァンと呼ばれた半小人族《ハーフ・パルゥム》の団員は一も二もなく従った。

今、ヘディン及び【フレイヤ・ファミリア】が守っているのは『聖フルランド大精堂《だいせいどう》』の他に、三つの大教会。周囲に集中している四つの古代遺産には多くの民衆が避難しており、今も轟然《ごうぜん》と鳴る爆音に怯《おび》え、身を寄せ合っては抱きしめ合っているだろう。

冷酷でありながらも誇り高いエルフとして、ヘディンはこの四つの避難所を死守せんとしていた。

「【カウルス・ヒルド】！」

「って、えええええーーー⁉　部隊を展開しろって言った南に、モロ砲撃してますけど⁉　あそこに味方いるんじゃないんですか⁉」

可視範囲に砲撃を繰り出していると、ようやく復活したオルバが悲鳴を上げた。

【ロキ・ファミリア】ではありえない光景に混乱してはやかましい獣人を、そろそろ息の根を止めてやろうかと煩わしく思いつつ、ヘディンはくだらなそうに吐き捨てた。

「この程度の爆撃で、あの阿呆どもが死ぬか」

「ギャアアアアアアアアアア⁉」

漆黒の斬閃が闇派閥《イヴィルス》の兵を断った。

自爆すら許されない彼の末路は両腕の機能不能、そして頭上より降る雷弾に呑まれることだった。

衝撃と閃光、そして度重なる誘爆。足止めした部隊を拠点《ヘディン》の砲撃で葬った黒妖精《ダーク・エルフ》は、未《いま》だ続く爆発の渦の中を駆け抜けていく。

「あぁ、ひどいな。本当にひどい。こんなの、大っ嫌《ヒャズニング》いな故郷の戦いより凄惨じゃないか……オラリオでこんな『戦争』が起こるなんて……嗚呼、本当に『戦争』は嫌だな」

頭上からの砲撃にも、闇派閥《イヴィルス》の自決兵にも巻き込まれず、激しい砲火の戦場を駆け抜けていくのはヘグニ・ラグナール。

ヘディンと同じLv.5であり、【黒妖の魔剣《ダインスレイヴ》】の二つ名を授《さず》かった第一級冒険者。

精鋭揃いの【フレイヤ・ファミリア】の中でも、爆撃を意に介さない彼の疾駆に付いていける者は誰もおらず、ヘグニは先行に先行を続け、闇に溶けた。

都市を燃やす炎でも消すことのできない影と一体化し、ヘディンが狙撃できない地点にいた敵兵をことごとく強襲していく。

「ダ、【黒妖の魔剣《ダインスレイヴ》】⁉」

「があああああああああ⁉」

漆黒の愛剣は例外なく敵を鏖殺していった。

ヘグニが告げた通り、オラリオは既に『戦争』の舞台となり、敵は血と殺戮に酔った『獣』と化している。そして『獣』には『正義』も『悪』も関係ない。ならば普段は気弱で他者の顔色ばかり窺っているヘグニが無言となり、戮殺に躊躇しないのも道理だった。

死に絶えた民衆の亡骸を努めて見ないようにし、ただただ『獣』達を狩っていく。

「北だけでこれなんだろう……？　オッタルとアレンが行った敵の本拠地……南は大丈夫なのかな？　オッタル達は別にいいけど……フレイヤ様はご無事なのかな……嗚呼、不安だ。怖くてたまらない」

夜という闇が他者の視線から守ってくれる分、ヘグニの独り言に拍車がかかり、口数が多くなっていた──その時。

「大丈夫よ、ヘグニ！」

「命を手放せば、そんな不安を感じなくて済むわ！」

闇を貫いて、返ってくる甲高い声があった。

「うわ、出た……」

少女も同然の耳障りな声々に、ヘグニはほとほと辟易した。

襟元《えりもと》を引き上げ、口もとを隠し、愛する女神が褒めてくださったこの相貌を『汚物』どもにできる限り晒さないよう努力する。

「抜殻にした後は私達の可愛《かわい》い人形にしましょう、ディナお姉様！　私の大っ嫌《だいすき》いなヘディンと並べて、お部屋を飾るの！」

「まぁ、素晴らしい案ね、ヴェナ！　縊《くび》り殺してやりたいほど愛して愛して愛したい《グチャグチャにブッころしたい》私のヘグニもきっと気に入るわ！」

「ふふっ、お姉様ったら！　本音が隠せていないわ！」

「あら、大変！　私ったら！　アハハハ！」

歌声のように通りに響くのは、無邪気で醜悪な『姉妹』の笑い声だった。

纏う衣《ころも》は踊り子のように露出が激しく、二人合わせて左右対称《シンメトリー》の構造。

長い髪は一つないし二つに結わえられており、外見上の『幼さ』の印象に一役買っていた。

罪悪など知らない赤子のような滑らかな白い肌と、禁断な果実を彷彿とさせる艶美《えんび》な褐色な肌は、しかしその実、欲《よく》のはけ口にした途端に男を喰《く》い殺す食人花であることを、オラリオの冒険者達はとっくのとうに理解している。

姉《ディナ》と呼ばれた一人は金の髪を持つ白妖精《ホワイト・エルフ》。

妹《ヴェナ》と呼ばれた一人は銀の髪を持つ黒妖精《ダーク・エルフ》。

それぞれ右と左に涙を模したような奇怪な刺青を刻み、今も繋いだ両手に指を絡め合い、無垢《むく》な妖精のようにキャイキャイとはしゃいでいる。

――いや、同胞《エルフ》と呼ぶにはあまりにも奴等《やつら》は冒瀆《ぼうとく》的だと、ヘグニは心中で吐いた。

「現れるか……現れるよなぁ……ディース姉妹」

「ええ、現れるわ！　だってこんな素敵な宴だもの！」

「遅刻してしまったらもったいないわ！　あの子もこの子も、みーんなディナお姉様と私が殺してあげなきゃ！　じゃなければ神に給うた命がもったいないわ！」

ヘグニが呼んだディース姉妹――ディナ・ディースとヴェナ・ディースは、邪悪を絶やさずコロコロと笑った。ヘグニが吐き気を催すほどに可憐に笑った。

残酷非道の闇派閥《イヴィルス》をして特に『過激派』と呼ばれる派閥が二つ存在する。

そのうちの一つが【アレクト・ファミリア】。

ディース姉妹はその団長と副団長である。

彼女達を一言で表すならば、『壊れている』。

快楽と猟奇《りょうき》の虜《とりこ》となり、惨たらしく人を殺すことに至上の喜びを覚えてしまった、エルフにあるまじき外道だ。あのヴァレッタと並んで、この姉妹が最も多くの冒険者と罪なき民の命を奪っていることは間違いない。

「俺達に付《つ》き纏《まと》うの、やめてくれよ……いや本当に。ヘディンはいいから、俺の前に現れないでくれ……」

「無理だわ！」

「ええ、無理よ！　だって私達、貴方達のことが――」

「「誰よりもブッ殺し《あいしている》たいんだもの！」」

認めたくはないが、『宿敵《ドロー》』なのだろう。ヘグニとヘディンにとって。

オラリオで遭遇し、凄絶な痛み分けを喫した時から何かと執着されている。

ヘディンは同族にあるまじき彼女を蛇蝎のごとく嫌悪してるし、ヘグニは訳の分からない壊れた言動で接してくるこいつ等が本当に苦手だ。

『ヘグニ、私達が真のチューニと言うのよ！』

『神様達がそうおっしゃっていたわ！　つまりヘグニは偽物！』

『『ヘグニだっさ～～～い！』』

などと言われた時は自分でもよくわからないほど怒り狂い、何としてでも血祭りにしようと思ったほどだ。

ヘディンとともに何度この姉妹を殺し損ねたかわからない。

どれだけ屑であろうと、ディナとヴェナの能力《ステイタス》はLv．5。闇派閥《イヴィルス》の最上位。

背丈は互いに一五〇C《セルチ》半ばといったところで、外見年齢は只人《ヒューマン》に置き換えるならば十四、十五あたりだろうが、実際は七十近く生きているヘグニ達よりも更に歳《とし》を重ねたエルフである。

少女然《ぜん》とした容姿がどれだけ無邪気で可憐であっても、その腹の内はドス黒く老獪《ろうかい》であることをヘグニは知っている。

「ねぇ見て、ヴェナ！　今日のヘグニはチューニじゃないわ！」

「本当ね、ディナお姉様！　とても珍しい！　今日はやっぱりいいことがあるんだわ！　きっとこの地獄《ラクエン》がずーっと続くのよ！」

『魔法』を使っておけば良かったな、と襟元を再び引き上げながら、ヘグニは思った。

闇に紛れて戦えば他者に怯えなくて済む、と考えていたのが運の尽き。まさかこの大規模の戦いにおいても自分とヘディンに執着するとは予想していなかった、と言うのは浅はかか。

『戦王』の仮面を付ける暇は与えてくれないだろう、とヘグニは達観する。

それでいて奴等ならばどうでもいいか、とも思う。

極度の人見知りであるヘグニは、彼女達の前では素の性格や口調を晒す。

それは決してディース姉妹が勝手知ったるだとか、腐れ縁だとか、そんな理由ではない。

ゴミ、あるいは『人ならざる化生』に見られて羞恥を覚えるなど、そんなおかしな感性をヘグニは持ち合わせていないだけだ。

「もういいよ。殺《や》ろう。お前達が二度と現れないよう、俺も頑張るから――さっさとくたばれ、『妖魔』」

誰かが言った。

ディース姉妹は『妖精』などではない。

魔物《モンスター》よりもなお醜悪な『妖魔』であると。

「――言ったわね、その言葉を」

笑みが抜け落ち、気持ち悪いくらい見開かれた双眼と瞳孔が、ヘグニだけを射貫く。

「私達は歴《れっき》とした『妖精』なのに‼」

「他のエルフと私達、何が違うと言うの⁉　酷い‼　酷い‼　酷い‼」

――妖精《エルフ》の中には稀に、誇り高き種族の『反動』が表れたかのように、他種族とは比べものにならない無法者《アウトロー》が生まれることがある。

ディース姉妹はそれの極めつけだ。

一族の『宿命の反動』。

そんなものを一身に背負ったのではないかと思うほど、清く美しいエルフに強烈な観念《コンプレックス》を抱いておきながら、『妖精』という定義から逸脱せざるをえない矛盾の塊。

彼女達の過去に何があったのか、ヘグニは知らない。

迫害か、差別か、区別か。

年端もない幼子達は壊れまいと必死に自分を抑え込んでいたのか。

ヘグニは彼女達の事情を、全く知らない。

が――興味もない。

憐憫さえ抱かない。

だって、壊れる前の奴等にどれだけ悲愴で、高尚な理由があったとしても、この『妖魔』どもは人も物も壊し過ぎているから。

「『殺してあげる、ヘグニ‼　遠くにいるヘディンと一緒に‼』」

今日こそこの因縁を断ち切れますように。

ヘグニはそれだけを願って、莫大な『魔力』を解き放つ姉妹へと斬りかかった。


「また出たぞ」

「神曰く『超絶精神異常姉妹《サイコパス》』」

「てめぇら厨二《チューニ》じゃねぇから」

「あれに関しては本当にヘグニ達に同情する」

四つ子の小人族《パルゥム》は、横に並びながら同じを声を四度、響かせた。

自爆兵の駆除を進める他団員が息を呑み、立ち竦むほどの壮絶な戦いがヘグニとディース姉妹の間で繰り広げられる中、【炎金の四戦士《ブリンガル》】ガリバー四兄弟は静かに哀れんでやった。

『第七区画』中央部、その南寄り。

周囲では歴史的建築物が建つ四つ辻《つじ》にて、アルフリッグ、ドヴァリン、ベーリング、グレールの兄弟が雑兵を仕留め終えていた。ヘディンの砲撃も届かない炎《ほのお》揺らめく辻で粛々と闇派閥《イヴィルス》狩りをし、今では息の根を止めた悪魔どもが足もとに転がっている。

四つある通りのうちの一つ、その先でヘグニと姉妹の熾烈な戦いを一瞥していたガリバー四兄弟は、そこで背後を見た。

「「「「で、お前等は誰だ?」」」」

四対の瞳が映すのは、十を超す冒険者と思しき集団だった。

ヒューマン、獣人、ドワーフ。屈強という言葉がよく似合う偉丈夫達。浅黒い肌の者は多いが、装備も種族もバラバラであった。

唯一の共通点があるとすれば、それは誰もが白目を剝き、口に嚙《か》まされた拘束具から夥しい涎や泡を溢れ出させ、どう見ても正気など保っていないということだ。

「フーッ、フーーゥゥウッ……!!」

「なんだコイツら」

「キモイぞ」

「明らかにキまってる」

「薬や呪道具《カース》で無理矢理の身体強化は闇派閥《イヴィルス》の常套手段……いつもの使い捨てか?」

獣のごとき唸《うな》り声を上げる集団に、弟三人がドン引きし、長男のアルフリッグが観察する。

「使い捨てだなんて、とんでもありません。彼等彼女等は、我々不正《アパテー》の戦士であり、『切札』ですとも」

アルフリッグの疑問に答える声は、戦士達の背後より上がった。

恰幅のいい獣人だ。

初老の域と呼べる男性で髭《ひげ》を蓄えており、黒と紫が交ざった祭司服を纏っている。今も笑っている細い弓なりの目は、胡散臭《うさんくさ》いを通り越して不快であった。

手にしているのは、血塗れの錫杖《しゃくじょう》。

間違っても『聖職者』などと呼べる人種ではないのは明らかである。

「アパテーの神官《ジジイ》」

「バスラムか」

【アレクト・ファミリア】と並ぶ闇派閥《イヴィルス》最恐戦力、【アパテー・ファミリア】。

その神官バスラムに、四兄弟は装着している兜の奥から、冷たい眼差しをそそいだ。

もはやその残虐性に触れる意味はない。語ることがあるとすれば、【アパテー・ファミリア】の団長副団長、及び幹部は以前の戦いにおいて【フレイヤ・ファミリア】が全滅させた。

参謀役である彼が前線に立っていることがアパテーの戦力低下の証拠。

が、目の前の集団と、彼が口にした『切り札』という言葉に、アルフリッグは瞳を細めた。

「『切り札』とはどういうことだ。殺されたくなかったら説明しろ、バスラム」

「ははは、説明せずとも殺すでしょうに。それに、私が口を開かずとも、今に知れる」

笑みを崩さないバスラムの前で、敵の団員が臨戦態勢に移る。

今か今かと前屈みになる彼等を前に、三人の弟は唾棄《だき》した。

「薄汚い狸《たぬき》が」

「キまってる連中ごと叩き潰してくれる」

「今日でアパテーは終わりだ」

大鎚、大斧、大剣が、それぞれ構えられる。

（『切り札』だという言葉が真実だとすれば、今まで戦力を出し惜しみしていた？　以前の団長や幹部陣を失う状況下であっても？　それにあいつ等の顔、どこかで……）

長槍を持つアルフリッグだけは油断なく敵方を見据え、以心伝心している弟達へ、あらためて声にして訴えた。

「油断するなよ」


北西から激しい争音《そうおん》が何度も放たれる。

紅く染まる闇夜の中で光り輝くのは雷条の軌跡であり、轟くのは自爆の華ではなく、凄《すさ》まじいまでの魔力の高鳴り。耳を澄ませば、今にも激烈な剣戟《けんげき》の調べが聞こえてくるかのようだった。

都市中央と負け劣らず激戦地となっている都市北西の方角。

それを遠くから眺める者達がいた。

「派手にやり合ってるねえ……。本当に退屈しないところじゃないか、オラリオは」

今しがた敵を斬り裂いたばかりの大剣を肩に担《かつ》いでいるのは、一人のアマゾネスだった。

結わえた黒の長髪に、匂《にお》い立つような美貌と垂涎の体付きをしている。一方で長くしなやかな四肢は鍛えられており、身の丈に届こうかという得物もあって『悍婦《かんぷ》』という言葉を彷彿《ほうふつ》させた。

肌を大胆に露出させた衣装に刻まれているのは、【イシュタル・ファミリア】のエンブレム。

「どうする、アイシャ？」

彼女の周りには、彼女を慕う利《き》かん坊《ぼう》の同族達《アマゾネス》が何人もいた。

そのうちの灰の髪のアマゾネスに名を呼ばれ、アイシャ・ベルカは愚問だとばかりに鼻を鳴らした。

「決まってるよ。私達も歓楽街《ここ》から出て、別の戦場へ行く」

「イシュタル様は、本拠《ホーム》の守りを固めろって言ってるらしいぜ？」

「知ったことじゃないよ。それにイシュタル様だって、入団して日の浅い私達の働きなんて期待しちゃいないだろ」

アイシャの言葉通り、今の彼女達は迷宮都市においても、派閥内でも目立った戦力ではない。

戦闘娼婦『バーベラ』の中でも下っ端だ。

【イシュタル・ファミリア】にも蟾蜍《フリュネ》を始め有力な戦闘娼婦《バーベラ》がごまんといる。

ならば自分達が勝手に『暴《あば》れる』程度なんら問題はなかろう――とアイシャは子供じみた建前《たてまえ》で自身の欲を満たすことを選択した。

「戦えない娼婦は本拠《ホーム》に全員逃したね？」

「勿論。遊郭の方も大丈夫だ」

「なら行くよ、サミラ！　故郷《カイオス》の砂漠でもお目にかかれなかったヤバイ連中との戦《いくさ》だ、精々愉しませてもらおうじゃないか！」

おおおおお！　と女戦士達の猛り声が、走り出す悍婦の後に続き、驚愕する闇派閥《イヴィルス》の兵士達へ襲いかかるのだった。

「椿《ツバキ》団長！　冒険者達が『魔剣』を寄越せって、押し寄せてますぜ！」

「おう、渡せ渡せ！　ただの剣《つるぎ》も『魔剣』も、使われてこそ本望だろう！」

防衛している拠点側から駆け付けてきた上級鍛冶師《ハイ・スミス》に、【ヘファイストス・ファミリア】団長、椿《ツバキ》・コルブランドは威勢よく答えた。

正面の街路より雄叫びとともに押し寄せる自決兵に向かって、「そらぁ！」と自らも『魔剣』を放ち、敵の突撃を爆炎の奥へと吹き飛ばす。

「自決兵の対処に『魔剣』が有効なのはわかるんですが……！　本拠《ホーム》に来た連中、敵味方もわかったもんじゃねえ！　所属の【ファミリア】を確かめようとしても、徽章《エンブレム》だって誤魔化《ごまか》そうと思えば誤魔化せちまいますし！」

「じゃあ、よく目を見ろ！　武器をふんだくろうとする、闇派閥《イヴィルス》じゃなさそうな輩に武器を渡せ！」

「無茶言わんでください!!」

鍛冶師としての腕は超一流であっても、団長としての能力は皆無に等しい椿《ツバキ》の無茶振りに鍛冶師は叫び返す。

そうしている間にも椿《ツバキ》はあらかじめ周囲へ突き刺しておいた予備《スペア》の『魔剣』を抜き、敵の第二陣へ向かって砲撃を見舞う。

「それに信用できる連中に預けたとしても、『魔剣』も他の武器も底をつきやす！　敵の攻勢がやばい！　このままじゃあ……！」

「あー知らん知らん!!　人手が足りないのはどこも同じだろう！　手前《こちら》は戦場を何とかする！」

団員の訴えに耳へ指を突っ込む椿《ツバキ》は、『適材適所』とばかりに叫んだ。

「後ろは主神様達に何とかさせろ！」

——貴方に言われるまでもない、と言わんばかりに同時刻、【ヘファイストス・ファミリア】本拠《ホーム》『バルカの工房』では、『火の親方』が声を張り上げていた。

「今、本拠《ホーム》の蔵《くら》を開けたわ！　在庫も含めて、全部武器を運び出しなさい！」

「い、いいんですか、ヘファイストス様!?　それって言わば、派閥の資産を全部……!?」

「このまま都市が滅びる方が一大事でしょう！　それと、外にいる冒険者には全部神《わたし》が武器を渡す！　嘘《うそ》をついているとわかったら合図を出すから、その眷族《こ》は取り押さえて！」

下界の住人は神に嘘をつけない。

嘘を見抜く神の眼《まなこ》をもって潜入した敵を判ずるという主神の的確な指示に、鍛冶師達ははっとした。「さぁ早く！　動きなさい！」と背を叩かれ、慌てて動き出す。

「さて……ゴブニュ、貴方はどうする？」

「この状況では俺の鍛冶場に戻るのも一苦労だろう。ここにいさせてもらう。それと……」

ヘファイストスの隣にいるのは小柄な老神《ろうじん》だった。

各派閥への武器供給の増減について今日、たまたま同じ鍛冶神《ヘファイストス》と話し合いに望んでいたゴブニュである。都市北西部に本拠《ホーム》を構えている彼は戦況を顧みて、面倒を増やさぬよう待機することを決めた。その上で、

「炉を貸せ。お前が面倒に振り回されている間、俺が武器を打ってやる」

「……ええ、助かるわ」

無愛想な老神《ろうじん》が滅多に浮かべることのない笑みに、ヘファイストスも小さな笑みを返した。

鍛冶神達もまた現状の『盤面』が読めている。

この『大抗争』の行方《ゆくえ》がどう転ぼうと、物資は勿論、武器も必ず枯渇すると。

ならば『神業』をもって冒険者達を支える武器を今から量産し続けなければならないと、そう読みきっていた。

「腕利《うでき》きの鍛冶師《こ》達も、すぐに送るわ。全ての炉に火を入れていいから、そっちはお願い！」

「ああ。任された」

この日、【ヘファイストス・ファミリア】の『炉』の稼働率は過去最高を塗り替えた。

「バークス！　鍛冶派閥《ヘファイストス》から『魔剣』、もらってきたわ！」

「でかした、ロフィナ！」

塹壕戦《ざんごうせん》もかくやといった体で瓦礫の影に隠れていた中隊《パーティ》のもとに、妙齢のエルフが武器を詰めた袋を抱え駆けつける。

それはとある【ファミリア】だった。

砂塵《さじん》と煤《すす》にまみれた一団は、今も砲撃を仕掛けてくる橋向こうの闇派閥《イヴィルス》相手へ反撃に乗り出さんと、次々と『魔剣』を受け取っていく。

「フィルヴィス、お前は休んでろ！　さっき精神疲弊《マインドダウン》を起こしかけただろう！」

「っ……いいえっ！　私も戦います！　戦って、みせます！」

バークスと呼ばれた精悍なヒューマンの団長に、幾粒もの汗を垂らす少女は、首を横に振った。

まだ年若いエルフの少女だ。

他種族相手でも小娘と揶揄される十二という年齢で、しかしその瞳に宿す誇りは、どのエルフにも決して負けはしない。その瑞々しい濡《ぬ》れ羽色《ばいろ》の髪も、宝石のような赤緋色の瞳も穢《けが》れとは無縁で、ただただ美しい。このまま成長すれば誰よりも高潔を宿す妖精になると思わせるエルフだった。

巫女を彷彿とさせる白の戦闘衣《バトル・クロス》を揺らし、故郷の大聖樹の枝を用いた短杖《ワンド》を握り、必死に訴える。

「オラリオを護る戦いに、私だけ休んでいるわけにはいかない！　ディオニュソス様もこの戦いにきっと胸を痛めているに違いありません！　支援でも、障壁でも、何でもやってみせます！」

彼等の名は【ディオニュソス・ファミリア】。

少女の名は、フィルヴィス・シャリア。

主神を崇拝し、オラリオの秩序のために戦う、誇り高い冒険者達。

「……いいわ。行きましょう、フィルヴィス」

「……！　ロフィナ姉様！」

「まったく、ロフィナは甘やかし過ぎだ。……足を引っ張るなよ、フィルヴィス！」

「はい！」

姉と慕う副団長のエルフの微笑に、フィルヴィスの顔にも笑みが咲く。

一笑を漏らし、そして誰よりも早く戦場へ乗り込む団長の背に続き、少女は白き雷を繰り出し、大切な者達を守る光の盾を行使し続けた。

「【癒《いや》しの滴《しずく》、光の涙、永久《とわ》の聖域。薬奏《やくそう》をここに。三百と六十と五の調べ】──】

聖句のごとき神聖な呪文が紡《つむ》がれる。

傷だらけの冒険者達が痛めに呻く中、その少女は魔力を解放した。

「【聖想《かみ》の名をもって私が癒す】――――【ディア・フラーテル】！」

展開された規格外の広域回復魔法が、魔法円《マジックサークル》内にいた全ての者達を苦しみから救い出した。

「おおおお……!? すげえ、あんな深手だったのに一瞬で治りやがった！」

「今度から本当に『聖女様』って崇《あが》めねえといけねえなぁ！」

全回復した冒険者達から歓声が上がる。

場所は北西のメインストリート。北東区の魔石製品工場がオラリオの心臓部だとすれば、この大通りに面する『ギルド本部』は都市の頭。闇派閥《イヴィルス》側の激しい攻勢に晒《さら》される戦場の一つに、その『少女』はいた。

派閥のエンブレムは光玉と薬草。

都市一、二を争う製薬系派閥【ディアンケヒト・ファミリア】。

その秘蔵っ子にして切り札である『聖女』、アミッド・テアサナーレである。

「助かったぜ、ガキぃ！」

「ガキではありません」

「やられたらまた治してくれよ、チビ！」

「チビではありません！」

小馬鹿《こばか》にしながら戦場へと戻っていくならず者達に、アミッドはぷんすかと叫び返した。

白い法衣、そして長い銀髪と紫根の瞳は神秘的で、どこか人形めいた美しさを彷彿とさせる。彼女もまた将来は美女を確約されていると万人が頷くだろう。

が、それも遠い未来の話。

一二〇C《セルチ》にも満たない低身長は幼女、いや小人族《パルゥム》と勘違いされてもおかしくない。必死に背伸びをして愛用している聖銀の長杖《ロッド》は明らかに小柄な体とは不釣り合いで、いくら澄まし顔を浮かべても微笑ましさが勝ってしまう、今は未熟な『聖女様』であった。

しかしアミッドは主張したい。

自分はもう歴とした（？）十二歳児。『れでぃ』なのである。

あと七年も立てば身長もぐーんと伸びる予定なのである。

絶対。必ず。きっと。

「うっ――」

戦いへ再び赴く冒険者達を非難交じりに、そして心配の念を宿した眼差しで見ていたアミッドだったが、不意にその体がぐらつく。

戦える者、戦えない者関係なしに、運び込まれてくる死傷者をその小さな体は癒し続けている。その消耗は前線で戦う冒険達以上とも言えた。

力を失って前に倒れようとするそんな彼女の襟《えり》を、後ろから伸びた手が摑んだ。

「ぐぎゅ」

「もうダメなら休んでたら？　はい、回復薬《ポーション》」

「うぶっ」

「お飾りのお人形さんは邪魔じゃま」

首を締められれ、かと思えばキュポンという音とともに、甘い溶液を頭上からそそがれる。

精神力回復薬《マジック・ポーション》を頭から被ったアミッドは疲労感の緩和を覚えつつ、ぶんぶんと体ごと長い髪を左右に払った。そして、ジロリと隣に並ぶ少女を見上げる。

「なにをするのですか、エリスイス」

「邪魔って言ったじゃん。アンタに倒れられると、色んな意味で面倒なの。あの主神《ジジィ》も騒ぐしね」

アミッドより頭一つは高い犬人《シアンスロープ》。

他派閥のナァーザ・エリスイスだ（ちなみにアミッドの方が一つ年上である）。

「ミアハ様の護衛で、私も戦場に行くから。チビで怖がりなアンタはここで大人しくしてな」

弓矢を携え、どこか勝ち誇った顔でナァーザは手をひらひらと振る。

自分に背を向ける少女に、アミッドはぷくーと膨らませ、杖を放り出した両手で、その犬の尻尾《しっぽ》を思い切り摑んでやった。

「キャン⁉」

「こんなに尻尾がふるえてるくせに！　ほんとうは、貴方も怖いんじゃありませんか！」

「う、うるさい！　私とミアハ様はこれから共同作業しに行くんだから！　困難を乗り越えて、二人だけの愛を燃え上がらせるんだから！」

「ふ、ふたりだけのあい⁉」

「いくら大人びようとしたって、アンタはミアハ様の恋愛対象外だから！」

「そ、そんなことはありません！」

「そもそも他所の派閥の主神に色目を使うな、この売女《ばいた》‼」

「だ、だまれーーっっ‼」

「こんな時に何を言い争っているのだ、そなた達！」

「「ミ、ミアハ様！」」

額をぶつけ合ってギャーギャーワーワー騒いでいた少女達に、神の一喝が降りそそぐ。

赤面する彼女達を他所に、ミアハは予断など許さない顔で叫ぶ。

「ディアン！　今から我々は中央広場《セントラルパーク》へ向かう！　ここは任せたぞ！」

「生意気な、ミアハ！　ならば儂等も戦場の中心地へ向かうぞーー！」

「そなたまで張り合ってどうする！」

瞬時に噛みつくのは白い髪と髭をたくわえた老神《ろうじん》ディアンケヒトだった。

眷族達《ナァーザとアミッド》のように対抗心を燃やす天界からの腐れ縁に、ミアハは言葉を選ばず訴える。

「この北西の戦場にも治療師《ヒーラー》や薬師《ハーバリスト》は必須だ！　我々が連携しないでどうする！　いがみ合う暇すら惜しい！」

「ぬう……！　一理どころか五理はある！　ならば仕方ない、向こうでもしっかり癒すがいい！」

「そっくりそのまま返そう！　行くぞ、団長《スレーン》！」

「はい、ミアハ様！」

ミアハの叱責にディアンケヒトは渋々と、それでいて威勢よく身を退《ひ》いた。

子供の喧嘩《けんか》をしてしまったアミッドとナァーザがしゅんと肩を落とす中、【ミアハ・ファミリア】は護衛の冒険達とともに南下するのだった。


東西南北、オラリオの全ての区画で戦火が生まれる。

天の神々と空を渡る鳥のみが見ることを許された都市の鳥瞰図は、まさに『火の侵略』だった。紅蓮の線がでたらめに走り、今も通りや建物を燃やしていく。巨大市壁に囲まれた大円形都市は一種、地獄の釜か、あるいは冥府へと続く門のようですあった。

「……オラリオやべぇーニャ」

とある暗殺者の少女《キャットピープル》は呟いた。

鐘楼《しょうろう》の中で気配を断ち、その炎の光景を眺めながら。

「……オラリオやっぱ」

とある賞金稼ぎの少女《ヒューマン》は呟いた。

屋上の上で襲いかかってきた闇派閥《イヴィルス》の兵を返り討ちにして、燃える都市を望みながら。

獣人の証である尻尾をニョロニョロと、かと思えばビィィンン！　と毛を逆立てて膨らませる。

血濡れの拳具《けんぐ》を纏った右手を癖《くせ》のように、開いたり閉じたり繰り返す。

奇しくもこの都市へ訪れたばかりの二人の少女は、違う場所で、同じ思いを抱き、自身の判断を呪った。えらい時期に入都してしまったものだ、と。

「「とりあえず、戦争の依頼は受けないようにしよう」」

そんなことを心に決め、自分が生き残るための行動を再開する。


「――やっっっかましい!!」

「ごぁあああああああああああ!?」

そんな都市の中でも、冒険者に守られていないにもかかわらず無事な建物があった。

東のメインストリートに建つ、『豊穣』の名を掲げる酒場。

群がってきた闇派閥《イヴィルス》の兵隊を拳一つで黙らせたドワーフの女主人は、つくづく嫌気が差したように鼻を鳴らした。

「ったく、街に火をつけてごちゃごちゃと……本当にどうしようもないね、闇派閥《こいつら》は」

酒場の店主ミアは周囲を見渡した。大きな目抜き通りはあちこちが燃え、瓦礫の山や馬車が転がっている。その中で彼女の背が守る無傷の酒場は異彩を放っており、周囲から迫る火の手を店員の獣人達が必死に押さえとどめていた。

「……限界だね、こりゃあ。アタシ等も中央広場《セントラルパーク》へ行くしかない」

店内を見れば、逃げ遅れて体を煤だらけにした人々が身を寄せ合っている。

みな、ミアの腕っぷしを頼ってきた一般市民である。すっかり疲弊している彼等のためにも酒場で籠城まがいのことをしていたミアだったが、元冒険者の勘がこれ以上は危険であることを告げていた。

「何が起こるかわかりゃあしないし……それに嫌な予感もする」

もしこの酒場を壊しやがったらタダじゃおかない。

そんな剣呑《けんのん》な表情を浮かべながら、民衆を引き連れ移動を開始した。

彼女達を襲おうとした闇派閥《イヴィルス》の被害は、現在の戦場の中で最も大きいものだった。


——運が悪かったのだろう、と少女は思った。

だって、自分の運が悪いのはいつものことだったから。

親はおらず、友は知らず、庇護《ひご》はなかった。生きていくためには自分一人で何とかしなければならず、その先々で小さい自分は虐《しいた》げられた。

そして今のオラリオでは、運がいい、あるいは悪い者は、はっきりと分かれている。

身の回りに強い冒険者がいたか、誰もが等しく命を奪われるこの状況でなお『偽善者』であろうとする者と巡り会えたか。それだけが戦えない者や、弱き者の命運を変えるのだ。

多くの者達は死に魅入られただろう。

炎と暴力の惨禍はそれだけ過酷であり、無慈悲だったから。

『悪』に属する者共の多くが自分より弱き存在を狙っていた。

殺戮こそ秩序を崩壊する呼び水だと、邪神達にそう説かれたかのように。

だから。

「死ねえええええええええええ！」

「ぁ――――」

こうして弱者《じぶん》に悪の凶刃が迫りくるのも、運が悪かったのだ。

路傍で無様にへたり込んだ小人族《パルゥム》を、べっとりと血がついた短剣が殺そうとした。

「てめえがッ、くたばれ!!」

「ぐがァッア!?」

けれど、それを阻む影があった。

あまりにも速過ぎて何が起こったのかもわからない。

ただ、狼人《ウェアウルフ》と思しき怒りの咆哮が木霊したのは、感じ取れた。

それが闇派閥《イヴィルス》の徒党を全滅させたということも、ゆっくりと理解していった。

「糞どもがッ！　雑魚ばかり狙いやがって……！　どこまで苛《いら》つかせれば気が済みやがる！」

「落ち着いて、ベート！　また【勇者《ブレイバー》】からの指示が来てる！　早く逃げ遅れてる人達を助けないと！」

「わかってるっての！」

度重なる爆発で鼓膜がやられているのか、上手《うま》く声が聞き取れない。

横顔は少し見えた。頬に走った『牙《きば》』のような青い刺青が、怒りに歪んでいた。

「セレニア！　てめえはその小人族《パルゥム》を中央広場《セントラルパーク》に連れてけ！」

言い争っていた狼人《ウェアウルフ》の男性は、副団長と思しきヒューマンの女性に何かを伝え、仲間とともに駆け出していった。

ブラウンの髪のヒューマンは、そっと自分に手を差し出した。

「大丈夫？　立てる？」

……はい、と頷いた。

唇の動きをなんとなく察して。

「貴方、名前は？　サポーターのようだけど……どこかに所属してる？」

……はい、と頷いた。

自分を怖がらせないよう浮かべられた笑みが、偽物ではないと思ったから。

「リリ……【ソーマ・ファミリア】……」

手を取って、立ち上がろうとしたが、無理だった。

みっともなくよろめいた自分を、彼女はやっぱり笑って、抱き上げてくれた。

自分は運が悪い。

だけど悪運のようなものはあるらしい。

神酒《さけ》の魔力が抜けきらないリリルカ・アーデは、今あったことが夢か現《うつつ》か判断できないまま、ゆっくりと眠りに落ちていった。


「待って、敵じゃない！　【ヴィーザル・ファミリア】のセレニア！　避難民を連れてきたわ！」

障害物《バリケード》から通され、また新たな避難民が中央広場《セントラルパーク》に運び込まれる。

どんどんと増えていき、もはや神塔《バベル》の周りを埋めつくさんとしている人の数に、いいぞ、と闇派閥《イヴィルス》の工作員《スパイ》は内心でほくそ笑んだ。

男は民衆に扮していた。

必死に逃げ惑う避難民を装い、中央広場《セントラルパーク》に築かれたオラリオ本陣にまんまと潜入していたのである。およそ美神《フレイヤ》や勇者《ブレイバー》達の読み通りに。彼の他にも何人もの工作員《スパイ》がこの本陣に潜伏している。

工作員《スパイ》の男は『合図』を今か今かと待ちわびた。

彼等の最大目的は美神《フレイヤ》の暗殺。

次に敵本陣への痛烈な打撃。

同じく潜伏している彼等の主神の手がなければ『神殺し』はできないが、懐《ふところ》に忍ばせている火炎石《ばくだん》で民衆ごと冒険者達を始末することはできる。

『悪』に忠誠を誓う男は、早くその時が訪れるのを望んだ。

「すみません。こちら、いいですか？」

「……！　どうぞ」

新たな避難民が来たらしい。

どこもかしこも人で溢れる中、男はすっかりくたびれた一般市民を装いながら、仕方がなく自分の隣を空ける。

「怖いですね。オラリオがこんなことになってしまうなんて」

「……ええ、そうですね。これから、一体どうなってしまうのか……」

不安に震えるのは、フードを被っていてもわかるほど器量の良い娘《むすめ》だった。

戦地に似つかわしくない、いい香りを醸し出すのは薄鈍色の髪。

そして、髪と同じ色の瞳でこちらを覗《のぞ》き込んで――

「それで、貴方と同じ工作員《おともだち》はどこにいますか？」

いいい、いいいいい、いいいい
その『銀の輝き』を目にした瞬間、男の忠誠は『彼女』のものとなった。

「……東側に三人、北側に五人。西には、我々の主神が……」

虚《うつ》ろな目で喋《しゃべ》り始める工作員《スパイ》の男に、薄鈍色の髪の娘《むすめ》は『命令』に追加項目を足した。

「騒がないで、静かに。こちらを見ないで、誰にも気付かれないよう、私の質問に答えてください」

「はい……」

数え切れない民衆が奏でる不安と疲労のざわめき、それに隠れる彼女達のやり取りに気付く者は誰もいなかった。娘は淡々と、男から必要な情報を引きずり出していく。

やがて全てを終えると、もう何もできない男を置いて、そっとその場から離れる。

向かうのはすぐに後方に控えていた、男女のもとだった。

「『魅了』からの傀儡化《くぐつ》……本当に鮮やかに使いこなすようになりましたね、シ、シル様」

娘《むすめ》を待っていた男女――市民に変装した冒険者と治療師《ヒーラー》達の中で、薄紅色の髪を二つに結わえた少女が口を開く。

「ありがとうございます、ヘイズさん。でも、最初の工作員《ひとり》を見つけ出すのに苦労しました。私達を見守って頂いている女神の眼力《おちから》をお借りして、ようやくです」

『シル』と呼ばれた薄鈍色《うすにびいろ》の髪の娘《むすめ》は、そこで『バベル』を仰いだ。

見える筈のない遥か最上階、その窓辺でたたずむ美神とまるで心を分かち合っているように喜びの笑みを浮かべる。

すると、ぽかっ！　と背後から杖で軽く叩かれた。

「何するんですかっ」

「……どうか早く情報をご共有ください、シル様」

頭を押さえて後ろを振り返ると、薄紅色の髪の少女——ヘイズがじとりと半眼で見ていた。口調は慇懃だが、まるで女神と心を通わす娘《むすめ》に嫉妬《しっと》しているようにも見えた。

『シル』は非難がましい視線を送りつつ、すっと表情を変えて切り替える。

「潜伏している闇派閥《イヴィルス》の情報は、この紙片《メモ》に全て書いてあります」

「それは重畳です。これでフレイヤ様の暗殺なんてふざけたことを阻止できる」

受け取った紙片《メモ》をすぐに変装した冒険者に渡したヘイズは、仲間と情報を直ちに共有した。

彼女達は『美神の信奉者』であり『崇拝者』だった。美神に忍び寄る不穏な影を即刻排除するため、業火など生温い執念を心の内で燃やしている。

彼女達の誓いはただ一つ、『主《あるじ》を害する者は必ず始末する』。

女神暗殺を企てる『悪』の間諜は人知れず葬られる運命がこの時、義務付けられた。

「叶《かな》うなら被害を出さずに無力化したいのですが……他の工作員《スパイ》さん達も『魅了』できますか？」

「眷族までなら。ただし、神相手には無理です。私程度の器では超越存在《デウスデア》を『魅了』することはできません」

この中央広場《セントラルパーク》には工作員《スパイ》達の主神もひそんでいるとの情報がある。そちらの方は無力化できないと瞬時に線引きする『神々の娘』に、ヘイズは「でしょうね」と頷いた。

「相手方の主神に関してはロキ様か、他の神々に頼りましょう。それ以外の面倒は全て私達が。なにせ……」

ちらりと背後へ視線を送り、ヘイズは肩を竦めた。

「……あちらは私達と比べ物にならないほど大変でしょうから」


「都市南方の攻勢が激しい！　美神派《イシュタル》の戦闘娼婦《バーベラ》、鍛冶神《ヘファイストス》の椿《ツバキ》も向かわせろ！　南から南西にかけて戦力を集中させる！　【ヴィーザル・ファミリア】にはその穴を埋めるよう伝令！」

「男神《ヴィーザル》のところの狼人《ウェアウルフ》、活きが良いらしいで！　切り込み隊長、任せてもいいかもしれん！」

伝令役以外にも逃げ込んできた冒険者達が事態を報せ、殺人的な情報量が圧殺しにくるが、フィンはそれらを全て捌き、間断なく命令を放つ。

時折ロキがフィンも把握していない耳寄りな情報を告げ、補助してくることに感謝を覚えながら、脳内に現在の戦力分布図を広げた。

北は【フレイヤ・ファミリア】や、『魔剣』を供給する【ヘファイストス・ファミリア】を中心に徹底抗戦している。彼等が届かない場所も他の有力勢力が指示通りに、時は勝手に動いて穴を埋め合わせていた。あらゆる【ファミリア】と冒険者が連携して、厄災を退け、『悪』の侵略を拒む。

勢力の拮抗、及び戦況の膠着を正確に感じつつあるフィンは、親指の腹を舐《な》めた。

指示の声と並行しながら、ここで初めて『長考』に入る。

(こちらの被害は既に甚大。が、立て直せる。第一級冒険者を中心に展開すれば、彼我の戦力差ならば覆せる)

それがフィンの結論である。

味方の過大評価でもなく敵の過小評価でもない。普段はいがみ合う数多の【ファミリア】が一丸となることの意味を、フィンは理解していた。

(ここは迷宮都市《オラリオ》だ。都市全土を巻き込もうと、総力戦になれば敵《かな》う勢力は存在しない。闇派閥《イヴィルス》もそれはわかっている筈……)

故に、解せないのだ。

奇襲じみた手段でオラリオ全体を戦場に変えた、そこまではいい。決して許せるものではないが、都市の機能に打撃を与えんとする敵の思惑は理解できる。だが、いくら残酷な手段で恐怖と殺戮を振りまこうとも、じり貧になるのは確実に向こう側だ。

『自決装置』を持ち出してもフィンが対策を打ち出したように、いずれ味方は順応する。それが冒険者というものだ。

敵には殺帝《ヴァレッタ》がいる。こちらの第一級、並びに上級冒険者全体の戦力を把握できていない筈はない。勝算のない勝負《ゲーム》に彼女は絶対に手を出さない。

つまり、闇派閥《イヴィルス》には『切り札』がある。

（指の疼きは強くなる一方……敵には何がある？　一体何を仕掛けてくる！）

鋭い眼差しで、フィンが都市南方を見渡していた、その時だった。

「だ、団長ぉ！」

蒼白となるラウルが、強い焦燥とともにその報せを持ってきたのは。

「南西で持ちこたえた【ファミリア】が壊滅！　上級冒険者が……全員、やられたっす……」

「……！　ヴァレッタか！」

周囲で入れ替わるように情報を運んでくる斥候達も、目のみを動かしながら『間諜探し《スパイ》』を行っていたロキも、弾かれるように振り向く。

驚愕をあらわにしたフィンがすぐに問い返すと、ラウルは青ざめた表情のまま、顔をぎこちなく揺らした。

フィンは最初それが、首を横に振った動作だと、わからなかった。

「違います……」

他の上級冒険者に庇われながら逃げ帰り、恐怖のあまり首の筋肉を痙攣《けいれん》させるヒューマンの少年は、自分が見て聞いたものを、言葉に変えた。

「大剣を持った戦士と……女の魔導士に……一瞬で……たった二人に、やられたっす……」

親指が悲鳴を叫ぶように疼きを上げる。

フィンはその碧眼を限界まで見張り、息を呑んだ。

十章
覇者

ASTREA RECORDS
evil fetal movement
Author by Fujino Omori Illustration Kakage
Character draft Suzuhito Yasuda

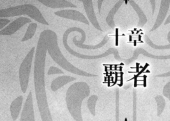

一歩が、全てを砕いたとして。

一撃が、全てを壊したとして。

一振りが、全てを断ち切ったとして。

ならばそれら『二』は『無二』となり、阻むものを拒む威光となる。


無二が築く道とは、すなわち『覇道』。

そして覇なる道を築く存在とは——『覇者』以外ありえない。

それは千年前から決まりきっている、絶対の条理。


炎に包まれる都《みやこ》に、『漆黒』の一閃が轟き渡る。

「ぎぁあああああああああああああああああああああ⁉」

「あ、足がっ……俺《おれ》の足がぁぁぁぁぁぁぁぁ⁉　——ぐげえっ⁉」

その『黒塊《こっかい》』の前に立《た》ち塞《ふさ》がろうとした冒険者達は、例外なく破壊された。

何の抵抗も許されず斬断される者、一閃の軌跡が掠《かす》っただけで四肢を吹き飛ばされ、次の閃撃で木端微塵《こっぱみじん》に潰《つぶ》れる者。物言わなくなった無残な戦士達の亡骸、そして肉塊が、皮肉にも左右に整列し、凱旋のごとく『覇者』の通り道を作り上げる。

『黒塊《こっかい》』の正体とは、暴食の悪魔から削り出したかのような、目を疑うような大剣であった。

『黒塊《こっかい》』を携える『覇者』とは、漆黒の全身型鎧《フルプレート》で身を包む一人の男だった。

総身は優に二M《メドル》を超える。頭部には目庇付きの大兜《おおかぶと》を装着しており、首の下も合わせて露出している肌は口もとしか存在しない。たとえ鎧の中身が見えずとも、その筋骨は並ならぬ隆々であることを、大地を震動させる歩みが、岩も小石のように踏み砕く重みが、全《すべ》て物語っている。常人では身に着けた瞬間崩れ堕ちる全身型鎧《フルプレート》を綿毛のように律し、黒塊《こっかい》の大剣ごと振り回して敵を粉砕する様は、男が力の権化であることを象徴していた。

一歩踏み出すごとに、炎が震える。

剛閃を繰り出すごとに、屍が散乱する。

『覇者』を止められる者はなく、男は覇道――いや破道《はどう》を行《ゆ》く。

「脆いな。柔すぎる。いつから冒険者は腐った果実と化した？」

火の粉の風を孕《はら》んで、怪物の舌のごとき深紅の外套が揺れた。

聞く者の腹の底に響く、重く厳しい声が燃えゆく都《みやこ》を侮蔑する。

「撫でただけだぞ？　喰《く》らってすらいない。どこまで俺を失望させる、オラリオ」

返ってくる声はない。

代わりに、降ってくるのは流星《りゅうせい》にも似た高速の銀槍《ぎんそう》だった。

完璧《かんぺき》に死角を突いた必殺に、男は、ただ手首を振った。

「――ッ⁉」

槍の穂先と、大剣を持っていない左手の手甲《ガントレット》が火花を散らす。

まるで扉をノックするような仕草で、側面に振るわれた左の手の甲が銀の一撃を滑らせた。

鎧の男から見て左後方斜め、全身型鎧《フルプレート》の継ぎ目である左肩を狙《ねら》ったアレンは、奇襲を往なされたことに驚倒する。

「お前はいいぞ。風のように速い」

それまで立ちはだかる冒険者達を見向きもしなかった男は、石畳を削りながら着地するアレンに、初めて目を向けた。

そして、目庇《バイザー》越しに見つめてくる鉛色の双眸《そうぼう》に、猫人《キャットピープル》の毛がぞっと逆立った。

「が、微風《そよかぜ》のごとく軽過ぎる」

次の瞬間。

男の手がぶれた。

それだけで、アレンは吹き飛ばされた。

「〜〜〜〜〜〜〜〜〜〜〜〜〜〜〜〜〜〜〜〜〜〜〜〜〜〜〜〜〜〜〜〜っっ⁉」

獣の本能が上げた雄叫びに従い、体の前に構えた銀槍《ぎんそう》ごと、弾《はじ》き飛ばされる。

肘の骨にまで響く衝撃に眼を剝きながら、石畳を滑り、すぐさま石突を突き立て、一〇M《メドル》

以上離れた位置でようやく停止した。

「……ふざけるんじゃねえっ、何をしやがった⁉」

ドクドクと全身が心臓に変わったかのような錯覚を覚えながら、アレンは吠えて、顔から滴る汗を飛ばした。

見えなかった。

いや違う。

予備動作がなかった。

まるで紙芝居の平絵が一枚抜けていたかのように、ただたたずんでいた姿勢から、いきなり黒い何かがアレンの視界を埋めつくしたのだ。

「だから撫でただけだ。いちいち驚くな。冒険者ならさっさと『未知』を『既知』に変えろ」

動じるアレンに対し、鎧の男は切り立つ岩のごとく悠然と答える。

こちらを向く男の体を見て、アレンはようやく気付いた。

その言葉違わず、敵は黒塊《こっかい》の大剣を『横に払った』だけであると。

「でなければ、その首はねて――俺が喰らいつくすぞ？」

「……‼」

アレン・フローメルは、あらゆる者が認めるほど凶暴である。

彼は群れず、屈さない。野良猫と呼ぶには不相応なほど強く孤高だ。彼の牙《きば》と爪《つめ》は虎をも殺し、戦車を引いては地平線を駆け抜ける。第一級冒険者に上り詰めるほどの実力を有する彼を、神々も【女神の戦車《ヴァナ・フレイア》】と讃《たた》えた。

そんなアレンが、その『未知』の怪物を前に、初めて戦慄《せんりつ》をあらわにする。

「お前は──」

そこへ、第三者の声が投じられた。

彼が持つ大剣は、数々の敵を蹴《け》散らしたことがわかるほど血に濡《ぬ》れていた。

その一方で、彼の錆色の瞳《ひとみ》は驚愕《きょうがく》に染まっていた。

たった一人の進軍を止められない大通りに駆けつけたオッタルは、視界の奥にたたずむ男の姿を捉《とら》え、時間を止める。

「ああ、ようやく知った顔を見つけたな。となると、その猫はお前の後進か?」

『覇者』から投じられた声音を聞いて、確信するように、オッタルの顔が罅割《ひびわ》れた氷山のごとく歪《ゆが》む。

滴るのは大粒の汗だ。

オラリオの冒険者が見れば己《おのれ》の目を疑う、【猛者《おうじゃ》】の焦《あせ》りの証。

アレンと同様に、いやアレン以上に、都市最強の猪人《ボアズ》は衝撃に見舞われていた。

「…………アレン、フレイヤ様のもとへ行け」

やがて。

発せられるのは、手負いの獣の唸《うな》り声を彷彿させる重苦の指示だった。

「あの方を、お守りしろ」

「ああ⁉　何をほざいてやがる！　この鎧野郎は俺が轢《ひ》き潰す！　てめえこそ邪魔するんじゃねえ！」

感情に火を付けられたアレンは、戦慄を塗《ぬ》り潰すほどの憤激をもって叫び返した。

だが、

「──聞け‼」

「‼」

オッタルは、それを上回るほどの怒号をもって、封殺した。

初めて目にする猪人《ボアズ》の形相に、アレンが動きを止める。

普段は小揺《こゆる》ぎもしない巌のような武人の顔は、今は眦《まなじり》を裂いており、そして次には苦渋の表情で告げた。

「……俺を僅《わず》かでも団長と認めているなら、行ってくれ。俺のためではなく、女神のために……泥を飲んでくれ」

初めて自分に懇願するオッタルの態度は、アレンの炎を鎮めるのに十分だった。

いつかアレンが必ず倒すと誓っている武人の哀願は、誰《だれ》よりも女神の身を案じ、何よりも『危惧』に満ちていた。

見つめ合う獣人達の眼差《まなざ》しが、交わる。

「………………ちッ！」

やがて、アレンは退いた。

今の状況とオッタルの懇願を秤《はかり》にかけ、我《が》を黙殺し、矜持も圧殺し、全ては女神のためにと己に言い聞かせながら、男の意志を受け入れる。

都市中央へと向かう猫　人《キャットピープル》の後ろ姿を見送るオッタルは、浅く息を吐きながら、視線を前に戻した。

「変わらんな、その女神至上主義。まだ乳離れができていないのか、糞ガキ」

「……っ！」

ゆっくりと近付いてくる敵の声に含まれているのは、不可避の重圧だ。

自分を稚児扱いにする鎧の男に、オッタルは今も動揺を押さえきれない様子で、声を絞り出した。

「馬鹿《ばか》な……何故《なぜ》、お前がそこにいる！」

その『覇者』の名を、言い放った。

「ザルド!!」

鼓膜を引き裂くような爆音が、止まることなく鳴り響く。

通りという通りが燃焼し、熱風が逆巻く。

『悪魔の風だ』と誰かが囁《ささや》いた。

宙を飛ぶ数多の火の粉は一見、幻想的で、ひたすら残酷だった。

紅蓮《ぐれん》の焰《ほのお》を全身に纏《まと》う冒険者がよろよろと彷徨《さまよ》っていたかと思うと、力つきたように崩れ落ちた。別の場所では横たわる兄の体を揺り動かして泣く少年がいた。誰かの手の中から吹き飛ばされたボロボロの熊の縫包み《テディベア》が、瓦礫の上に転がり、焼け落ちていく建物をその無機質の瞳で見上げている。

爆撃と剣戟《けんげき》、悲鳴と怒号。

地獄の曲がり角に轟く音は、決してその姿を消さない。

「…………」

そんな地獄絵図の中で、ただ一人。

まるで外界から切り離されたように、静けさを纏《まと》う『女』がいた。

頭からローブを被り、顔を隠す彼女は、目を瞑《つむ》り、耳を澄ませていた。

恐ろしい破壊と殺戮《さつりく》の中にあって、身じろぎ一つせず、ただただ、たたずんで。

周囲を行き交う絶叫の渦に、身を委《ゆだ》ねる。

「何をしている?」

ざっ、と瓦礫の破片を踏みしめる音が響いた。

翡翠の長髪を揺らして現れたハイエルフ、リヴェリアに、女は一切《いっさい》姿勢を崩さず答えた。

「忌むべき雑音、だが二度と聞くことのない旋律。それに耳を貸している」

その声音は、この状況に似つかわしくないほど平然としていた。

「私なりの拝聴にして黙禱《もくとう》だ。いくら煩《わずら》わしくとも、いざ失われるとなれば惜しむ……」

炎の猛威など歯牙にもかけぬように、凪いだ海のごとく言葉が並べられる。

「それが人だろう？」

フードを揺らして振り向く女に、リヴェリアの眉が逆立った。

紛れもない憤激を宿す彼女は突き付ける。

「──貴様の所業は、人のそれではない」

立て続けに放たれた声と眼光が、紅《くれない》の感情に震える。

「──貴様の足もとに広がっているもの、それは何だ？」

女の足もとには、いくつも折り重なり、破壊しつくされた冒険者達がいた。

「沢山の死骸《ガラクタ》」

その無感動の答えに、張り詰めていたリヴェリアの怒りの線は断ち切れた。

「もういい、消えろ。己の命をもって、その非道を償え！」

激昂する王族《ハイエルフ》が長杖を構え、詠唱を瞬時に唱える。

込められた膨大な精神力《マインド》と、展開する輝かしい魔法円《マジックサークル》。

そして誰をも震え上がらせる凄《すさ》まじい『魔力』の余波。

「【吹雪《ふぶ》け、三度《みたび》の厳冬《げんとう》――我が名はアールヴ】！」

それを前に。

対峙《たいじ》する女の顔は涼しく、静かだった。

「【ウィン・フィンブルヴェトル】!!」

放たれる三条の吹雪。

全てを凍てつかせる猛烈な氷波に、女はローブの裾《すそ》を鳴らし、片腕を振り上げ――一言《ワン・ワード》。

「【魂の平静《アタラクシア》】」


たったそれだけで、必殺の吹雪は消滅した。

「なっ――!?」

リヴェリアの双眸が限界まで剝かれる。

響いたのは波が引き、音そのものが遠ざかるかのような光音《こうおん》。

生じたのは『魔法』の完全消失。

あたかも不可視の障壁に触れた途端、空間ごとごっそり抉り取られたかのように姿を消した砲撃魔法《ウィン・フィンブルヴェトル》に、全身が驚倒を襲う。

同時にリヴェリアの脳裏を襲うのは、甚だしい既視だった。

「相殺っ――いや、『無効化』⁉」

リヴェリアの唇から焦燥が弾け飛ぶと同時。

魔力のうねりを察知し、急行したガレスが、屋根の上より女の頭上へと飛びかかった。

「おおおおおおおおおおおおお！」

容赦なく振り下ろされる大戦斧《だいせんぷ》の一撃に、女は動じることなく、再び一言《ワン・ワード》。

「【福音《ゴスペル》】」

全身へと轟き渡る低重音が鳴った瞬間、ガレスの体が決河の勢いで吹き飛んだ。

「ぐああああああああああああああああああああ⁉」

「ガレス⁉」

砲弾となって自身の真横を一過し、壁に激突する仲間の姿にリヴェリアが声を荒らげる。

建物の一角を粉砕し、ドワーフの大戦士が無数の瓦礫を浴びる。斧を地に突いて何とか立ち上がる中、女はやはり悠然と対峙する者達を見下《みくだ》した。

「相変わらず喧《やかま》しい連中だ。八年前から何も変わっていないと見える」

その言葉に、その威圧に、その能力に。

リヴェリアとガレスの戦慄は、凄絶な『絶望』に変わっていた。

魔力の轟きに屈するように、女の顔からフードがずれ落ちる。

「この魔法の破壊力《あじ》……！　まさか！」

現れるのは灰の髪。

「その唯一の異能……！　貴様は！」

あらわになるのは、依然閉じられたままの瞼。

女の美しい素顔を目にした瞬間、ガレスとリヴェリアの声が重なった。


「『【静寂】のアルフィア！』」


女はまさに静寂をもって、無言の肯定を行う。

「神時代《しんじだい》以降、眷族の中で最も『才能』に愛された女……！　『才能の権化』にして、『才禍《さいか》の怪物』‼」

「生きていたのか、最強の女神の眷族《ヘラ・ファミリア》！」

祝詞《のりと》のように、あるいは呪詛のように、炎上する都市にその『伝説』の名が轟き渡る。

最強《ヘラ》の名を冠する『静寂の魔女』は、荒れ狂う魔力の光粒と火片を纏い、再びオラリオに舞い戻った。

「俺が何故ここにいるか、だと?」

がしゃ、と。

音を立てて、男の片手が大兜を取り外す。

視界に飛び込んでくる相貌に、オッタルは息を呑《の》んだ。

瞼《まぶた》をかけて双眼に走る、獣の爪に切り裂かれたかのような深い傷跡。

初めて邂逅した際、血肉の色のようだとも思った臙脂《えんじ》色の短髪。

全てが記憶の通りだった。

オッタルに圧倒的な力を教え、『不条理の強さ』を刻み込んだ、かつての武人が再び目の前に現れた。

「最強の派閥《ゼウス》が消えた。ならば相応の戦場を求めるまで。……それで納得できないか?」

甚だしい惑乱により、心中が怒涛の音を奏でる。

動揺と必死に格闘するオッタルが絞り出せたのは、聞き及んでいる男の末路だけだった。

「陸の王者《ベヒーモス》の戦いから一線を退き、死んだとまで噂《うわさ》されていたお前が、何故今になって……!」

オッタルが最後にザルドを見た記憶は、かつての戦場で途切れている。

世の終わりと見紛う黒い砂漠の中、『大いなる怪物』の一匹に止めを刺したザルドは、さながら使命を全うした英雄のように、地平線の朝焼けを浴びながら力つきていた。

砂の海の中心で、墓標のごとく突き立つ彼の大剣が、今もオッタルの瞳に焼き付いている。

「亡霊に見えるか？　足は付いているぞ？　それとも、悪夢に喰い散らされるのが所望か？」

ザルドが返すのは、ありのままの現実だけであった。

今、自分がここの場所に立っていることこそ唯一の答えのように、片手で得物を構え直す。

「なら剣を構えろ。一口で頭を齧《かじ》るのも味気ない。精々咀嚼《そしゃく》して、俺の血肉としてやる」

黒塊《こっかい》の切っ先を向ける男に、オッタルは顔を歪めに歪めた。

「……わからん」

「何がだ？」

「俺には学がない。しかし、それを差し引いても、わからない」

それは不可解に対する戸惑いだった。

「かつては隆盛を極め、都市を守ってきた最強の一員《ゼウス》であるお前が、なぜ今、闇派閥《イヴィルス》につきオラリオを脅かすのか」

八年前まで——それこそ約一千年の月日にわたってオラリオの守護者として君臨し続けたのは、他ならない男神《ゼウス》と女神《ヘラ》の派閥だ。当代の二大派閥《ロキとフレイヤ》は言わば、その後釜である。

かつての守護者が反転して『侵略者』となったという事実。

オッタルはそれを前に、疑念と混乱を爆発《ばくはつ》させた。

「その矛盾は……一体なんだ！」

喉《のど》を震わせる大音声に。

ザルドはただ、酷くつまらなそうに瞳を細めた。

「俺はもう剣を構えているぞ。にもかかわらず、敵の動機を知らなければ戦えないか？」

戦《いくさ》の理《ことわり》を説く真の武人に、オッタルは言葉を詰まらせる。

ザルドは呪詛にも似た──昔日の未熟者《オッタル》にも投げかけた──言葉を口にした。

「何たる惰弱、何たる脆弱」

それだけで、オッタルの鼓動は乱れた。

「派閥は違えど、お前の『泥臭さ』を俺は評価していたが……見込み違いだったか」

「っ……！」

はっきりとした幻滅の眼差しに、オッタルはこの時、確かに動じた。

せめてもの抵抗に睨《にら》み返すことしかできないでいると、ザルドは一度、剣を地面に向ける。

「まぁいい。ついでに語ってやろう」

竜の気まぐれのように、猪人《ボアズ》の問いに答えてやった。

「俺の矛盾とは、今のお前に抱いたように──全て『失望』の延長だ」

「都市を襲う理由が、『失望』だと……⁉」

同じ時間、違う場所で、鎧の男と同様の言葉を口にした『静寂の魔女』に、リヴェリアが愕然《がくぜん》とする。

「その通りだ。『失望』こそが我々を再び英雄の都《みやこ》へと誘い、争乱を呼んだ」

灰色の長髪が揺れる。

視線の先でたたずむアルフィアは片手で胸もとを払い、もう用をなさなくなったローブを地に落とした。

彼女が身に纏うのは、戦場に似つかわしくない漆黒のロングドレス。

だが、そのドレスが過剰なほどの魔力耐性を持つ『魔法衣《まほうい》』であることは、魔導士であれば一目でわかる。

そしてそれは、決して外部の攻撃を防ぐための装備ではない。

強力過ぎるが故に、余波や反動だけで防具をボロボロにしてしまう己の『魔法』から、身を守るための装束であった。

「何を言っている！　何に失望しているというのだ、貴様は！」

蹂躙《じゅうりん》のための衣《ころも》を纏う女を前に、困惑を怒声に変えるのはガレスだ。

アルフィアはそれに、あっさりと答えた。

「全てに対して。そしてその中には迷宮都市《オラリオ》も含まれる。それだけのことだ」

頭に血が上ったのは、エルフもドワーフも同様だった。

眦《まなじり》を吊り上げるリヴェリアの口から憤激の言葉が放たれる。

「ふざけるな……貴様がいくら強大であろうと、落胆一つで都市を破壊する道理などあるものか!!」

「さえずるなよ、エルフ。世界《ここ》は雑音が多過ぎる。ならば間引くしかあるまい」

リヴェリア達の感情をかき乱すほど、彼女は不条理の女王だった。

欠片《かけら》の痛痒《つうよう》も感じていない声音は、しかしただ一つ、嘆きを宿していた。

「忌まわしき神々《ゼウスとヘラ》の増長を許し、この現世《うつしよ》に甘い幻想《ゆめ》を見せた。ならば眷族たる俺達に一端の責任はあるだろう。だから、潰す」

女の言葉を受け継ぐかのごとく、オッタルの前で武人が告げる。

「神時代《しんじだい》はもう終わる。私達が終わらせてやる」

リヴェリアとガレスの前で、魔女が告げる。

そして二人の『覇者』は、同時に宣告した。


「「故に果てろ、冒険者」」

「「「────っっ⁉」」」

その意志に、殺意に。

オッタルが、リヴェリアが、ガレスが、戦慄の渦へと叩き落とされる。

「全てを静寂に還してやる。途絶えろ」

即座に揺らめくのは『魔力』。

突き出されるアルフィアの右腕と呼応し、『魔法』が啼《な》く。

まるで巨人が天の鐘《かね》をかき鳴らしたかのように世界が震えた直後——光轟が生まれた。

「っっ⁉」

都市南西の方角から発生する凄まじい震動と魔力の衝撃。

オッタルが驚愕の眼差しを向ける一方、ザルドは大兜を被り直す。

「アルフィアが始めた。俺達も戦《や》るぞ。女に先を越されたまま、男など名乗れまい」

「アルフィア……。【ヘラ・ファミリア】まで……！」

発せられた女の名に、オッタルの相貌はとうとう焦燥に埋めつくされる。

【ゼウス・ファミリア】と【ヘラ・ファミリア】。

この迷宮都市で時を重ねてきた者の中で、彼《か》の二大派閥がどれほど偉大で、無茶苦茶で、圧倒的だったか、知らない者はいない。

「お前もつくづく運がないな、フレイヤの糞ガキ。こうしてまた俺に倒される」

その中でも、オッタルはまさしく、ゼウスとヘラの力を肌で知る者だった。

彼は負け続けてきた。

英雄と呼ばれる相応《ふさわ》しい男神《ゼウス》の戦士達に。

何ものよりも理不尽な女神《ヘラ》の女傑達に。

そして目の前に立ち塞がる、『暴喰《ぼうしょく》の化身』そのものに。

このオラリオでオッタルが味わい続けてきたものは——敗北と屈辱の『泥』に他ならない。

「ッ……‼」

オッタルの岩のような拳《こぶし》が握り締められる。

錆色の瞳が、敗北の記憶という名の悪夢を幻視し、揺れる。

かつて、一度も越えることのできなかった高みに、心が打ち震える。

「猛《たけ》ろ。来い。——俺に喰われたくなければ」

男が要求するものはソレのみ。

飽くなき戦意を欲する漆黒の鎧が、黒塊《こっかい》の大剣を構える。

奥歯を割れんばかりに噛《か》みしめていたオッタルは、自らも武器を振りかざし、全身から怖気《おぞけ》を追い払うかのごとく、吠えるしかなかった。

「——オオオオオオオオオオオオオオオオオオオオオオオオオオオオッ‼」

猪突の雄叫び。

大剣を引き抜き、構え、黒鎧のもとへ驀進《ばくしん》する。

あらゆるものを粉砕する【猛者《おうじゃ》】の突撃は、しかし————その男を砕くことだけが、できなかった。

「温い」

一振り。

それだけだった。

「――――」

速度と勢い、そして全体重を上乗せしたオッタル渾身の一撃が、黒塊《こっかい》の一振りによって、弾き飛ばされる。

精巧な『技』。

何より突き抜けた『膂力《りょりょく》』。

突進の勢いを殺されるどころか、得物を弾かれ無様にも仰け反るオッタルは、見た。

停止する時の中で、既に翻り己のもとへ振り下ろされている剣塊を、見てしまった。

何もかも撃砕される直前。

刹那の狭間。

面頬《バイザー》の奥でこちらを見つめる男の双眼が、無慈悲に告げた。

弱い、と。

「――――――――――――ツッッ⁉」

あらゆる感情が灼熱となってオッタルを燃やし尽くすより先に、叩《たた》きつけられた黒塊《こっかい》の大閃が、全てを終わらせた。


その時。

大地が哭《な》いた。

「「「っっ⁉」」」

地面どころか都市そのものを震わせる途方もない衝撃に、戦闘を続けていたリューは、輝夜《カグヤ》やシャクティとともに言葉を失った。

「地震⁉」

「違《ちげ》え！　これは……！」

「でたらめな一撃っ──‼」

転倒しかけたリャーナが取り乱し、彼女の動揺をライラが否定する。そしてアリーゼは、驚愕の眼差しを衝撃が発生した方角へと向けた。

『覇者』の一撃が、炎上する迷宮都市に空白を刻む。

各戦況の支援を行っていたアスフィとファルガーが。

死兵相手に奮戦していた戦闘娼婦達《バーベラ》が。

何振りもの『魔剣』を振るう単眼の鍛冶師が。

白き雷を放つ妖精《ようせい》が。

仲間《ファミリア》を率いる狼人《ウェアウルフ》が。

目を覚ました小人族《パルゥム》の少女が。

そして都市中央で指揮を執る【ロキ・ファミリア】と、フィンが、呆然《ぼうぜん》と動きを止めた。

「…………オッタル？」

地の底の鳴動のように、長く、低く轟き続けていた衝撃の連なりが収まる頃。

『バベル』の最上階で、フレイヤは瞳を見開き、届くことのない呟きをこぼす。

女神の視線がそそがれる場所、豪斬の余波により炎の海が吹き飛んだ戦場に、立っている者は一人のみだった。

漆黒の鎧を纏う、真の武人だけであった。

「…………、…………、…………があっ」

瀕死の呻吟《しんぎん》。

掠れて、薄れる、視界の焦点。

何枚もの壁をブチ破り、肉という肉、骨という骨を破壊された猪人《ボアズ》の巨体が、無様に地へと沈む。

意識が藻屑となって消え果てる間際《まぎわ》、なけなしの力を集めて、眼球を動かした。

己を貫くのは『失望』の眼差し。

屈辱の『泥』を叩きつけられ、【猛者《おうじゃ》】オッタルは、敗北した。

「……オッタル？」

都市中央へひた走っていたアレンの足も、その時、停止した。

嘘《うそ》のように静まり返った静寂に獣の耳を穿たれ、建物の屋根の上で、振り返る。

既にかけ離れた遠方。

自分が後にした戦場は戦場でなくなり、一人の猪人《ボアズ》が倒れ伏す墓場と化していた。

「………おい。ふざけるな。何のつもりだ。寝てるんじゃねぇっ」

視線の先の光景を認め、動揺が増し、暴《あば》れ狂う嵐《あらし》と化す。

握り締める銀槍《ぎんそう》をガチガチと震わせるアレンは、あらん限りの声量で叫んでいた。

「オッタル!!　何してやがる！　さっさと立ちやがれぇぇぇぇぇぇぇぇぇぇぇぇ!!」

女神のもとへ向かっていた足が命令を反故《ほご》にし、衝動の言いなりとなって、猪人《ボアズ》のもとへ引き返す。

「ふふふっ、ははははは……！　やったぞ、【猛者《おうじゃ》】が倒れたぞぉーーーーーっっ!!」

哄笑《こうしょう》を上げるのは『悪』の眷族ども。

高台から一部始終を目撃したオリヴァスが歓喜を迸《ほとばし》らせた瞬間、闇派閥《イヴィルス》の兵士達が、一斉に歓声を上げた。

「かつての大神《ゼウス》の眷族にして、今は闇派閥《イヴィルス》の使徒！　ザルドが最強の冒険者を討ち取った！　讃えるのだ、同志よ！　そしてオラリオを、絶望に突き落とせえええええええええええええええええええええええええええ!!」

「「「うおおおおおおおおおおおおおおおおおお!!」」」

「「「ザルド!!　ザルド!!　ザルド!!　ザルド!!」」」

両の腕を広げるオリヴァスを仰《あお》ぎながら、兵士達は熱狂の渦を生んだ。

拳を突き上げる者、武器を掲げる者、喉を狂った楽器に変える者。

勝者にして『覇者』の名が連呼され、叫びの暴力が重なり合う。

それは時を止める冒険者達をあざ笑う『勝ち鬨』だった。

「オッタルが……やられた……？」

響き渡る。伝わってしまう。

都市最強の象徴、その敗北が。

「うそだっ……信じないぞ！　あいつは倒すのは、俺だっ、俺達なんだ!!」

波紋が広がる。甚大なまでに影響を及ぼしてしまう。

『悪』の勝ち鬨に最も翻弄される強靭な勇士達《エインヘリヤル》の中で、ヘグニは動揺の声を上げ、

「――ヘグニ、避けろぉぉ!!」

「つっ⁉」

そして捕まってしまう。

なり振り構わないヘディンの大喝虚しく、『妖魔』の姉妹の魔の手に。

「「ヘグニ、駄目よ！　余所見は駄目！」」

「――がっっっ⁉」

「「ほら、体に穴が開いてしまった‼」」

小人族《パルゥム》の四兄弟も追い詰められる。

「あの猪がやられるかものか‼」

「殺しても死ぬわけがない‼」

「ふざけんな‼」

「取り乱すな！　ドヴァリン、ベーリング、グレール‼」

身に纏う鎧をボロボロにしながら、アルフリッグは叫んだ。

「こいつら全員、Lv.5だ‼」

理性を失った『凶戦士達』の咆哮が、【猛者《おうじゃ》】の敗北を祝福する。

「オッタルが倒れたって……嘘だろう⁉」

「第一級冒険者が⁉」

「……どうすりゃあ、いいんだよ……」

途切れない混沌の雄叫びは、たちまち秩序の戦意を引き裂いていった。

オラリオの各所で上がる闇派閥《イヴィルス》の祝勝歌に冒険者達は絶句し、青ざめ、手の名から武器を滑り落とした。

都市最強の冒険者が下されたという情報は荒波のようにうねり、崖っぷちで戦っていた彼等《ら》彼女等《ら》の士気を著しく低下させる。

「【猛者《おうじゃ》】が、倒れた……⁉」

「馬鹿な……！　しかも、【ゼウス・ファミリア】だと⁉」

リューや輝夜《カグヤ》も同じだった。

自分を見失わないようにするのが精一杯で、激震するオラリオの中で立ちつくしてしまう。

天秤の傾きは止まらない。

悪報を畳みかけるように、甚だしい衝撃が咲き乱れた。

「⁉」

弾かれたように振り向くリューと輝夜《カグヤ》の視線の先で炸裂したのは、『魔法』の轟き。

場所は彼女達のもとから幾つもの区画を跨いだ通り。

周囲の建物が横倒しにひしゃげている中で、エルフとドワーフが、同時に崩れ落ちる。

「────ぐ、ぁ」

障壁を粉砕されたリヴェリアが先に倒れ、盾を失ったガレスも後を追うように、壊しつくされた石畳に吸い込まれる。

「他愛ない……」

その光景を前にするアルフィアは、無感動に、そして超然と囁いた。

「【九魔姫《ナイン・ヘル》】、【重傑《エルガルム》】まで……⁉」

その光景を誰よりも早く観測してしまったのはアスフィ。

オッタルに続いて撃破された【ロキ・ファミリア】幹部陣の姿に、戦況を見守ることしかできなかった彼女も、とうとう絶望に染まる。

「──第一級冒険者が落ちた。都市の最強戦力が！ こんなにもあっけなく‼」

闇の笑い声は止まることはない。

周囲から鳴り響いてくる闇派閥《イヴィルス》の鯨波《げいは》──『悪』の喝采にヴァレッタは狂喜に満ちた。

地面に向かって吠え、かと思えば顔を振り上げ、叫喚《きょうかん》を打ち上げる。

「はははははははははっ！ これで総力戦の前提は覆《くつがえ》ったぞぉ、フィ〜ン！ もうてめえ等はおしまいだ！」

迷宮都市《オラリオ》を相手取る上での最大の障害、第一級を含めた上級冒険者達。

そんな強大な冒険者の数も、質も、全て粉砕してのける『王《キング》』と『女王《クイーン》』が現れたことで、盤面は完全に闇派閥《イヴィルス》側へと傾いた。

およそヴァレッタの見込み通りに。

そして『黒幕』が思い描く想定通りに。

「さぁ、惨劇《ショー》の『本番』だぁ！」

ヴァレッタの宣言に、燃える都市を静かに歩む『神』は、頷《うなず》いた。

――ああ、『最高の悪劇《じゃあく》』を開こう――。

『邪神』は一柱《ひとり》、微笑んだ。

十一章
絶対悪

ASTREA RECORDS
evil fetal movement
Author by Fujino Omori Illustration Kakage
Character draft Suzuhito Yasuda

重厚な装甲に包まれた鎧靴《サバトン》が、破壊しつくされた通りを行《ゆ》く。

今にも地響きが聞こえてきそうな足取りで進むザルドは、無様に倒れ伏す猪人《ボアズ》の前で立ち止まった。

そして、見下《みくだ》した。

「この程度か……期待し過ぎたな」

落とされるのは言葉通りの『失望』。

微《かす》かな声の断片が、膜がかかったように耳に届いているにもかかわらず、オッタルは動けなかった。覚醒《かくせい》と暗黒の境界で意識が揺れ動くも、完膚なきまでに打ちのめされた肉体の支配権を取り戻せない。怒りで身悶《みもだ》えすることも、憤死することもできず、指先を震わせることしかできなかった。

そんな後進《オッタル》の様子に、ザルドは同情も憐憫も抱かなかった。

ただ見切りをつけるように、大剣を片手で振り上げる。

「立ち上がれないのなら、それまでだ。――終われ」

断頭台《ギロチン》のごとく、黒塊《こっかい》の大刃がオッタルの首もとへ吸い込まれる。

「ちィッ――!!」

「！」

その時だった。

生首が転がる直前、斜線と化した黒い影が、猪人《ボアズ》の巨体を攫《さら》っていったのは。

得物の銀槍《ぎんそう》を放り捨てた上での最大加速。

ザルドの目を僅《わず》かに見開かせるほどの瞬速の脚。

アレンがオッタルの巨軀《きょく》を乱暴に抱え、間一髪救い出す。

「くそがっ！」

だが無傷とはいかない。代償を支払わされる。

オッタルの代わりに切り裂かれた左腕をぶらりと垂れ下げ、血をまき散らしながら、それでもアレンは風となって、その場から離脱を図った。

無様なオッタルにも、撤退しかできない自分にも憤怒《ふんど》を覚えながら、『覇者』から逃《のが》れる。

「……逃げたか。まぁ、いい」

一人取り残されるザルドは、追わなかった。

追撃に転じ、その背を串刺しにすることも可能でありながら、アレン達を見逃す。

「また屈辱の泥でも嚙み締《し》めろ、糞ガキ」

臙脂《えんじ》のマントを翻し、その言葉を捨てていった。

「くっっ──!!」

同時刻。

アレンが命懸けでオッタルを救い出したように、アスフィもまた挺身《ていしん》した。

まだ試作段階の『飛翔の靴《サンダル》』。

未完成のそれを用い、飛翔ではなく『虚空からの加速』を生む。

爆炸薬《ばくだん》をまき散らし、爆風の壁を生みながら、静寂の魔女の前からリヴェリアとガレスを回収する。

「構いはしない。どうせ誰も逃げられない」

そしてアルフィアも、やはり顔色一つ変えなかった。

二人の体を抱え、空高く跳躍するアスフィから興味をなくし、足を別の方角へ向ける。

「あの神の『脚本《シナリオ》』からは、決して」

今より始まる『悪劇』のもとへ。


「ほ、報告っ！　都市南西方面の味方がっ、冒険者が全滅しました！」

泣き叫ぶ避難民と、負傷した冒険者が続々と集まる中央広場《セントラルパーク》。

そこへ駆け込んできた【ロキ・ファミリア】の団員に、フィンが驚愕《きょうがく》の声を散らす。

「全滅⁉　全ての冒険者が⁉」

「は、はい！　撤退した者もいるようですが……今、南西区画に立っている冒険者はいません！」

その一報だけにとどまらず、新たな団員が息を切らして走り込んでくる。

「ロキ、団長！　リ、リヴェリアさんとガレスさんが……敗北したと、報せが……」

「なんやと!?　二人は無事なんか！」

「【万能者《ペルセウス》】が救出したそうですが……重傷で、意識が戻らないと……！」

顔を蒼白にする団員の絶望は、血相を変えるロキのみならず、周囲にいた若い団員達にも伝染した。

「そんな……リヴェリアさんとガレスさんが…………負けた？」

ラウルが茫然自失となりながら呟く。

猛者《オッタル》の撃破に続いて舞い込んだ、自派閥の幹部の敗北。

都市最強魔導士と名高いリヴェリアと、どんな攻撃を浴びても決して倒れることのなかった大戦士のガレス。その二人が打ち負かされたという報せは【ロキ・ファミリア】の士気を折るには十分の威力だった。

若い団員達を中心に、戦意が脆い砂の城のように崩れようとする——が。

それを許さない者がいた。

フィンだ。

「敵の情報は!!」

ラウル達の肩を跳ねさせるほどの声量で、心を蝕《むしば》もうとする絶望を吹き飛ばす。

発破のごとき勇者の声が、たとえ一瞬に過ぎずとも周囲から悲観を忘れさせた。

「は、灰の髪の魔導士でっ、妙齢の女！　超短文詠唱を駆使し、桁違《けたちが》いな攻撃はおろか魔法による砲撃も効かないそうです！」

彼の声を真正面から浴びた団員は直立の姿勢で返答する。

勇者《フィン》はまだ諦《あきら》めていない。苦境などに屈しない指揮者の姿は、戦意を喪失しかけていた末端の者達の動揺に歯止めをかける。冷静さを取り戻した団員達は、何とか気を取り直し、とにかく足を動かした。

絶望の影像になることを止め、避難民の誘導や障害物《バリケード》の増設など、自分ができることに奔走する。

（灰髪《はいはつ》の魔導士、更に魔法の『無効化』……アルフィアか！　男神《ゼウス》のザルドだけじゃなく、女神《ヘラ》の眷族まで！）

一方、士気の下降を食い止めたフィンの心中も穏やかではない。

自身の危惧を決しておくびには出さないまま、思考を最大《フル》回転させる。

（八年前から能力《ステイタス》に変動がなかったとしても、どちらもＬｖ．７！　現状のあらゆる第一級冒険者をつぎ込んでも敵《かな》うか定かではない相手!!）

情報と状況を照らし合わせ、道き出されるのは『最悪』の二文字。

かつての最強――誰をも寄せ付けなかった絶対不動の君臨者達が、これ以上のない脅威となってオラリオに舞い戻ってきた。

「戦場を掌握された……！　これが『切り札』か、闇派閥《イヴィルス》！　ヴァレッタ！」

最悪の隠し玉に思わず吐き捨てる。

それほどまでにオッタル、リヴェリア、ガレスの敗北は、フィンが盤面の上に築き上げた陣形に致命的な罅《ひび》を刻んだことを意味していた。第一級冒険者が陥落すれば、他の戦場にも少なからず影響を及ぼしてしまう。

味方の後退という意味でも、『悪』の増長という意味でも。

「【猛者《おうじゃ》】達の敗北を受け、各【ファミリア】の士気が下がっています！　南方を中心に、敵の蹂躙を押し返せません！」

「だ、団長！　せめて援軍を！　リヴェリアさん達のところへ……！」

報告を重ねる団員の隣で、ラウルもまた訴えかける。

まだオラリオに来て一年の冒険者は他の団員達とは異なり咄嗟《とっさ》に動けず、リヴェリア達を心配するあまり増援を進言する。

「駄目だ！　僕達は中央広場《セントラルパーク》を、『バベル』を死守する！」

だが、フィンはそれを是とはしなかった。

二人の戦友《とも》を案じつつ、鉄の意志で訴えを退ける。

「この戦いの中で、敵の狙いは間違いなく……！」

神々と同じく敵の『目的』を見抜いているフィンは、迷いを断ち切る力強さをもって命令を打ち出す。

「防衛線より以南は放棄！　残存勢力は都市中央に集結するよう号令を出せ！　北の【フレイヤ・ファミリア】とも連携を取る！　行け!!」

「「は、はい！」」

その号令に、ラウル達は押し出されるように伝令へと向かった。

そこからも小人族《パルゥム》の指示と鼓舞の声は途絶えない。

明確な劣勢となって追い詰められる中で、冒険者達の支柱として『勇者』で在《あ》り続けるフィンは、そこで、己の右手を見下ろした。

(最悪に違いない、この状況でなお――――親指は疼《うず》き続けている。これですらまだ『前座』に過ぎない？)

第六感と呼べるものがフィンに警鐘を鳴らしている。

その碧眼ごと顔を歪めながら、呟く。

「……何が来る？　……何がある？」

収まることのない猛々しい火の手。

闇夜《やみよ》を紅に染める都市を見渡しながら、フィンは虚空に向かって問うた。

「一体、そこにいるのは――」

「――誰だ」

ヘルメスは呟く。

四方から未《いま》だ悲鳴が絶えない街路――都市の惨状を見回しながら、まるで勇者《フィン》の問いを引き継ぐように、鋭い眼差しで独白を落とす。

「一体、誰だ？　この『脚本《シナリオ》』を描いた神は」

ヘルメスは確信していた。

この『大抗争』の景色を描ききってみせた『黒幕』の存在を。

「闇派閥《イヴィルス》謹製の都市破壊計画？　馬鹿を言うな、上手《うま》く行き過ぎている」

それは断言だ。

反感であり、嫌悪であり、戦慄である。

人ならざるものへの正当な評価だった。

「時機《じき》、塩梅《あんばい》、潮、あらゆるものが人智の範疇《はんちゅう》に収まらない。必ず裏で、全てを画策した神がいる」

「ええ。そして神《それ》は今もなお私達を嘲笑い、更なる『絶望』に突き落とそうとしている」

その隣で頷くのはアストレア。

彼女もまた身を襲う予感に、片手を胸に押し当てる。

「おぞましい邪悪の胎動……まだ何かが待っている！」

女神の言葉を肯定するように、空に立ち昇る黒煙が、悪魔の凶笑のごとく揺らめいた。


「!!」

その時。

アリーゼは、顔を振り上げた。

「アリーゼ！　どうした⁉」

進攻の勢いが増す闇派閥《イヴィルス》を迎え撃っていたライラは、声を飛ばす。

「……アストレア様が危ない」

「なにっ？」

「理由、わかんない。でも、直感《かん》！　アストレア様に危険が迫ってる！　――探さなきゃ！」

自身も説明の術《すべ》を持たないアリーゼは、心の警鐘に従って叫んだ。

冒険者どころではない動物の本能とでも言うべき彼女の焦燥に、ライラは驚き、じっとその横顔を見つめる。

「ま、待ってくれよ、アリーゼ！　探すったって、ここを離れる余裕なんて……！」

「そうだって！　街の人は何とか逃がしたけど、敵の攻撃がさっきからずっとヤバくなってる！　同胞達《イルタ》だって精一杯だよ！」

顔の血を拭いながら異論を上げるのは獣人のネーゼと、アマゾネスのイスカだ。

【アストレア・ファミリア】の現在地は敵の攻勢が最も激しい都市南方。中央広場《セントラルパーク》に直結する街路の一つだ。総指揮官《フィン》が中央広場《セントラルパーク》以南の守りを放棄したとはいえ、ここを抜かれれば都市中央に更なる敵軍が雪崩れ込むことになる。中央広場《セントラルパーク》に最終防衛線を築く【ロキ・ファミリア】の負担を減らすためにも、この場は死守しなければならなかった。

周囲ではイスカと同じ赤髪の女戦士《アマゾネス》が、返り血を浴びたままの姿で悪鬼のごとく戦い、【ガネーシャ・ファミリア】を率いている。ここからでは見えないが、建物で隔てられた一つ奥、南のメインストリートでは、輝夜《カグヤ》とリューがシャクティとともに奮戦している筈だ。

【ガネーシャ・ファミリア】と連携して何とか敵をせき止めている現状、決して戦力に余裕はない。

「……いや、いい。ネーゼ、イスカ。アリーゼと一緒に行け」

「ライラ⁉」

だが、ライラはアリーゼの背中を押した。

ネーゼの驚きを他所に、中央広場《セントラルパーク》の方角を一瞥する。

「うちの団長《アホ》も勇者《フィン》と同じで『虫の報せ』を感じ取っちまう性質《タチ》だ。もし本当にアストレア様に何かあれば、私達はそこで終わる」

主神《アストレア》がもし送還されるようなことがあれば、眷族であるライラ達は一時的に【ステイタス】が封印され、戦えなくなってしまう。この場を突破される危険性《リスク》と秤《はかり》にかけての判断だった。

ライラは、アリーゼの直感を信じたのだ。

「こっちはガネーシャの連中と一緒に、何とかしてやる」

「ごめんなさい、ライラ！　任せたわ！」

「もしくたばっちまったら、天界から唾を吐きまくってやるからな」

アリーゼと視線を交わし、無理矢理笑ってみせると、

「ダメよ！　死んじゃダメ！　ボロボロになったって、私が許さない！」

アリーゼは場違いなまでに、明るく笑い返した。

「団長命令！　耐えて！　そんで、生きて!!」

その笑みに、ライラのみならずネーゼ達、他の団員も目を丸くする。

小人族《パルゥム》の少女は太陽を見上げるように瞳を細め、唇を吊り上げた。

「……早く行っちまえ、バーカ」

再び戦場へ飛び込んでいくライラの背に頷きを返し、アリーゼは駆け出した。

「アストレア様は前線に出て、指示を出してる！　接触した冒険者の情報を辿《たど》って、探し出す

わ！」

「わかった！」

すぐ後ろに付いてくるネーゼ、イスカに指示を出し、今も込み上げてくる不安に揺られながら、アリーゼは敬愛する主神の名を呼んだ。

「アストレア様……！」

星空が見えなくなっていく。

大量の火の粉、膨大な黒煙、そして暗雲が空を覆い、都市を照らしていた星屑の輝きを完全に遮《さえぎ》ってしまう。

星の導きを失った都市で、冒険者達は窮地に立たされた。

ヘディンもまた、例外ではなかった。

「――――」

大精堂《だいせいどう》塔上に立つ彼の視界。

北西『第七区画』の戦況が崩壊する。

「ヘグニ、どこへ行くの！　そんな穴が空いた体では死んでしまうわ！」

「逃げないで！　こっちへ来て！　私達に抱かれながら死にましょう！」

「ぐっ、がぁ……⁉」

不意を打たれ、ディーテ姉妹の騎士を救う安楽剣《スティレット》によって致命傷を負ったヘグニ。

耳障りな甲高い笑い声の通り、短剣の刺突で貫かれた黒妖精《ダーク・エルフ》は必死に追撃を回避しては抗戦しているものの、穿たれた二つの風穴から流れ出る血の量は尋常ではない。他の強靭な勇士《エインヘリヤル》が必死に彼を救い出そうとしているが、『魔剣』の砲撃を放つ妹のヴェナが援護も接近も妨げる。その間にも姉のディナが執拗にヘグニを狙う。

二振りの騎士を救う安楽剣《スティレット》を巧みに操《あやつ》る近接戦の姉《ディナ》、魔法や魔剣を駆使する遠中距離戦の妹《ヴェナ》。

それこそ【アレクト・ファミリア】首領ディーテ姉妹が得意とする殺戮の連携であり、『妖魔』達の真骨頂であった。

「ぐぅぅうああああ⁉」

「グレーン⁉」

しかし、真に危ういのはそちらではない。

死の断崖に追い詰められているのは風穴を開けられたヘグニではなく、都合十二、のLv．5に包囲されるアルフリッグ達である。

「ウオオオオオオオオオオオ！」

「コッ、ゴロッ……！　ゴロズ!!」

【アパテー・ファミリア】が投入した、冒険者達と思しき集団が、小人族《パルゥム》の四兄弟を蹂躙しようとしている。信じられない光景に、きつく目を凝らして炎の戦場を窺《うかが》うヘディンは、気付いてしまった。

「あの拘束具を纏《まと》った兇徒《きょうと》ども……！　奴等《やつら》、【オシリス・ファミリア】か!?」

口もとにかけて拘束具を纏って判然としなかったが、間違いない。

対闇派閥《イヴィルス》の作戦を練るため、過去の冒険者達の交戦記録をギルドで調べていた際、ヘディン、そしてアルフリッグは偶然目にしたことがある。まだ『暗黒期』に突入していなかった二十年以上も前、男神《ゼウス》と女神《ヘラ》の抗争に敗れた【オシリス・ファミリア】の人相を。

【ゼウス・ファミリア】を強襲するため、複数のＬｖ．６、そしてＬｖ．７に到達した眷族の戦力報告を秘匿していた、昔日の強豪共だ。

「生憎、Ｌｖ．７の団長《メルティ・ザーラ》を始め、第一級冒険者級の戦力は抗争に敗れ、死亡あるいは消息を断っていますが……復讐に燃える『第二級冒険者達』がいた。彼等がそのオシリスの準戦力です」

もはや私刑《リンチ》もかくやといった蹂躙《じゅうりん》に遭うガリバー兄弟を眺めながら、【アパテー・ファミリア】神官バスラムは微笑む。

「彼等は当時地下組織であった我々に接触し、都市を追放された主神《オシリス》から神アパテーに改宗《コンバージョン》したのです。そして自らを鍛え、牙を研ぎながら、男神《ゼウス》と女神《ヘラ》に雪辱を晴らす日を待っていたのですが……それは永劫《えいごう》に訪れなかった」

三大冒険者依頼《クエスト》の失敗。

『黒竜』に敗北した男神《ゼウス》と女神《ヘラ》は、復讐者の再戦を待たずして消えてしまった。

放心し、戦う目的を失った、そんな元【オシリス・ファミリア】の眷族達を、バスラム達【アパテー・ファミリア】は逃さなかった。

戦う動機を失ったなら、代わりとなる『狂気』をそそぎ込めばいい、と。

彼等が掲げる不正《アパテー》の『教理』に従って、凶悪な『獣』に堕としたのである。

「薬や呪詛《カース》を駆使し、狂化兵《きょうかへい》を作り出してきた我々ですが……彼等には新たな試みを施しました。捕獲した『精霊』の注入です」

バスラムの視線の先、口から後頭部にかけて拘束具を装着する戦士達の延髄の位置には、深々と『短剣』が突き刺さっていた。

それこそ、バスラム達に捕獲された『精霊』の成れの果てである。

「『精霊』の注入……⁉　何を言っている⁉」

「御伽噺《おとぎばなし》にはよく登場するでしょう？　神々がまだいなかった遥か『古代』、英雄の側に寄り添う力ある『精霊』達が。昔日の英雄達に勝利の祝福を授けていた『精霊の加護』を、我々も再現しようとしたのです」

耳に飛び込んできた単語に、兜が砕け、額から血を流すアルフリッグが問い返すと、バスラムは丁寧に説明した。

短剣の正体とは、邪神の教えに則って無理矢理『武器化』された精霊達。

【アパテー・ファミリア】は戦士と精霊を使って力ずくで実験し、言うならば『精霊兵』を作り出したのだ。そして、それは疑う余地のない『外法』である。

泣き喚く精霊の悲鳴にも耳を化さず、暴れる戦士達を取り押さえ、この外道の戦力を作り上げた。

「昔日の英雄と比べようはありませんが、爆発的な『魔力』の上昇や、特定の個体は自然治癒能力を発現しました。『大精霊』などはおらず、下位精霊でしか試せなかったのが心残りですが……我等が『教理』の成果は、ほら、この通り」

「っ……!?」

「ギルド達に見つからぬよう、今日まで実験場《ダンジョン》で戦闘を続けさせ……ついこの間、ようやくLv.5に到達しまして。伝説が始まるこの『大抗争』の日に投入することを決めたのです」

大変だったのですよ？　と。

愕然《がくぜん》とするアルフリッグにバスラムは微笑みかける。

正気も理性も失った『精霊兵』を取り押さえ、能力《ステイタス》を更新するのも一苦労。

度重なる融合実験とダンジョンでの強化遠征によって、最初にいた四十二の精霊と三十四の戦士は、今では十二の『精霊兵』まで数を減らした。

人と精霊の尊厳など顧みない『教理』は、まさに『邪教』である。

全てはバスラムを始めとする眷族達の狂信と、女神アパテーの神意によるもの。

彼女が司る事物とは、『不正』。

正道を突き進むオラリオの英雄をあざ笑い、正義を踏み躙る、外道の権化である。

「そう、我々はアパテーの使徒！　『不正』をもって世を塗り替える、神聖なる邪教の輩《ともがら》なのです！」

「ぐっ、ぅあああああああああああ⁉」

紅く濁った双眸《そうぼう》を見開き、凶笑を浮かべるバスラムが片手に持つ杖を地に叩きつけた瞬間、音叉にも似た『光の共鳴音』が生まれ、『精霊兵』が雄叫びを上げた。

彼等の両腕に呪文を介さない炎や電流が生まれ、自らの肌も焼き焦がしながら、アルフリッグ達を攻撃する。統制のない十二の暴力に、四兄弟の連携は引き裂かれ、次々と壁や瓦礫に叩きつけられた。

「第一級冒険者級の戦力が十二……⁉」

ディース姉妹を含めれば十四。

吹き飛ばされるアルフリッグ達を認めたヘディンは刹那、己の胸が無様に鼓動を乱したことを自覚する。

この『第七区画』の戦場で、Lv.5に上り詰めているのはヘディンとヘグニのみ。アルフリッグ達でさえLv.4であり、他の【フレイヤ・ファミリア】の団員達では太刀打ちできないのは道理である。

【アパテー・ファミリア】の邪悪極まる『教理』によって、死を恐れぬ強靭な勇士《エインヘリヤル》達でさえ窮地に立たされる。

「さぁ、魂を解放しなさい！　不正《アパテー》の儀をくぐり抜けた精霊兵達よ！」

バスラムの号令が放たれるのを他所に、ヘディンの決断は一瞬だった。

「【永争《えいそう》せよ、不滅の雷兵《らいへい》】！」

その場から、大跳躍。

塔に「ヒ、【白妖の魔杖《ヒルドスレイヴ》】⁉」と驚愕するオルバを残し、宙に躍り出た上で、射線を確保。

そして。

「【カウルス・ヒルド】！」

「「「!!」」」

魔法円《マジックサークル》を展開し、虚空に身を置いたまま、凄絶な連続爆撃に踏み切る。

遥か頭上より降りそそぐ怒涛の雷弾に、ディース姉妹とバスラムは瞬時に反応した。

ヘグニに止めを刺そうとしていたディナは飛び退き、強靭な勇士《エインヘリヤル》を焼き払っていたヴェナは攻撃を中断した。あらかじめ安全地帯にいたバスラムは引き際を見極め、十二の『精霊兵』も獣さながらの動きで荒れ狂う雷を回避する。

　重力に引かれ降下する間も、ヘディンの猛射は途切れない。

「ヴァン‼　ノーガ‼　ヘグニ達を回収しろ‼」

「「は、はいっ！」」

　砲声にも負けないほどのエルフの大音声を聞きつけ、【フレイヤ・ファミリア】の団員は一斉に動いた。

　雷の雨が避け、敵から守っているヘグニ達幹部のもとへ駆けつけ、迅速に離脱を図る。

「【永伐《えいばつ》せよ、不滅の雷将】――――【ヴァリアン・ヒルド】‼」

　雷条が暴れ狂う視界の端でそれを目視し、一〇〇M《メドル》以上もの高度から四つ辻の中央に着地を決めたヘディンは、すかさず大火力を見舞った。

　雷の猛弾幕《カウルス・ヒルド》とは異なる、通りを埋めつくすほどの文字通り特大の雷砲。

『迷宮の孤王《モンスター・レックス》』の上半身すら呑み込《こ》もうかという轟雷の閃光に、今度こそディース姉妹や『精霊兵』が離脱する。逃げ遅れた闇派閥《イヴィルス》兵の末路など言うまでもない。

「ちぃッ……！」

　敵を遠ざけることに成功したヘディンは、しかし顔を歪めた。

　指揮官《じぶん》が動かされた、と彼は正《ただ》しく理解していた。

　ヘグニ達を救出するために本陣を離れてしまった。少なくともヘディンが離れている間、

『第七区画』に展開する味方勢力は混乱に襲われるだろう。避難民を収容する大精堂《だいせいどう》を始め、闇派閥《イヴィルス》に付け入る隙を晒《さら》してしまう。

しかし、それがわかっていても、ヘディンは選んだのだ。

統制が失われる味方も、危機に晒される避難民も捨て置き、戦力の中心《ヘグニたち》を選択したのだ。

優先順位を履《は》き違《ちが》えず、今後の逆襲を目論むために、戦力の確保を優先した。

その判断は、彼が一流の指揮官であることの証左である。

民への責務、葛藤、情などを一瞬で殺害してのける現実主義者《リアリスト》の証である。

誰が何と言おうと、ヘディンの決断の迅速さは称賛に値した。

そして、その決断を、『妖異』どもは嘲笑《あざわら》った。

「味方や民を捨て、ヘグニ達を選んだのね、ヘディン！」

「とても残酷ね！　でも私は好きよ！　愛しているわ‼」

雷砲の形状にくり抜かれ、電流の飛沫《しぶき》が散る辻の奥、ディース姉妹は無垢《むく》な笑みで蔑んだ。

——黙れ‼　なんて愚かな怒号は発さない。

かかずらう時間すら惜しい。屑どもの騒音になど取り合わず、ヘディンはヘグニ達の完全撤退を確認して即刻身《み》を翻《ひるがえ》した。

足を向けるのは大精堂《だいせいどう》の本陣。今から向かえば被害も最小限に抑えられる。彼はどこまでいっても冷徹だった。

「ダメよ、ヘディン」

「貴方は選んだのでしょう？」

しかし。

『妖異』どもは、双眸を糸のように細め、醜悪に嗤《わら》った。

「「なら、結果は受け入れないと」」

莫大な魔力。

黒妖精《ダーク・エルフ》、妹のヴェナから発散される強力な『魔法』の余波に、ヘディンの時が止まった。

花開くのは巨大な魔法円《マジックサークル》。

数は四つ。

毒々しい黒と紫のそれが現れるは、『大精堂《だいせいどう》』と『三つの教会』の直上。

ヘディンが選択し、選ばれなかった民衆の避難所。

「【開け、第五の園《その》！　響け、第九《だいきゅう》の歌！】」

妹《ヴェナ》の高らかな詠唱が一瞬で終わる。

それは超短文詠唱でもなければ高速詠唱による早業でもない。

魔法の『待機状態』。

ヘグニ達と接敵し交戦する前に呪文を唱え、発動直前の『魔法』を維持し続けていたのである。『妖魔』達はヘディンが据わる本陣に、あらかじめ臨界寸前の砲門を仕込んでいたのだ。

妹《ヴェナ》が先程まで『魔剣』しか用いず強靭な勇士《エインヘリヤル》を足止めしていたのは、この時のため。

両手を握り合い、指を絡《から》め合う姉《ディナ》の『魔力』を流し込まれる妹《ヴェナ》は、その魔法名を告げた。


「【ディアルヴ・ディース】‼」


都合四つ。

天空の魔法円《マジックサークル》が燃え上がり、直下の大精堂《だいせいどう》と教会に灼熱《しゃくねつ》の業火を繰り出す。

ヘディンは条件反射の域で片腕を突き出し、速攻をもって超短文詠唱を唱えた。

「【ヴァリアン・ヒルド】ッッ‼」

咆哮《ほうこう》する轟雷《ごうらい》が、撃ち出された業火の柱と衝突する。

雷と炎の間で凄まじい閃光が発生し、拮抗し、次には完全に相殺する。オルバ達が残る大精堂《だいせいどう》を守り抜く。

だが、それも一つまで。

撃ち出された砲雷は一発のみ。残る三柱の業火は止まることなく、紅蓮の瀑布となって降りそそぎ――三つ存在した教会へと炸裂した。

「――――」

見開かれたヘディンの瞳の先で、教会が炎上し、燃え盛り、絶叫を上げる。

妖精達《ヘディン》を頼って逃げ込んだ無辜《むこ》の民が、泣き叫び、燃やしつくされ、折り重なる地獄の悲鳴を奏でる。

「アハハハハハハ!! 綺麗《きれい》ね、ヘディン！ とても綺麗！」

「耳を澄まして？ ほら、貴方に選んでもらえなかった人達が、あんなにも泣いている！」

凄まじい熱気と熱波が押し寄せ、莫大な火の粉が飛び交う中、街路の中心で立ちつくすヘディンの背中に、ディース姉妹は笑いかけた。

民を護れなかった孤独な『王』の背中に、狂おしそうに、愛おしそうに、笑い声をそそぎ続ける。

「私、聞いたのよ！ 貴方は昔、王様だったんですってね！ ヘグニも一緒！」

「嗚呼《ああ》、怖いわディナお姉様！ ヘディンは民も焼き殺してしまう、残酷な王様なの！」

ヘディンは、わかっていた。

この薄汚く愚劣で下劣で品性の欠片もない醜悪な豚どもの嗜虐心《しぎゃくしん》などではなく、自分が動いたことの意味を、知っていた。

指揮官《じぶん》が動かされた時点で、彼は正しく理解していたのだ。

あのディース姉妹に『二者択一』を強要されたのだと。

片方を選べばヘグニ達を見殺しにし、もう片方を選べば眼前の光景のように民に被害を出す。

敵に都合のいい二択を突き付けられ、ヘディンは選ばざるをえなかったのだ。

刹那、速攻、一瞬。

即断と即動をもって奴等の目論見を覆そうとしたが、それも無駄に終わった。

今もゲタゲタと嗤う『妖魔』どもは、決してそんなことを許しはしなかった。

「私達の贈物《プレゼント》、気に入ってくれた？　私達はとっても満足よ！」

「貴方のそんな寂《さび》しそうな背中、初めて見た！　今すぐ抱きしめたいわ、ヘディン！」

「『でも駄目！　もう時間が来てしまった！』」

身を寄せ合い、抱きしめ合う姉妹は至福の時に包まれながら、二人ともに跳躍する。

「偉大なる邪神の王に言われているの！　続きはまた今度って！」

「次は必ず殺すわ、ヘディン、ヘグニ！　楽しみに待っていて！」

邪悪たる無邪気《イノセント》の笑声を空に響かせながら、『妖魔』どもは消えた。

【フレイヤ・ファミリア】に十分な痛手と『屈辱』を与えた闇派閥《イヴィルス》は決して欲張らず、最適と言える時機《じき》をもって『第七区画』から撤退した。怒り狂う竜に焼き尽くされぬように。

残響する姉妹の笑い声に、地面に寝かされながら治療を受けるヘグニは、拳を震わせた。誰にも見られないよう片腕で目もとを覆いながら、怒りと悔しさを宿す一筋の滴を流した。

そして、ヘディンは。


「……………………………………………………………………殺す、」

……………………………………………………………………………………………………

感情の激震によって痙攣《けいれん》する手で、自らの顔から眼鏡《めがね》を剝《は》ぎ取ろうとして、やめた。

暴れ狂う怒りに促されるまま眼鏡を握《にぎ》り潰し、激情の咆哮を上げようとする愚かな本能《じぶん》を、鋼鉄の精神で自制し、代わりに、その絶対の殺意を誓う。

「貴様等は、必ず……俺が、殺す」

今も燃え狂う屈辱を、この燃え盛る景色の前で、自身に刻み込む。

その日、【フレイヤ・ファミリア】は【猛者《おうじゃ》】と並び、敗北を喫した。


星空はもう、見えない。

紅く燃える空だけが、悲憤と屈辱に燃える冒険者達を見下ろす。

星の導きを失った都市は、そして『冥府への門』に手をかけた。


前触れはなかった。

「――アストレア、止まれ」

ただ、目を見開いて闇を凝視するヘルメスの警告が、『それ』の到来を告げた。

「!!」

狭い路地、かき鳴らされる剣戟の音から離れた戦場の片隅。

何もいなかった筈の暗がりの奥から、かすかな、しかし確かな靴音が響いてくる。

鋭く見据えるヘルメスの隣で、アストレアは息を呑み、そして目を凝らした。

何かが来る、と。

ヘルメスがそう呟いた瞬間──闇が、蠢《うごめ》いた。

都市を焼き、悲鳴を呼び起こす業火でなお照らし出すことのできない暗黒の奥で、何かが蠢動《しゅんどう》した。

うねり、歪み、ねじ曲がり。

ギチギチと、ゲラゲラと、縛るように、嗤うように、音を立てて。

その漆黒の眼差しで、神々の身を貫く。

刹那、瞬《またた》いたのは黒銀《こくぎん》の光。

まるで肉を裂く凶刃《きば》を見せびらかすように、その何かは闇を這い出て、私達《アストレア》のもとへ──

「──アストレア様！」

「っ!!　……アリーゼ？」

その時だった。

アストレアが凝視していた闇とは正反対、橙色の炎光が揺らめく後方から、アリーゼが現れたのは。

それと同時に、闇から這い出ようとしていた存在が、ぴたりと足を止める。

「ご無事ですか！　何だか体がすごく寒くなって、アストレア様を探さなきゃって、私……！」

ネーゼ達とともに、アリーゼは息を切らしていた。

不安に駆り立てられるまま、戦場を何度も縦断し、そして幾度となく強行突破したのだろう。

アリーゼ達が身に着けている防具や戦闘衣《バトル・クロス》はボロボロだった。

駆け付けてくれた眷族達に、アストレアが驚きをあらわにしていると——ぱち、ぱち、と。

「「!!」」

場違いなまでの、拍手の音が響いた、
アストレアが、ヘルメスが、アリーゼが、ネーゼが、イスカが。

その場にいる全ての者が、暗がりの奥を見た。

『我が身を顧みず、挺身《ていしん》し続けた正義の女神。故に見つけるのに時間がかかってしまった』

囁《ささや》いた。

深い闇が、はっきりと、『神の声音』をもって。

『正義を司る君だけは真っ先に葬り、この地を混沌《やみ》に染めたかったんだが——』

紡《つむ》がれる言葉とは裏腹に。
ちっとも歯がゆくなさそうに、笑みが落とされる。
『見事素敵最高《コングラチュレーションズ》、アストレア。君自身の勇断と、眷族に感謝しろ』
再び鳴る拍手の音。
立ちつくす神々と眷族に投げかけられるのは、不気味なまでの、掛け値なしの賞賛。
『そして、見届けろ。【生贄】に選ばれなかった以上、これより始まる邪悪を』
闇が揺れた。
上空を舞う炎の破片が、最後の薄布《ヴェール》を取り払うように、暗がりの奥を照らし出す。
『正義を司る君が、最後まで――』
浮かび上がるのは、男神《おとこ》の輪郭。

冥府よりも昏《くら》く、深淵よりも鮮やかな眼光が、妖《あや》しく輝いた。

「貴方は――」

アストレアは驚倒する。

「お前は、まさか……！」

ヘルメスは目を疑う。

その二柱《にはしら》の神の反応に、全ての糸を引く『邪神』は、最後に唇を吊り上げた。

ゆっくりと背を向けて、暗黒の奥へと去っていく。

「い、今のは……」

「…………神？」

放たれた異様な神威《しんい》にネーゼが放心し、アリーゼが呟きを転がす。

呆然と硬直していたアストレアは、咄嗟に身を乗り出した。

「ヘルメス、追うわ。追って、確かめなくては！」

「駄目だ、アストレア！」

悪夢の源を突き止めようとする女神の体を、ヘルメスの腕が制した。

一瞬、炎に巻かれる建物が燃え盛る瓦礫の雨を降らせた。

瞠目するアストレアの前で路地が塞がれ、物理的に先へと進めなくなる。

「今はよせ、今は行くな！　途轍もない何かが、今、この場所で起きようとしている！」

まさかという危惧、敵の首魁《しゅかい》は己が知っている神物《じんぶつ》という懸念。

最悪の可能性を予期する男神は、なり振り構わず退避を訴える。

「今すぐここを離れてっ――!!」

しかし、その言葉が意味をなすことはなかった。


都市が震えたからだ。


「…………え？」

全てを包み込む光。

発する天空の唸り。

生じる大地の怒涛。

天と地が共鳴する。

「あれは――」

絶句するアストレアとヘルメスを他所に、呟きを落とすアリーゼが見上げる場所。

都市の東側から、天に突き立つ『光柱』が生まれる。

それは人智を超えた莫大な光量である。

それはオラリオにいる全ての者の耳を聾する断末魔の悲鳴である。

それは、神の絶叫である。

膨大なエネルギーの出現が、都市から時《とき》という概念を奪う。

冒険者も、闇派閥《イヴィルス》も、神々でさえも、ありとあらゆる者がその光景を目にし、凍結した。

慈悲はなく。

情けもなく。

正義もない。

ただ悪《あく》のままに嗤《わら》う。

真の『邪悪』が開演した。


『ひとーつ』


地面を上下に揺らす甚だしい震動。

ソレ以外の力の余波など全て埋めつくす神光《しんこう》の高鳴りに、人々は声も上げられないまま事象そのものを畏《おそ》れた。

「嘘《うそ》やろ……」

中央広場《セントラルパーク》。

白く明滅する視界の中で、天に突き刺さる『光の柱』を仰ぎ、ロキは心を手放す。

「あれは……」

周囲の民衆がそうであるように、呆然自失とするラウルは、絶望の声を落とす。

「光の柱──」

そしてフィンは、予言の成就を告げるかのように痛哭を上げる親指を握り潰しながら、その名を叫んでいた。

「──『神の送還』!!」

答える声はない。

返ってくるのは、『邪神』が無邪気に落とす、悪辣な笑い声。


『ふたーつ』

『光の柱』を数える声。
いい、
続けて、轟音。

「なんだと⁉　連続——二柱《ふたつめ》⁉」

「馬鹿な……‼」

都市北部。

闇夜に現れる『二本目の光柱』に、輝夜《カグヤ》とシャクティの戦慄が連なる。

「っ……⁉」

大瀑布の逆行のごとき光の奔流に、言葉を失うリューの相貌も染め上げられる。


『みーっつ』


『生贄』は止まらない。

真西から立ち昇る光の柱が、追いかけるように空へと突き刺さる。

「うそ……」

「……おい、まさか……」

リヴェリアとガレスを何とか中央広場《セントラルパーク》まで運んできたアスフィが、ボロボロに成り果てながら戦い続けていたライラが、恐怖の鎖に縛られ、立ち竦んだ。

始まった『悪劇《ショー》』の行く末に気付いてしまった聡い少女達は、青ざめる。

『よーっつ』

混沌が恐慌を生む。

『神の送還』が続くことの意味――その結末を叩きつけられるのは、他でもない冒険者。

「主神の糞野郎が…………やられちまった？」

「お、『恩恵』がないと……俺たちはっ……！」

「――――助けてくれぇぇぇぇぇぇぇぇぇ!!」

青ざめる者。

絶叫する者。

命乞いをする者。

その全てに、闇派閥《イヴィルス》の兵士達は容赦なく襲いかかり、凶刃を振るった。

切り裂かれ、串刺しにされ、ズタズタにされ、勇敢な冒険者達があっさりと数多の骸《むくろ》と化す。

吹き上がる鮮血は加速し、命が尽きた肉塊を炎の舌が舐《な》め取る。

天へと昇る主神の後を、眷族は泣き叫びながら追った。

その光景に、闇の眷族達は酔った。

血走った瞳を見開き、唇を唾液で湿らせ、獣《ケモノ》のように無力な冒険者達を蹂躙した。

血の饗宴《きょうえん》に陶酔し、ゲラゲラと、笑い声を轟《とどろ》かせる。

『いつーっつ』

天に昇る光柱の輝きは途絶えない。

『邪神』が持つ黒銀《こくぎん》のナイフが次々と、追い詰められた神々を餌食にする。

「――ハハハハハハハハハハハッ！　ヒャハハハハハハハハハハハハハハハハハハハハハハハハ!!」

未だかつて見たことのない『神の送還』の合唱《コーラス》。

天穹《そら》に幾つもの穴を開ける光の柱に、ヴァレッタは歓喜の声をまき散らした。

「本当に、ゴミみたいに冒険者が殺せるじゃねぇーか!!」

「ぎゃあああああああああああああ!?」

まき散らしながら、殺した。

戦う術を失った冒険者を、いつも邪魔ばかりしてくる目障りなオラリオの脅威を、殺して、殺して、殺し回った。

斬撃が閃《ひらめ》く度に首が飛び、四肢が転がり、終わりの声が散る。

絶景だった。念願だった。極上だった。

疑う余地のない『大虐殺』だった。

【殺帝《アラクニア》】はこの時を、ずっと待ち望んでいた。

「最っ高だぜぇ、神様ぁ!!　てめえがやっぱり、最凶《さいきょう》だァァ!!」

全てを画策した『邪神』を崇《あが》め、讃《たた》える。

ヴァレッタは何にも代え難《がた》い絶頂を迎え、上空に向かって叫喚を放った。

「惨劇《ショー》の『本番』だぜ、オラリオォォオオオオオオオオオ!!」


『むーっつ』


混沌が蝕《むしば》み、秩序は転覆する。

空を貫く残酷な神の光に、人々は顔を照らされながら、まるでこの世の終わりのように生気を失った。

「【ベレヌス・ファミリア】主神、送還！」

「【ゼーロス・ファミリア】全滅!!」

ギルド本部。

押し寄せる情報の波に、受付嬢が叫び散らす。

青ざめては取り乱す。叫ぶことでしか正気を保てない。

そんな彼女達の声に、ギルド長ロイマンの時間は完全に停止した。

「送還……………全滅？　『神の恩恵』を失った冒険者が、闇派閥《イヴィルス》に狙われて……？」

呆然とこぼれ落ちる声の破片は、一を聞いて十を知る彼の聡明さを物語っていた。

しかしそんなものは惨劇《ショー》の前では何の役にも立たない。

展開も、伏線も、結末も読めてしまったところで、無力な観衆は席に座して『絶望』を見届けることしかできない。

地獄を象る門扉は既に、固く閉ざされたのだ。

どんなに泣き叫ぼうとも退席など許されない。

「止まりません…………止まらない!?　【ファミリア】の殺戮《さつりく》が!!」

堰《せき》が破れたように、受付嬢の一人が目尻に涙を溜《た》め、悲痛な叫喚《きょうかん》を上げる。

過呼吸に陥《おちい》りかける彼女の目の前で、窓の外から再び神々しい光が立ち上った。

誰かの膝《ひざ》が砕け、床に跪き、何枚もの書類が散乱する。

世界を立て続けに揺るがす衝撃と轟音。意味をなさなくなる聴覚。

代わりに脳裏に響くのは、『悪』の譏笑《きしょう》の幻聴。

「……ばかな」

ロイマンは、まさしく絶望への呻き声を漏《も》らした。

「馬鹿なぁぁぁぁぁ……!?」

『ななぁーっ』

邪悪の進撃は止まらない。

絶望が連鎖する間にも、罪業を重ねる。

「がっっ、はぁ……!?」

残酷な凶刃の前に、また一人、冒険者が地に崩れ落ちる。

「……破壊！　蹂躙！　殺戮!!　いいですねぇ、実にいい！」

ヴィトーは人一倍の喜び、そして熱狂で身を包んだ。

『神の恩恵《ファルナ》』を失った眷族、失っていない冒険者、抵抗する人間、無抵抗の人間、全て関係なく血の海へと沈めていく。

「なんて鮮やかな血の宴！　まるで童心に返ったかのよう！」

返り血が頰《ほお》に付着するのも構わず、『顔無し』と呼ばれる男は子供のように目を輝かせた。

絶えることのない笑みを貼《は》り付けて迫る彼に、主神を送還されたある冒険者は、痙攣《けいれん》する手から武器を滑り落とし、叫んだ。

「降伏する!?　だからやめろっ、やめてくれぇぇぇぇぇぇぇぇぇぇ!!」

ヴィトーは答えない。

言い渡すのは斬首だけ。

ごとっ、と音を立てて冒険者の頭部が瓦礫の上に転がり、火に飲まれ、力を失った体から噴水のごとき血が迸《ほとばし》る。

光の雨のように舞う血飛沫の、なんて美しいことか。

ヴィトーの心は震えた。

「止まりませんよ、止められませんとも！　だって、ここに『英雄』はいない！　悪《わたしたち》を止められる存在は！」

両腕を広げ、闇を仰ぎ、その真理をオラリオに叩きつける。

「偉大なる『英雄』は、既に我々のもとへ堕《お》ちたのだから！」

打ち上がる男の声が、空を渡る。

半壊した寺院の屋根の上、燃え盛る都市を眺める『昔日の英雄達』は、何の感情も感じさせず、呟いた。

「壮観だな」

「ああ、景色だけは」

ザルドの言葉に、アルフィアが答える。

その灰の髪を静かになびかせる彼女は、何の感慨もなく告げた。

「だが目を閉じれば——神もやはり雑音だ」

新たに発現する光柱。

瞳を焼く閃光《せんこう》が巻き起こる。

『やーっつ』


それは『終焉《しゅうえん》』である。

『正義』に与する者達の心を、ことごとくへし折る、邪悪の宴。

「ひひ、ひひひいひひひひひひっ……‼」

兵士達を従え、オリヴァスは笑った。

涎《よだれ》を垂らし、歓喜に身を包まれながら、邪神が望みし大願の成就を確信する。

「始まるぞ、オラリオの崩壊がぁ……！　くふふっ、フハハハハハハハハハハハハハハハハハハハハハハハハハハ‼」

止《や》まない武器の音が鳴っている。

喉が嗄《か》れた正義が泣いている。

命の音が減っていく。

空は暗雲によって塞がれ、星空は消えた。

混沌に呑まれてゆく秩序。

とっておきの『邪悪』は胎動の時を終え、この日、産声を上げた。

『九つ《ここの》――』

都合九柱。

天に突き立つ光柱の数、あまりにも多すぎる送還の数に、神々と冒険者が茫然自失となる中、全ての『黒幕』は充足の息を吐く。

『頃合《ころあい》いだ』と彼は言った。

神意の糸に気付ける者はもういない。

ならば演奏を終えた指揮者のように――あるいは惨劇《ショー》の最後を締めくくるように――片腕を振り、告げた。

『生贄は終わった。さぁ、行こう――』


地の鳴動が収まり、天の光輝が解《ほど》けるように霧散していく。

暗黒の静けさが戻ってくる間、アストレアは、ヘルメスは、アリーゼは、一言も発することができなかった。

その代わり、どしゃっと音を立てて、獣人の少女の両膝が地面に落ちる。

「……終わりだ」

「ネーゼっ……」

「終わりだよ……もう、オラリオは……」

相貌を絶望の一色に染めるネーゼに、アリーゼは少女の名を口にすることしかできない。

それほどの光景を、叩きつけられた。

「神々の『一斉送還』……」

そんな眷族達《アリーゼ》の隣で、アストレアが呆然と呟く。

「今日までの闇派閥《イヴィルス》の襲撃は、神々の『避難ルート』を把握するため……」

戦慄に打ち据えられたまま、記憶を振り返るのはヘルメス。

男神と女神は全てを悟った。

工業区襲撃や炊き出しの奇襲を始め、無差別かつ頻繁に繰り返されていた敵の襲撃は、今日この日、『大抗争』に至るまでの布石であったのだと。

「無差別と見せかけ、都市全域で事件を起こし、神送還の地点《ポイント》を全て洗い出していた……！」

でなければ、九柱もの神の『一斉送還』などできる道理はない。

【ファミリア】の主神が避難する経路を全て把握した闇派閥《イヴィルス》は、各方面に複数の『邪神』を遣わせることで、これを暗殺したのだ。

冷酷に、計画的に。
とっておきの惨劇《ショー》を披露するために。
「こんなことが、できるのは……！」
そしてアストレアが声を震わせた、直後。

『聞け、オラリオ』

月と星を呑《の》み込んだ闇夜に、その『邪悪』の声が響いた。

『聞け、創設神《ウラノス》。時代が名乗りし暗黒の名のもと、下界の希望を摘みに来た』

アストレアとヘルメスが瞠目し、立ち竦《すく》む中、都市の隅々にまでその声が届く。
とある魔術師《メイジ》が持つ眼晶《オクルス》を通じて、地下祭壇に座《ざ》すウラノスもまた、天空を彷彿《ほうふつ》させる蒼《あお》の眼《まなこ》を見開きながら、その『宣言』を耳にする。

『約定は待たず。誓いは果たされず。この大地が結びし神時代《しんじだい》の契約は、我が一存で握り潰す』

その声は高慢だった。

その声の主《あるじ》は悪逆だった。

邪悪の神意を高らかに掲げる。

息を呑む秩序の神々に。

ボロボロの冒険者達に。

天に祈ることもできなくなった民衆に。

優しく首を絞め上げるように、ドス黒く染まった祝詞をそそぐ。

『全ては神さえ見通せぬ最高の未知――純然たる混沌を導くがため』

殺戮の音は消えていた。

炎だけが静かに啼き声を上げ、闇派閥《イヴィルス》の兵達は拝聴するように天を仰ぎ、目を爛々《らんらん》と輝かせる。

『傲慢？　――結構』

『暴悪？　――結構』

『諸君らの憎悪と怨嗟《えんさ》、大いに結構』

『それこそ邪悪にとっての至福。大いに怒り、大いに泣き、大いに我が惨禍を受け入れろ』

立て続けに連なるその言葉を聞いて――カラン、と。
一人のエルフの手から、木刀が滑り落ちた。
頭の片隅で嘲笑《ちょうしょう》を上げるように、彼女の記憶が疼痛《とうつう》を放ち始める。
その聞き覚えのある男神《おとこ》の声に、動悸が衝撃の旋律を奏でた。
そして。

『我が名はエレボス――』

都市北西、古い歴史を持つ大寺院。
全ての者を見下ろせる屋上に、声の主は闇を払いのけ現れた。
二人の『覇者』を伴って、その姿を現した。

『原初の幽冥《ゆうめい》にして、地下世界の神なり！』

怒号が上がる。

闇の軍勢が、悪の眷族が、自分達を導く『邪神の王』に向かって狂喜の渦を作り上げる。

一方で人々は、正《ただ》しく恐れた。

冥府の王と言うに相応しい出で立ちに。

数少ない大神《たいしん》にも勝るとも劣らない、その絶大の神威に恐怖した。

「……神、エレン？　………邪神、エレボス？」

呟きを足もとに落とすリューの視界が、何度も明滅する。

うっすらと黄昏《たそがれ》の色がかかった瞑色《めいしょく》の双眸。

闇を凝縮したかのような漆黒の髪。

そして前髪の一部が帯びる灰の色。

纏う雰囲気はおろか神威まで異なっていようが、間違いなかった。

リューの前に何度も現れ、あざ笑うように正義を問うてきた、あの『エレン』に違いなかった。

衝撃に撃ち抜かれる妖精を他所に、エレボスの『宣告』は続く。

『冒険者は蹂躙された！　他ならない、より強大な【力】によって！』

黒塊《こっかい》の剣《つるぎ》が照り返す。

神の右に控える武人の得物が、血のように赤い焔《ほむら》の光を浴びて。

『神々は多くが還った！　耳障りな雑音となって！』

灰の輝きが揺れる。

神の左に控える魔女の長髪が、凍てついた静寂を帯びながら。

『貴様等が【巨正《きょせい》】をもって混沌を退けようというのなら！　我等もまた【巨悪】をもって秩序を壊す！』

「────────ッッ⁉」

告げられるのは猛烈な皮肉。

今日までの『正義』の所業を弾劾《だんがい》するべく、邪神は堂々と力の行使を掲げる。

既視感のあるその言葉に、巡り巡って返ってきた『悪』の道理に、リューは一人絶句した。

『故に、告げよう。今の貴様等にぴったりな言葉を』

吊り上がるのは、唇。

邪神は口もとで三日月を描き、静かに片腕を上げ、突きつけた。


『脆き者よ、汝の名は【正義】なり』

神愛《しんあい》なる愚かな『正義』へ、心からの言葉を贈る。

輝夜《カグヤ》とシャクティが、ライラとアスフィが、アリーゼとネーゼ達が、アレンとラウルが――数えきれない冒険者が、相貌に怒りと戦慄の罅《ひび》を走らせる。

アストレアとヘルメスが、ロキとフレイヤが、ガネーシャとヘファイストスが、『勇者』の名を冠する小人族《パルゥム》とともに、『邪神』を睨み返す。

そして最後に、リューは。

降り積もった絶望に屈するように、その膝を地に落とした。


「滅べ、オラリオ――我等こそが『絶対悪』!!」


轟き渡る『悪』の宣言。

秩序を打ち砕く混沌の嗤《わら》い声。

その日、英雄の都は敗北した。

エピローグ
敗戦の夜明け
～ Next Prologue ～

ASTREA RECORDS
evil fetal movement
Author by Fujino Omori Illustration Kakage
Character draft Suzuhito Yasuda

その日、オラリオは最も長い夜を迎えた。
破壊と慟哭《どうこく》。
恐怖と絶望。
街は燃え、血が流れ、数々の星が散った。
後に『死の七日間』と呼ばれる、オラリオ最大の悪夢の始まり。
都市に深過ぎる傷を与えた『絶対悪』──エレボス達は、笑みを残し、去っていった。
立ちつくす子供達と神々に背を向け、遊戯《ゲーム》を楽しむように。
あるいは、とっておきの『終焉』をもたらすために。
その日、オラリオは最も長い夜を迎え──そして、昏《くら》い朝を迎えた。

◆

傾いた彫像が、崩れた。
罅《ひび》だらけの像の手が、救いを求めるように、雲で塞《ふさ》がれた頭上を仰《あお》ぐ。
陽《ひ》の光を忘れた暁闇《ぎょうあん》の空。
立ち昇る幾つもの黒煙は、まるで弔いの火煙《かえん》のようだった。
残された人々は、その煙が真っ当な哀悼《あいとう》なんてものではないことを知っている。

煙に宿るのは、悲憤と無念だ。

痛苦と恐怖だ。

家族、友、仲間、伴侶。

愛した者達は遺灰と化して空を覆《おお》い、光なんてものを遠ざける。

憔悴《しょうすい》する民衆は地べたに座り込み、顔を上げられず、夜と朝の境目で絶望に暮れていた。

「急げ！　まだ生存者がいる!!」

今も火が残る都市の中で、冒険者達の声だけが響く。

喉《のど》が嗄れんばかりに叫ぶシャクティのもと、【ガネーシャ・ファミリア】や傷だらけの他派閥の団員が救助活動に徹している。

魔道具《マジックアイテム》も用いて消火活動に加わるアスフィは、炎の奥に折り重なる亡骸を目にし、堪らず叫んでいた。

「魔導士の派遣を……！　誰《だれ》かっ、誰かいないのですかぁ！」

火を食い止める魔法の使い手も、傷を治す癒《いや》し手の数も圧倒的に足りない。

助けを求める【万能者《ペルセウス》】の声は、いたいけな娘《むすめ》のそれのようだった。

それこそ年相応の、ただの十五の少女の嗚咽《おえつ》のように聞こえた。

「手伝って！　まだ瓦礫の下に人がいる！」

「馬鹿野郎《ばかやろう》！　さっさと治癒師《ヒーラー》を呼べ!!」

「ディアンケヒトでもミアハでもいい！　誰でもいい、どこでもいい!!　早く、連れてこい!!」

アリーゼの必死の声が、ライラの怒号が、輝夜《カグヤ》のなり振り構わない叫び声が絡《から》み合《あ》う。

【アストレア・ファミリア】の面々もまた、顔を煤《すす》で汚し、不眠不休で人命救助に当たる。

「負傷者はここへ！　手当をします！」

「医療物資はこちらに！」

大型のテントを用いた緊急の野外病院を設け、多くの負傷者を運び、治療に当たる。

治療師《ヒーラー》の回復魔法でも捌ききれない惨状に、ヒューマンのマリューやノインを始め、団員達が片っ端から応急処置を行う。

「ううっ……ぁぁぁぁ……」

「しっかりしろ！　しっかりしてくれ！」

止血を行う獣人《ネーゼ》の少女の前には、虫の息と化した同胞の青年が横たえられていた。

「頼むからもうっ……死なないでくれ！」

声は届かない。

「う、ぁ――――……」

あっけなく、瞳孔から光が失われる。

「嗚呼……ああああぁぁぁ……！」

ネーゼは泣き崩れた。

そんな暇はないのに、涙が止まらなかった。

彼女達の『正義』は多くの命を助け、数えきれない命を手の平からこぼしていく。

そんな仲間の痛哭を耳にしながら、リューは一人、呆然《ぼうぜん》と歩いていた。

「…………………」

倒壊し、焼き尽くされ、空虚な静寂が横たわる都。

瓦礫の海をさまようリューの視界に、誰かもわからぬ屍《しかばね》が映り込む。

「…………何人死んだ？」

右を向いても、左を見ても、背後を振り返っても。

喪《うしな》われた命《いのち》の足跡が転がっている。

惨劇《さんげき》の無残の爪痕《つめあと》が、空色の瞳《ひとみ》を焼き焦《こ》がす。

「…………何人殺された⁉」

喉は絶叫に震えていた。

かつてない倒懸《とうけん》がリューをかき乱す。

己《おのれ》の無力を呪う怨嗟《えんさ》が、リューの心を殺そうとする。

「リュー……」

そんなリューの心を守ろうと、歩み寄ったのはアストレア。

「アストレア様……」

自分の目の間に現れた女神に、リューは、問うていた。

「正義とは……何ですか……？」

震える声、涙を帯びる瞳。

縋《すが》り付くように、正義の女神へ声を絞り出す。

「我々が追い求めていた秩序は……こんなにも簡単に、悪に屈してしまうのですか……！」

「…………」

アストレアは、答えなかった。

今、この場所で示せる正義は持ち合わせていないように、目を伏せる。

「ううぅっ、あああああああ……！　何も守れない……！　何も、救えなかった……！」

リューはそんな神に、怒らなかった。

失望もしなかった。

ただただ、己の無力に、正義の脆《もろ》さに打ちひしがれ、泣き崩れた。

「アーディっ……アーディぃぃぃっ……!!」

女神の前で、二度と会えない友の名を呼び続け、哭《な》き続けた。

瓦礫の海に妖精《ようせい》の嗚咽が木霊《こだま》していく。

悲痛を帯びた敗戦の歌が。

「──待て、フィン！」

その時、リヴェリアは怪我《けが》を押して叫んだ。

避難民が殺到する中央広場《セントラルパーク》。

人員と物資を集中させてなお、未《いま》だ手つかずの死傷者が溢《あふ》れ返る野戦病院さながらの光景の中で、その小人族《パルゥム》の背を呼び止める。

「リヴェリア、まだ寝ていろ。民衆の治療を最優先にしたせいで、君の回復は不十分だ。体の傷は癒えきっていないだろう」

「そんなもの知ったことか！　それよりも、早まるな！」

こちらを一瞥もせず告げるフィンの前に回り込む。

頬《ほお》に貼《は》られた綿紗《ガーゼ》や腕に巻かれた包帯など、痛々しい姿を晒《さら》しながら、それでも声を連ねる。

「まだ早いっ、早過ぎるんだ……！　緊急事態なのはわかるっ。だが判断力を曇らせては……！」

それは必死の抗議だった。

寸刻《すんこく》前に下されたフィンの決断に異を唱え、撤回させようとする諫言《かんげん》──いや懇願だった。

「『私情』で目を曇らせているのはどっちだ、リヴェリア。この現状を前に手段を選んでいる余裕はない。君だって理解している筈だ」

「っ……！」

すげなく投じられる指摘に、ハイエルフの手が握り締められる。

反論しようとして、言い返せない。どうしようもないほど図星だ。取り乱しているのはリヴェリアの方だった。

フィン・ディムナは誰よりも正確に、今という『盤面』の劣勢を理解している。

「手札を温存できる段階はとっくに過ぎた。違うか、リヴェリア？」

「っ……！」

「今、この時だけは、君も『母親』をやめろ」

『母親』という言葉に、リヴェリアの顔がとうとう歪《ゆが》む。

「しかし……！　あの子は、まだ……！」

「モンスターとの戦闘経験は十二分。対人戦の術も叩《たた》き込《こ》んだ。彼女はもう、実戦に耐えられる」

立ち止まっていたフィンはリヴェリアを避け、足を進める。

今度こそ食い下がることのできない彼女を置いて、背中を向けたまま、突き放した。

「敵の断続的な襲撃が予測される中、今は少しでも戦力が欲しい。――恨むなら後で僕を死ぬほど恨め」

冷酷に、毅然と、理知的に。

暴君のごとく反論を封殺し、賢者のごとく戦場を見渡す勇者は、『新たな駒』を盤面に加える。

彼が突き進む場所、巨塔《バベル》門前。

まるで猛獣を扱うようにラウル達が取り巻き、必死になだめ、冷や汗を湛えている中――階段に腰かけた『一人の少女』が、今か今かと己の戦争が始まるのを待っていた。

鞘に納められた一振りの剣を抱き、その戦意を解き放とうとしていた。


「準備はいいか、アイズ」


その言葉に。

少女はゆっくりと、瞼を開けた。

「……うん」

少女の形をした『戦姫《せんき》』は立ち上がり、剣を執《と》る。

「戦う。――敵を倒す」

発するのは燃える戦意のみ。

灰色の雲で覆われた空が揺らぐ。

強く、鋭い一筋の金色《こんじき》の光が、雲間を貫くのだった。

リュー・リオン

所属	【アストレア・ファミリア】	種族	エルフ
職業	冒険者	到達階層	33階層
武器	木刀	所持金	3011750ヴァリス

ステイタス　Lv.3

力	D504	耐久	F373	器用	S902	敏捷	S904
魔力	A800	狩人	H	耐異常	I		

《魔法》

ルミノス・ウィンド
- 広域攻撃魔法。
- 風・光属性。

ノア・ヒール
- 回復魔法。
- 地形効果。森林地帯における効力補正。

《スキル》

妖精星唱《フェアリー・セレナード》
- 魔法効果増幅。
- 夜間、強化補正増幅。

精神装填《マインド・ロード》
- 攻撃時、精神力《マインド》を消費することで『力』を上昇させる。
- 精神力《マインド》消費量含め、任意発動《アクティブトリガー》。

《装備》

妖精樹の無刀
- 白兵戦の『剣』の機能と、魔力増幅効果としての『杖』の側面を持つ武装。
- 素材は外界に広く開かれている『ウィーシェの森』の大聖樹。己の故郷を忌むリューは、別のエルフの里の枝を用いて作製を依頼した。正確な銘はない。
- 故郷『リュミルアの森』の枝ではないことから、魔力の親和性はやや落ちている。

妖精の風装束
- 覆面を兼ね備えたリューの戦闘衣《バトルクロス》。
- 主に機動性が重視されている。

Ryu Lion
リュー・リオン

あとがき

本作『アストレア・レコード』はWright Flyer Studios様が制作されたアプリゲーム『ダンまち メモリア・フレーゼ』にてリリースされた大型シナリオ、その書籍化作品となります。

本として上梓するにあたって修正や微調整、そして沢山の加筆をさせて頂きました。ゲームをプレイした方も、していない方も楽しんで頂けるかと思います。


二〇二〇年某日、私はGA文庫編集部様の新たなる刺客新担当・宇佐美さんの手で、とある一室に軟禁されていました。大人のOHANASHIをするためです。

「大森さん、アストレア・レコード書籍化しますよね？」

そんなことをおっしゃる担当編集様に私は「いやです」と言いました。

ちょっと考えた後、「無理です」と言い直しました。

『尺がアニメ1.5クール分の長さ』なんて謳い文句の頭が悪すぎる爆弾シナリオをあらためて文字で書き起こすなんて地獄が待ってるに決まっています。そもそも「ゲームのために（死ぬ思いをして）書き下ろしたシナリオを本にし直すって何？」という思いもありました。

そんな思いを素直に打ち明けたところ、「だけど書籍化しないといけない作品ですよね？」「重要な設定のオンパレード」「書籍化しないとダンまちファンが大抗争起《お》こしますよ」「書きますよね？」『ね？』私は気が付くと、七年前の迷宮都市のようなおどろおどろしい監禁部屋に閉じ込められ、この正邪の物語を再執筆することとなったのです。

なので本作を読んで「嬉しい！」『面白かった！』と思えた方は「宇佐美さん、ありがとう！」と一日一回感謝を捧げましょう。宇佐美ざんっ、ありがどうッッッ!!

というわけで、腹を括って執筆いたしましたアストレア・レコード。三部作となります。

最後まで付き合って頂けたなら、嬉しいというか、報われます。

それでは謝辞に移らせて頂きます。

担当の宇佐美様、右記では絶対悪のお手本のように描かれていますが、こんな原作者を支えてくださってありがとうございます。宇佐美さんがいなかったら、本当にこの物語は本として出なかったと思います。そしてイラストレーターのかかげ先生、美しくて可憐なイラスト、本当にありがとうございます！　かかげ先生のアリーゼ達を初めて見た瞬間、衝撃に撃ち抜かれました。これからもどうかよろしくお願いいたします！　ＷＦＳ様を始め、本作の書籍化にあたりご尽力してくださった関係者の方々にも深くお礼を申し上げます。

次回は第二部『正義失墜』。

正義の眷族達が駆け抜けた物語、最後まで見届けて頂けると幸いです。

大森藤ノ

ファンレター、作品の
ご感想をお待ちしています

〈あて先〉

〒106－0032
東京都港区六本木2－4－5
SBクリエイティブ(株)
GA文庫編集部 気付

「大森藤ノ先生」係
「かかげ先生」係

本書に関するご意見・ご感想は
右の QR コードよりお寄せください。

※アクセスの際や登録時に発生する通信費等はご負担ください。

https://ga.sbcr.jp/

アストレア・レコード1　邪悪胎動
ダンジョンに出会いを求めるのは
間違っているだろうか　英雄譚

発　行	2022年10月31日	初版第一刷発行
	2023年2月8日	第二刷発行
著　者	大森藤ノ	
発行人	小川　淳	

発行所　SBクリエイティブ株式会社
〒106−0032
東京都港区六本木2−4−5
電話　03−5549−1201
03−5549−1167（編集）

装　丁　FILTH

印刷・製本　中央精版印刷株式会社

ISBN978-4-8156-1017-3

Printed in Japan　GA文庫

試読版は
こちら!

試読版は
こちら!

見上げるには近すぎる、離れてくれない高瀬さん

著：神田暁一郎　画：たけの このよう。

GA文庫

「自分より身長の低い男子は無理」

　低身長を理由に、好きだった女の子からフラれてしまった下野水希《しものみずき》。すっかり自信を失い、性格もひねくれてしまった水希だが、そんな彼になぜかかまってくる女子がいた。

　高瀬菜央《たかせなお》。誰にでも優しくて、クラスの人気者で――おまけに高身長。傍にいるだけで劣等感を感じる存在。でも、大人びてる癖にぬいぐるみに名前つけたり、距離感考えずにくっついてきたりと妙にあどけない。離れてほしいはずなのに。見上げる彼女の素顔はなんだかやけに近く感じて。正反対な二人が織りなす青春ラブコメディ。身長差20センチ――だけど距離感0センチ。

試読版は
こちら!

天才王子の赤字国家再生術 12
～そうだ、売国しよう～

著：鳥羽 徹　画：ファルまろ

GA文庫

帝国の皇位継承戦が終息し、大陸の情勢は新たな局面を迎えていた。

帝国は安定を取り戻しつつあり、西側からはカルドメリアが来訪するなど、ウェインは依然として東西の間で難しい舵取りを求められていた。

そんな折、ナトラ国内に新たな動きが生じる――フラム人による独立国家。そして本人も望まぬ形で、その渦中へと巻込まれていくニニム。

内憂外患、かつてない試練に直面するウェインにさらなる衝撃が。

「――お兄様、今いいかしら？」

思い詰めたフラーニャから発せられたひと言が、ナトラを揺るがす。

ニニムの苦悩、フラーニャの決意。疾風怒濤の第12弾！

お隣の天使様にいつの間にか駄目人間にされていた件7

著：佐伯さん　画：はねこと

GA文庫

夏休み明けの学校は、文化祭に向けて少し浮ついた空気が漂っていた。クラスメイトは周と真昼のカップルらしい雰囲気に慣れてきたようで、生暖かく見守られている日常。

文化祭では周のクラスはメイド・執事喫茶を実施することになった。“天使様”のメイド服姿に色めき立つクラスメイトを見やりながら、真昼が衆目に晒されることに割り切れない想いを抱える周。一方、真昼は真昼で、周囲と打ち解けて女子の目にも留まるようになった周の姿に、焦燥感をかきたてられつつあった……

可愛らしい隣人との、甘くじれったい恋の物語。

カノジョの妹とキスをした。4

GA文庫

著：海空りく　画：さばみぞれ

「……博道くん。たすけて……」

理不尽な大人の脅迫により演劇が出来ないほど傷ついた晴香は、心の拠り所に俺を求める。

でも……俺はもう晴香を求めてはいなかった。俺の心にはもう時雨しか居ない。晴香の心が落ち着けば別れ話を切り出そう。迷いは無い。時雨の与えてくれた『猛毒《あいじょう》』が俺の心の奥底まで染み込んでいたから。

だが俺は心するべきだった。『猛毒《あいじょう》』とは身を滅ぼすが故に毒なのだと。

毒々しく色づいた徒花が、堕ちる。"不"純愛ラブコメ、最終章——